U0918269

MINGUO TONGSU XIAOSHUO
DIANCANG WENKU

民族魂·热血花

民国通俗小说典藏文库·冯玉奇卷

冯玉奇◎著

中国文史出版社

目　录

民族魂

热血花

民族魂

第一回

狼狈为奸父子有同心

珠凤小姐如握：

秋风是不停地吹送，天空中的浮云，灰白色的，微微地毫无目的来去驶行。那一钩镰刀似的新月，一会儿躲藏，一会儿显露，好像是害羞，好像是沉吟，显出那样愁眉不展的样子。这是在醉月轩酒楼我们话别的那一夜，大家手里握着酒杯，抬头望着窗外的云和月，各人的脸上都浮现了凄凉的意味。显然，歧路分袂，河梁惜别，谁能不勾引起了无限依恋之情？别后天各一方，劳人草草，终日奔波，所以虽易二度寒暑，才至今日，作书问候。并非嵇生性懒，实在无暇握管，还希原宥才好。

在这里我虽然有许多话要对你告诉，不过事实上我觉得很难说出来，不过使你可以安慰的，总算贱躯尚称顽强。现在我还是把两年前离别后的情形来说给你听听。这次出门，幸托上天庇佑，一路平安。沿路的风景真是十分美丽。我在船中闲着无事，每日站在甲板上以欣赏风景为消遣，觉得长江口子的形势真是险恶得很。金山和焦山的秀丽，仿佛二八女郎那种婀娜的姿态，层峦密密，好像杨柳细腰。还有小孤山矗立在江心之中，黄鹤楼高耸在云端之际，无不使人景仰，引人入胜。想你蛰居乡村，一定要感到没有同行为憾了。

汉口的气候与这里相仿，现在正是深秋的季节，这几天里已经是很寒冷了。做客在异乡的游子，尝到的滋味无非是一灯做伴，和那四壁的虫声罢了。回忆过去和你在故乡的时候，漫游在青山绿水之中，踱步在花晨月夕之下，那当然是大不相同的了。

不过我猜想今日之家园，当然也绝不会像两年前那么令人感到山明水秀、风和日暖的情景了。在我脑海里构成了一幕幻象，也许是残壁颓垣，遍地豺狼，恐怕是满目疮痍，令人会感到无限的悲凉吧。我话虽然是这么地说了出来，但我的眼眶子里已贮满了心痛的泪，这泪绝不是懦弱的表示，我要把这泪来雪我心胸中的愤怒和积郁。

我相信我和你虽然是远隔在两地，不过你绝不会改变你从前对待我那一份的忠诚。所以我很放心，我也很感激，我的母亲一定会得到你尽心的照顾。假使我还有和你见面的日子，我当然不会忘记你这一番给我代子尽职的大恩。

校中几个同学，他们大概都很安好吧？萧家兄弟青、红二郎的性子太躁，小狗子的脾气太戆，还得请你常常向他们劝诫才是。最后，我希望你会去支配恶劣的环境，千万不要让环境来支配你才好。不过我相信你是个洁身自爱的姑娘，你当然会珍爱你自己的前程吧。

夜是深沉了，话也说得很多了。我的精神有些疲倦，就在这里搁笔了。祝你健康！

江上燕书于汉口郊外三鼓

九月十日

院子里有棵高大的梧桐树，树叶十分茂盛，在绿油油树叶内掩映了两扇很洁净的窗户。窗户是打开着，凭窗有个二十许的姑娘，她穿着一件灰青色的旗袍，头发是乌油滑丝的，十分光亮，披散在脑后，更衬托这那个白里透红的脸娇艳得好像是朵玫瑰花般的美丽。因为她只显露了上半身，所以这好像是一幅扇面的画片，令人感到十分可爱。她一手托着红喷喷的香腮，一手展着那张信笺。原来上面这一封信就是从她樱口之中轻轻地念出来的。珠凤在念完了这一封信之后，她两眼抬上去，望着那棵高大梧桐树的顶尖上，呆若木鸡般地出了一会儿神忽然间她的双蛾一蹙，两行热泪便从她粉颊上像蛇行似的爬下来了，芳心中暗想：上燕的猜测是准确的，我真佩服他的料事如神。现在故乡哪里还像以前一样令人感到诗情画意那么可爱了，它是笼罩了阴暗灰黑满显着乌烟瘴气的意味。唉！天高公道蔑，人少畜生横。遍地虎狼，这叫人还有什么可说呢？珠凤一面想，一面忍不住又深深地叹了一口气。她取出一方手帕来。拭揩了一下眼泪，接着又想下去：自从战事开始以后，上燕预料到这战局一时不会结束，而只有扩展，所以他宁愿把一手创办的学校暂时放弃，而抛弃老娘，离开家乡，出外去寻找他的新生。果然在两年后的今日，战局蔓延到整个的中国，而甚至于整个的世界。现在敌人已进占了我们的郘镇，因为爸爸胆子小，生怕日本军有什么大屠杀的残酷行为，所以带了我们到张家村来避难。好在村长张老实从前是受过爸爸恩惠的，所以张老实把他西厢房一共三间安顿我们父女住下，虽然说不上什么舒服，但作为暂时避难之用，当然还不算局促。珠凤正在细细地沉思，小丫头柳五儿悄悄地拧上了一把面巾，低低地说道：

"凤小姐，江先生在信中到底写点儿什么呢？你干吗伤心得流下眼泪来了？我给你拧了一把手巾，你快擦个脸吧。"

"哦！没有什么，没有什么，他写的是敌人到处杀人放火，强奸妇女，那种残酷的行为真是惨无人道，所以我忍不住伤心起来了。柳五儿，我问你，刚才你和少爷从镇上回来，不知道江先生这封信少爷也瞧见过吗？"

珠凤接过手巾，她在擦脸的时候，向她低低地告诉。忽然想到上燕这一封信是写到邬镇家中，幸亏自己叫柳五儿到邬镇家中去拿取物件，所以把信带了回来。不过她怕这封信给哥哥也瞧过了，因此她又叫了一声，向她低低地问。柳五儿摇了摇头，说道：

“邮差送信来的时候，少爷齐巧到城里去拜见胡老爷了，所以他没有知道。我也晓得江先生在着的时候，少爷和他的性情很合不来，所以我也没有告诉他。况且江先生本来是写给小姐的，我为什么要去告诉他呢？小姐，我对你说一件消息，恐怕你听了也会生气。少爷做人太糊涂了，这次我们逃到这里来避难，少爷因为少奶奶还在城里娘家胡老爷家里，所以少爷说迟一步逃，预备陪了少奶奶回来一同逃到这里来。可是我听邬寿说，并不是为了这些事情，原因是少爷的丈人胡老爷在城里已组织了什么维持会，而且做了会长，因此少爷很眼痒，预备去讨个差使来干。人家都说维持会是给日本人做事情的，想不到我们为了日本人而逃难，少爷却还要替日本人去做事。亏他还是一个从上海大学毕业回来的知识分子，就是我没有上过学校的柳五儿心中想来，实在也是太不应该的了。小姐，你说我这话可有道理？”

“哦，原来如此，这就难怪了，想不到亲家胡老爷还会认贼作父，更有我哥哥去讨一个走狗来做做，这真是太没有灵魂了。柳五儿，那么少爷从城里回来，可有什么别的消息吗？为什么我嫂嫂依旧没有一同带了这里来呢？”

珠凤想不到柳五儿絮絮地会告诉这一大篇的话来，一时芳心不觉别别地乱跳，同时她和柳五儿一样地绷住了面颊，表示内心真有无限愤怒的样子。柳五儿听小姐又这么地问，遂把小嘴向外面努了一努，冷冷地说道：

“少爷说，城里太太平平，少奶奶住在那边真舒服。虽然东洋鬼在胡老爷家中常有进出，不过彼此都是客客气气，所以少奶奶不肯回来，她说谁高兴逃到乡村里来受苦，那才是傻子！”

“柳五儿，好了好了，有其父必有其女，你也不要说下去了，叫我听了，连肚子都胀破了。此刻少爷在哪里？我想他和爸爸一定会在商量做官的事情。”

“少爷和老爷正在谈点儿城里的事情，小姐倒不妨也过去听听消息。”

柳五儿见小姐非常生气的样子，遂向她低声告诉。珠凤遂把信笺塞进信封，藏在袋内，悄悄地步出书房外去了。

西厢房原分作三间，左首就是珠凤和柳五儿住的卧房，右首是珠凤父亲邬振雄的下榻，现在耀宗少爷也来了，当然可以和他父亲睡在一个卧房。中间原是个客堂陈设，此刻却堆满了箱笼等杂物。珠凤跨出卧房的时候，却见邬寿打了一盆面水，匆匆地正向右首房中走进去。珠凤连忙闪身躲入小天井里，偷眼向窗户外望进右首的房中去。只见哥哥耀宗把小小一个白手包打开来，取出一个白瓷的小缸，倒非常灵巧，他伸手打开缸盖，递到父亲的面前，低低地说道：

“爸爸，你倒试试这个看，岳父说，这是东洋来的，不但力道足，而且香味更好。我在岳父家里已经试过两筒，觉得比云土还要高一肩。你闻一闻，香味怎么样？岳父说带来给爸爸尝尝味道。”

“嗯！香味儿确实好，云土还不及它香。倒难为亲家想得到，不知道这里多少分量？”

振雄接过烟缸，在鼻子上闻了一会儿，脸上堆了笑容，赞不绝口地说，一面向耀宗望了一眼，又低低地问。耀宗一面走到桌边去预备洗脸，一面回答道：

“这里只有三两五钱，岳父说，假使爸爸很对口味的话，下回可以再去多带一点儿来的……邬寿，邬寿，这洗脸水怎么这样凉？”

耀宗把手巾擦到脸上去的时候，忙又直起身子来，连叫了两声邬寿。这时张老实站在旁边，因为邬寿放下面水就走出去了，遂连忙自己接上去说道：

“宗少爷，我屋子里有热水，我去拿来给你。”

张老实一面说，一面匆匆地出外，不多一会儿，他提了一壶开水进来，在面盆内又掺和了半壶开水，然后在杯子里冲了茶，笑道：

“雄老爷、宗少爷，你们请喝茶，乡下地方什么都不方便，爷们在镇上住惯了，到了这里，难免就处处都受了委屈。”

“张老实，你不要客气，我们是避难来的，还有什么讲究呢？我觉得承蒙你这样招待，已经是很舒服了。耀宗，你看城里的风色究竟怎么样呢？胡老爷亲家是不是一定肯帮忙呢？”

振雄觉得张老实说得太客气，倒反而叫自己心中过意不起，于是摇摇头，表示很满意地说，但说到后面，又向耀宗望了一眼，轻轻地问。这时珠凤站在小天井里，听爸爸这样问，方知道哥哥到城里讨差使，在事先和父亲已经有过一度商量的，想不到他们爷儿俩就瞒着我这一个女孩子，一时想起过世的母亲，心里无限悲伤，几乎流下眼泪来了。就在这时，忽见哥哥抬起头来，他有点儿哭里带笑地“啊”了一声，把他手指上的伤痕示给爸爸看，一面说道：

“爸爸，你看我的手，说起来，这种人的野蛮，的确有些像强盗！”

“啊？怎么啦？你指上的戒指呢？”

“抢走了，还算运气，没有把我这二两半的烟膏子抢了去。”

“奇怪了，想不到他们眼孔这样小，难道连一枚金戒指都要的吗？你在什么地方遇见他们被抢了的？”

“我从城里回来，快要到邬镇的时候，不料就遇见了他们。他们一个个的手上都提着鸡呀鸭呀，有一个拉着我，看见我手上有金戒指，不等我自己脱下来，就使劲地一勒，害得我把皮都擦破了。幸亏我身上有城里维持会写给镇上山村队长的信，哦，我忘记告诉了爹，老丈人说，叫我们明后天拿了这封信见山村队长，看来事情大概有七八分的把握。”

邬振雄听了儿子这样报告，不由皱了眉毛，觉得这些野蛮民族到底不大好对付，所以心中也有些感到忧愁，望着儿子的脸，急急地问。耀宗一面回答，一面忽然想起了一件事，遂把手水渍揩干了，从公事包里拿出一封信来，交给他父亲看。振雄虽然是看了一会儿，但看得明、摸得平，却是一些都不知道里面说的什么，原因里面都写的日本文，一时感叹地说道：

“从前清政府打进中国来，说话虽然两样，但文字总不会变的。现在换了东洋文，我活了这六十多岁来，实在是视若无睹，真所谓狗看星星一天明哩!”

振雄在毫无思索之下而说了这一句话，但仔细一想，他的两颊也不由红了起来，暗想：我这人真是老背了，怎么说出这一个比方来？难道我连自己都承认是狗吗？幸亏张老实是个村夫，而且年纪还比自己长了一二岁，他大概也不了解这一句话的解释吧。振雄自己宽慰着自己，所以他的态度又显得自然了一点儿。但张老实在旁边忽然若有所思的样子，说道：

“说起认识东洋文，我们村子里只有江上燕这个孩子，可惜他在两年前就逃到别处去了，不然也在村子里倒大有用场，因为他不但认识东洋文，而且还说得一口好东洋话。”

“哎，你说这个江上燕，是不是在这里乐民小学里做过校长的吗？他这个孩子，我倒看见过两三次，人才是很不错，就是性子太刚一点儿，这种人往往容易闯祸，假使把他弄得得法，倒未始不是一个好帮手。不知道他现在在什么地方办事，家里也常常有书信到来吗？”

张老实的话倒把振雄提醒了。他心中暗自盘算，假使我要登台的话，像江上燕这样人才倒是少不了一个的，所以他向张老实低低地刺探，在他是很希望把江上燕利用的意思。但耀宗不待张老实回答，先有些不服气地哼了一声，说道：

“其实说了几句东洋话，也算不得什么稀奇，我只要用心学习半个月一个月，包管也会和东洋人对付一下。江上燕这家伙，我看见了顶讨厌，眼睛生在头顶上，好像除了他就没有旁人的样子。中日战事一发生，他好像是中国主席，喜欢瞎起劲，一天到晚连课也不上了，叫学生们和那班乡民去演说，要打倒日本帝国主义。现在皇军转眼到了这里，他便逃得无影无踪，害得几个学生子无知无识地还是说什么抵抗啦、奋斗啦，被皇军听见，结果白白地牺牲了性命。你想，这家伙不是害人精吗？他这次要还在这里的话，我不给他一点儿颜色看，他也不知道我的厉害呢！”

珠凤站在院子外，听他们说到江上燕的头上，而且哥哥把江上燕仇视得这个样子，于是她再也忍不住地奔进房中去，向耀宗冷笑了一声，说道：

“哥哥，我倒要问你一句话，你和江上燕心中到底有些什么过意不起？想他也是一片爱国之心，假使个个人民不爱祖国，恐怕中国早就亡了。就是因为中国人自私心太重，所以分出什么党、什么派，大家各为地盘，争权夺利，把国内建设置之于脑后，工商业更不必谈，连中国以农立国的农产都弄不好，到处荒年，再加上兵灾，民不聊生，你想，在这种情形下，如何不要叫日本人不侵略到中国来？谁知还有你们这一班自以为识时务者为俊杰的大学生，愿意出卖自己的灵魂，去做狗！去做傀儡！我试问你是否对得住你自己的良心呢？”

“什么？什么？妹妹，你敢拿这些话来侮辱我吗？哦！原来你和江小子有了交情啦，所以帮着他来向我反对了，很好，很好！你既然是个爱国分子，你为什么也会怕死？有勇气，你就不用跟爸爸逃到这里来！”

耀宗冷不防妹妹会从外面奔进来向自己教训了这一番话，一时两颊涨红得好像血喷猪头似的样子，他气得全身有点儿发抖，几乎暴跳如雷起来。珠凤听他反过来向自己嘲笑，遂也毫不容情地白了他一眼，说道：

“我怕死，你不怕死？所以你还想巴结日本人，预备做官去对不对？”

“放你的屁！我做的事情，由你来管吗？爸爸，你听妹妹这样欺侮我做哥哥的，你爸爸也得说句公平话呀！”

“珠凤，我和你哥哥在说话，你是一个女孩家，原不该来插嘴吧！”

耀宗在言语之间对付不了妹妹，因此只好向父亲讨救兵。振雄虽然把珠凤疼爱得像掌上明珠，不过对于她刚才说的一番话却也并不以为然，所以用了严肃的态度向珠凤喝住着，是叫她不必多管闲账的意思。张老实在旁边也劝解道：

“凤小姐，他到底是你的哥哥，你总得让他三分，还是省几句话，马马虎虎算了吧。自己人争得面红青筋的，也很不好意思呀。”

珠凤听大家都有庇护哥哥的意思，一时把脚一顿，哼哼地响了两声，掉转身子愤怒地走到自己那间卧房去了。张老实见耀宗向前跟上一步，好像还有什么言语要发作的神气，遂伸手把他拉住了，赔笑说道：

“宗少爷，你不要跟她女孩子一般见识，凤小姐年纪轻，到底不大懂得事情，所以你看在雄老爷的情分上，也就原谅她三分吧。”

“张老实的话不错，耀宗，你就不要和她计较吧。看她从小没有娘，你就可怜她一点儿。女孩子心中一有了气，回头又得哭一场。”

耀宗听爸爸和张老实都在劝解自己，那么终算也有了一点儿落场势。不过他口里还显出很生气的样子，说道：

“不是我说句马后炮，女子就不能受高中的教育。假使她没有在中学里混上了几年的话，她有胆量向我说出这几句话来吗？所以我说十个女子倒有九个是被读书读坏了，我想这大半还是受了江上燕这小子的影响，所以她的思想便越说越不像话了。”

“算了算了，不要再提这个话了。耀宗，你刚才怎么说？幸亏这一封信……怎么样呢？难道他们抢了你的金戒指后，还不肯放你通行吗？”

振雄摇了摇头，他把谈话的主题又回了上去，似乎很需要听他说出一个结束来。耀宗咳嗽了一声，说道：

“是呀，他们抢了我的金戒指不算，听他们口气，好像还要给他们找寻女人的样子。因为他们除了‘花姑娘、花姑娘’这两句中国话，别的我就一点儿都听不懂。一时我也吃惊起来，没有办法，急中生智，才把这一封信拿出来给他们看。想不到这薄薄的一张纸片真好像有千斤那么的分量，他们看了后，就点点头，叫我走了。我想这一封信显然是有些道理的，明天山村队长见了这封信，想来一定也会欢喜的。爸爸你说是不是？”

“啊呀！这样说来，今天少奶奶幸亏没有跟了来，否则倒真有些危险得很。”

“可不是？否则，至少要受一点儿虚惊。”

耀宗说着，点了点头，也表示幸亏没有一同回来的意思。振雄皱了眉毛，似乎有所为难的样子，沉吟了一会儿，说道：

“所以我常常说的，这个局面也不是好弄的。前两回，镇上他们再三地要我出面，我心里总觉得踌躇不决。就是为了这些人言语说不清楚，往往容易发生误会。况且我平日就最怕的是兵，俗语说得好，‘秀才遇见兵，有理说不清’，何况他们又是日本兵。这是所谓‘非我族类，其心必异’。他们此刻需要我们维持，就客客气气地对待我们，万一翻起脸皮，恐怕也会变毛皮畜生吧？”

“爸爸，你倒不要说东洋兵不好，他们也很讲道理的，只要你们不反抗他，欢迎他，他们绝对不会丝毫损伤你的。倒是从前北洋兵作乱的时候，闹得天翻地覆，不管好坏，逢人就杀，见色就奸。我听我老丈人说，只要有鉴貌辨色、顺风驶船的迎奉手段，这是毫无问题的。像城里，比方说他们需要花姑娘，就给他多开几家窑子；比方说他们喜欢吃鸡和蛋，就给他们多搜罗一点儿，我想这也不是一件难得没法办到的事情。”

耀宗听爸爸好像有些畏畏缩缩的样子，一时觉得很为着急，遂说得天花乱坠地竭力地怂恿。振雄静静地坐在椅子上，他倒并没有十分理会儿子的话，他只管在考虑自己的前途问题，有点儿自言自语地说道：

“可是老躲在乡下不出面吧，也不是一个极妥当的办法。因为没有人维持这局面，事实上的混乱一定不堪设想，生意做不成，租米又不能收，难道我费了一生一世的心血，得了这一份家私，就白白地抛送了不成？再说这地方上的事，本来我就是商会会长，什么开店揭幕，都非要请到我不可，我足足地也管了三十多年，哪一桩事情我不出面调解才办得好。现在不知哪里来了一个什么区长，大小事情都得他做主，神气活现，进出汽车，还带了卫兵，难道我这一把年纪还及不上这些血渍未干的毛头小伙子吗？所以我心中真也有点儿受不了。”

“就是为了这样，所以我说爸爸无论如何不能畏畏缩缩。常言道：怕痛怕痒，做不来外科医生。一个人胆子要放大，况且如今有我老丈人出信推荐，这是一件再妥当也没有的事了。爸爸，你不提起这个姓陆的小子倒罢了，一提起了他，我的火星就会从头顶心冒上来。他妈的！这小子是个什么东西！在从前无非是开了一个小浴堂罢了，我去洗澡的时候，他弯了腰招待我，仿佛是晚爷一般地恭敬。现在不知怎么的给他钻到了这一个位置，因此他就不免头重脚轻起来。最可笑最可恨的，是我那天在一家燕子窝里吸鸦片，他部下把我抓了去，他居然把我当作不认识的样子，摆起臭架子，把我一本正经地教训了一顿，气得我有口难说话。假使有一日给我找到了机会，我若不打他几个嘴巴子，怎么能出了我心中的一口怨气？据说他做了区长后，马上讨了四个小老婆，专门叫部下人在外面敲诈，搜刮民脂民膏。唉！照此下去，难怪乎中国要亡国了。”

耀宗一面劝爸爸不要三心二意，一面他想到了自己所受的委屈，所以他觉得非弄一个比区长更高的职位来，和姓陆的来较量一下不可。张老实在旁听了，似乎也有一点儿气不过，他多少包含了一点儿拍马屁的性质，说道：

“唉，这个年头，混乱得太厉害，有地位有声望的绅士倒反而隐埋了不出面，让这些扦脚的、挑粪的来做大亨，这当然是非弄得一塌糊涂了。照理，雄老爷年纪老了，有些地方照顾不到，那么还有宗少爷接管。想宗少爷是个大学毕业生，什么书本都念熟了，难道不够资格吗？所以这情形，不但宗少爷要生气，就是我旁人代替想想，心中也大大地不平呢！”

“所以我说爹切勿再迟误了，因为这个机会失掉之后，以后恐怕很难找的了。”

耀宗听张老实的话，心中更有了一点儿刺激，遂微红了两颊，向振雄低低地催促。振雄沉吟了一会儿，他心中其实也早有了一个计划。不过他不愿被人家说是他自己喜欢登台，他要人家知道他的登台是为了维持镇上的市容、人民的生计，表示万不得已的意思，所以又这么地说道：

“昨天镇上的花三爷，他亲自来打听你到城里去的消息，并且他也竭力要我出面，还说他一定帮我的忙。其实他是最乖的人，平常那种刻薄人家的脾气，也知道他是绝对不会热心公益的事。我想他说帮忙两字，无非是敷衍而已，想早点儿恢复市面做生意，使他几家铺子不会有所损失，那是他的目的。不过我不管人家怎么地在利用我，我为了整个邬镇的幸福、人民的生活，我觉得出面来维持这个危局，大概也不会有什么人来反对我吧？张老实，你是这里的村长，你当然很熟悉这里村民的个性，假使我出面来维持，不知你们这里的一班种田人以为怎么样呢？”

振雄说的完全是为了大众，并不是为了个人，所以自己出面那是有些义不容辞的意思。张老实听了，把胸脯拍了拍，说道：

“雄老爷如果肯出面维持，这是再好也没有的了。乡下人不懂得什么，只求过太平日子，他们谁敢反对？再说我是村长，对于村民大概可以镇压得住。不过只要雄老爷有办法对付东洋老爷，镇压得住他们不来伤害我们，哪一个还会反对？恐怕拥护你还来不及呢！”

“唉！张老实，你也说得好容易的，压得住三字我可不能保险。他们是打进中国来的皇军，我要镇压他们，那我可不是变成了太上皇军了吗？所以我们对付他们，也无非自己乖觉一点儿，肯低头服小，处处地方逢迎他们一点儿，他们认为很满足了，那么他们自认也不会十分地野蛮不讲理了。”

张老实这些话听到振雄的耳朵里，一时由不得苦笑了一笑，在叹了一口气之后，方才低低地向他解释。因为在这局面之下，不是自己得势，所以出面维持，也无非是一种委曲求全的办法。张老实点了点头，说道：

“这样就好了，他们不来害我们，哪个还敢去犯他们呢？我们种田的都是安分守己的老实人，只要有田种，有太平日子过，谁来坐龙廷我们都不管，只希望能够活得下去，那就很满足的了。”

“爸爸，你听张老实真是个有见识的明白人，说的话到底很有道理。所以我的意思，只要上面安排得好，下边就毫不成问题。哪一个乡下人不怕死呀？老实地说，江上燕这小子就不知死活，没有逃走之前，到处宣传抗日，我倒认为是个大害。现在他逃走了，那倒好弄了，我们不用再防他暗中来破坏了。至于这里乡下人，大半都是我们佃户，他们要种我家的田，如何还会来反对我们呢？所以我认为这次出面，绝无意外的阻碍。爸爸，你尽管把胆子放大一点儿好了。”

耀宗一心一意要来干一番轰轰烈烈的事情，所以他说的都是怂恿他父亲早一点儿出面实行的意思。振雄微微地点了一下头，但他忽然又有了一层考虑的样子，说道：

“话虽这么地说，不过现在的情形和从前也有一点儿不同了。乡下人好像也懂得了一点儿爱国的思想，我自从到这里来避难，有时候常常可以听见大门外在喊什么‘打倒日本乌龟’的口号，我听了真代他们胆寒。他们喊得都不知不觉，可是我却给他们捏了一把冷汗。张老实，你听见过没有？不知道是哪几个人？我想你既然是一村的村长，那倒不能不负一点儿责任呀，所以你要把他们叫来，非好好地教训他们一番不可！”

“是呀，我也这样地想，都是那些不务正业的毛头小伙子，东荡西逛，不懂事情，无非是喊着好玩的。”

“啊呀！该死！该死！这可不是什么好玩的事。被皇军老爷听见了，岂不是斫头不拣时辰吗？我说中国人就是这些劣根性不好，人家打进来，不犯你们也有得好了，谁知还要嘴发痒，去惹惹他们，所以有几处地方遭到大屠杀，也都是中国人自己去寻找来的。我说这种害群之马倒不要让他们留在村子里才好，免生后患。”

振雄连说了两声该死，他表示这样严重的一件大事，绝不能把它当作一件儿戏看待。耀宗听爸爸的口吻也有一点儿生气的意思，于是他先发挥其狐假虎威的势力，冷笑说道：

“我猜这都是江上燕那小子留下来的余孽！所以爸爸的话很有道理，斩草不除根，必生后患。张老实，你该知道到底是哪几个浑蛋，他们一定是活得不耐烦了，所以在自寻死路。你快告诉了我，我马上把他们捉到山村队长那里去，抽了筋，剥了皮，才知道皇军老爷的厉害哩！”

“宗少爷，你千万不要生气，我会去警告他们的，叫他们以后不许再随口地乱嚷就是。你第一步若用武力去对付他们，他们心中自然也会结怨你们，所以无论什么事情还是先礼后兵，警告再不听从，那时候叫这班毛头小伙子也可死而无怨了。”

张老实听他一下子就用武力压迫起来，心中也吃了一惊，于是用了缓和的口吻，向他一本正经地劝慰。振雄到底是个老奸巨猾，比不得耀宗似小鬼当了大权那么鲁莽和威吓，遂向耀宗瞪了一眼，埋怨着道：

“你们这班年轻的人呀，没有经过大事情，所以火气太大，性子太躁。要知道，干公事也不能太性急的。那些乡下人原是无知无识，不懂事情，所以听了旁人的煽动，便只知道凑着热闹。如果有人把利害关系向他们讲明白了，当然再也不会胡乱起来。像你这种干法，逼得他们狗急跳墙，那时候人心一变，倒反而显得难办了。”

“雄老爷这些话是做人之道，也是办事的经验。其实他们懂得什么？明天我向他们警告，保叫他们吓得伸了舌头缩不进去，恐怕躲在家里起码三天不出门呢！”

张老实说的乡下人脾气，倒也并不是过甚其辞，但这是一部分愚蠢的村民，当然也不能一概而论。振雄对于张老实的话很赞同，觉得张老实很有能力把握得住这些村民，那么自己倒也少不了他做一个帮手，于是说道：

“张老实，我把村子里的事全都交付了你，你得好好地管教他们一下。只要他们不闹出别的花样精来得罪皇军老爷，这就是你的功劳，我将来一定会给你许多的好处。”

“雄老爷，你肯为了我们老百姓出面维持生计，我当然应该努力替你老效力。不过我生成是个种田人，而且年纪又老了，不懂公事，不见世面，所以你老还得随时指教才好。至于好处，小的也不敢想，只不过小的这一点点小家私倒也费了一生的心血，我的儿子又生得老实不中用，所以我求求雄老爷能够保全我这一份小家私，我纵然给雄老爷赴汤蹈火，也情愿把老命去效死了。”

从张老实这几句话中听来，也可知他是个“只管自家门前雪，不管他家瓦上霜”的自私小人。他们的目光是浅近得可怜，他们只知道度过一时的苟安，只要自身不受亏，管得了什么全村的生命财产？连全村都没有一点儿同情心，这还谈得了国家和民族吗？不过眼看目今政治舞台上的要人尚且如此，这何况是一个小小的老百姓？所以言念及此，真不免为中华民族而痛哭哩！

“张老实，你放心，凭你这一点儿家私，我可以给你保险。单拿我镇上这一爿米店来说，可以抵抵你的家私吗？所以你尽管不必担忧。我叫你帮忙，也不是要你跟日本老爷去直接谈判，无非是叫村中人不许再高叫打倒……的话，因为闯出祸水来，你身为村长，恐怕也脱不掉罪名的。”

“是呀，谁反对皇军老爷？不要说房屋田产都化为乌有，连生命恐怕也难以保全了。张老实，你不是糊涂人，我不说出来你也总该知道。”

“是是是，我岂有不知道的理由？只要能保全我这一份家产，爷们的吩咐，我可以完全地照办。”

张老实再三地点头称是，他拿了刚才冲茶的热水壶匆匆地走出去了。振雄拿了水烟壶，呼噜噜地吸着水烟。他的思绪是很复杂，似乎在通盘计划着这次出面后的工作。忽然他的视线又接触到放在茶几上这一封信，这就望了耀宗一眼，低低地问道：

“喔，耀宗，那么这封信中到底写的是什么话？你自己可知道吗？”

“看是看不懂，但我老丈人曾经给我解释过一遍的。他说县里维持会请爸爸和我同山村队长接洽组织郐镇维持会的事件，县里已经内定我们做维持会的委员，不过还得当面问问山村队长的意思好不好。我想山村队长既然再三地要请爸爸出来，那么爸爸做个主席当然是十拿九稳的。还有……我想明天去的时候，最好向山村队长帮帮忙，另外再组织一个区维持会。上回弄区长没有弄到手，被姓陆的夺了去，现在我一定要好好活动一下。爸爸，你明天见了山村队长，也要给我代为做一个说客。假使事情成功了，爸爸是镇维持会长，我是区维持会长……那时候谁还敢和我们父子两人来作对呢？”

耀宗听父亲这么问，遂把这封信拿来，一面清清楚楚地看，可是一面却糊糊涂涂地解释。说到后面，他趁此又说到自己的头上来，似乎大有雄心勃勃的样子。振雄却摇摇头，微微地叹了一声，说道：

“你这孩子的脾气就改不了，刚说过，倒又性急起来。我说你别忙，你的年纪还轻得很，有的是前程，现在且不要想一步登天，欲望太大。暂时先帮着我弄像了一个样子再说，一个还没成，你倒又想另起炉灶地弄第二个局面，这你的野心也太大了。你该知道，这种事情虽然说办就办，但也绝不是一件儿戏的事。一则，他们是日本人，蛮不讲理，说翻就翻，弄不好也是吃力不讨好；二则，乡下人也早已吃过他们的苦头，他们表面上老实，心中恨得什么似的，大家没有不想把日本人的肉来咬几口。所以我们要去说日本人好，他们也未必个个甘心。虽然我没有进过什么大学，念过许多的书本，不过我比你至少是多吃了几年的饭，单说六十几年来所瞧到所听到的事情也比你要多上几十倍呢！比方说我这次要组织维持会，先叫你到城里去和亲家和胡老爷商量过，叫他来撑我们的腰，我方才敢大胆出面，这些都是我做事情的稳健。至于你的事，我以为只要你能干，有办事的魄力，那么多操练一个时期，小小的区长算得了什么？就是要做县长也不算是件难事呀！我是逼不得已才出面的，因为像我这一般年纪，难道还预备打天下坐龙廷吗？可以安安静静地享两年清福，已经是上上大吉。假使你可以有把握拿得稳的话，我这个主席就让给你做也不要紧。”

“不，不，爸爸，你不要误会我的意思，做主席我当然还不到这个资格。不过，我也是为了面子着想，比方说，我老丈人是县里维持会的委员，不久爸爸又可以做到镇上的主席，但我连一个区长都弄不到手，那究竟太不像话了。况且我吃了姓陆小子的气，我也该扎一点儿台型回来才对呀，要不然，连爸爸的台都坍完了。”

耀宗听父亲说了这一大套的话，至少是包含了一点儿教训的成分，但说到后面，他又把主席的地位要相让给自己，因此心中就开始急起来，连忙摇头，说了两个不字，一面急急地辩白，表示他自己还有这一层苦衷在心里。振雄似乎有点儿疲倦的样子，他伸了伸两手，打了一个呵欠，正欲再向耀宗有所劝慰的意思，忽听外面有很多人正在大叫道：

“鬼子兵打进来了，我们快逃呀！”

“见了女人就强奸，见了男人就杀！不得了，不得了，快逃，快逃！”

“啊！东村已放了火……”

“不！是西村放了火，而且还杀了人！”

大门外这一阵子杂乱胡嘈的嚷声，播送到房内振雄父子两人的耳朵里，大家的心头都别别地跳跃得厉害，同时脸上也变成灰白的颜色了。

第二回

风声鹤唳鸡犬皆不宁

张家村离郛镇很近，大约只有七八里光景。张家村之命名，当然因为这村子里是张姓望族的缘故。可是几百年下来，一直到现在，张姓的子孙渐渐地衰落了，外姓的人都纷纷迁居入村，因此这张家村三个字也徒有虚名的了。离张家村五六里路程，有一个芭蕉岭，因为这山峰的形状像芭蕉，故而以此名之。山岭虽不及喜马拉耶山和东岳泰山那么的高耸云霄，但遇着阴天的时候，浮云弥漫在半山之间，远远地望去，倒也颇觉形势险恶的样子。这时已经深秋的季节，小麦在田野间也已发出青青的颜色，随了一阵一阵微风的吹送，好像绿波在江潮中翻动。每当夕阳西下的时候，几只小鸟在几处颓垣倒墙上面飞掠而过，低首俯视那留在残壁上累累枪炮的弹痕，好像在悲哀地凭吊。这一片劫后的景象，令人感到满目荒凉的意味。

张老实家的大门口，这座八字大门墙，在全村中是最好最像样的房子了。门前是一个很大的稻场，场上四围植有垂柳数十株，柳树下置有石凳，在仲夏之夜，村中人都到此地来纳凉，好像是一个公园模样。场左边有几个零零落落的牛棚，牛棚后有一座土墩，站在土墩上可以见到附近各小村庄。那芭蕉岭的山尖也模模糊糊地映在眼前。就在这时候，忽听远处一阵叫喊，“不好了，东洋鬼子杀进来了”，接着就有许多男女乡民各携衣包匆匆地奔逃过来，他们奔逃的目的地，是预备到芭蕉岭去躲避的。这一阵混乱的叫喊声经过了张老实的大门口时候，张家大门便慢慢地开了。只见张老实的身子和头在半开的大门内闪了出来，一见并没有什么鬼子兵，于是大了胆子，方才挺身而出，向众村民招手叫道：

“喂！喂！喂！大家不要跑！不要逃！”

“哦！村长公公，为什么不要逃？鬼子兵已经打到这里来了，杀人放火，不逃还有得了性命吗？”

“村长公公，你有什么办法把鬼子兵打退出去吗？”

众村民被张老实叫住了，大家都转过身子来，围住了张家大门口，你一句我一句地询问。张老实像演说地道：

“你们不要慌，不要忙，也不要怕。镇上的邬振雄老爷也在避难在我的家里，他叫我来对你们说，这里已经是安全的地方，所以不必再向别处逃了。就是皇军老爷到了村子里，他有太阳旗带在身边，把太阳旗高高地挂起，就没有什么危险的事情了。”

“村长公公，你这话可是真的吗？挂了太阳旗，难道鬼子兵就不会杀人放火了吗？”

其中一个村民名叫金鹭水的，他在本村是捕鱼为业，因为他的个子生得很长，所以村中人都呼之长脚鹭水，这绰号和他做的买卖更是非常贴切。鹭水听了张老实的话，第一个先有些将信将疑，所以便向他急急地追问。张老实接着又用了很大的声音，说道：

“长脚鹭水，你看我做村长的几时对你们说过谎话？这当然是千真万确的事情呀！假使不信，你们可以看雄老爷有几百万家当，而且还有千金小姐，他也没有逃跑呢。再说我张老实，做了你们的村长，年纪比你们大得多，也不逃走，你们逃什么？所以我一片好心来劝你们，还是安安心心地回去，看皇军老爷到了村子里，我们雄老爷也有办法跟他们讲交情的。信不信由你们，反正我绝不会捉弄你们的。”

张老实说完了这几句话，似乎不愿与他们有一再解释的余地，遂回身入内，把大门又关上了。这时众村民倒弄得没有了主意，大家交头接耳，议论纷纷，不知究竟如何是好。长脚鹭水也是委决不下，这就征求大众的意见，高声地说道：

“你们听雄老爷说的话究竟靠得住吗？其实我们也不能过分信于谣言，有的说东村放了火，有的说西村放了火，但到底没有一个人亲眼看见过。再说大家都叫鬼子兵打进来，可是你们谁看见过鬼子兵的影子呀？所以我的意思，大家还是回家去吧，不知道众位的心中以为怎么样？”

“鹭水，你这个人我不是老在埋怨你，耳朵风最软，假使有一百个人对你说一百句话，恐怕你心中就认为一百个人都不错的了。其实主意要自己拿定的，管他靠得住靠不住，我们还是到芭蕉岭山上去避一避的好，万一鬼子兵杀了进来，那时候懊悔恐怕又感到来不及了。”

这是鹭水的妻子金大嫂说的话，她是一个二十八岁的妇人，平日自以为是个很能干的女子，鹭水平常什么事情都要得到她的同意，他们夫妇完全是启示着民主的先声。果然，鹭水经女人一说，他就不再开口，可是旁边的曹麻皮却有点儿相信的样子，说道：

“长脚，我想雄老爷既然这么地说，他不是一个含糊的人，大概总有一点儿靠得住的吧？”

“曹麻皮这话很对，你们看雄老爷他自己也没有逃走，想他在这里有着几百亩田，难道他的性命比我们还不值吗？”

小狗子也认为曹麻皮说得很不错，遂附和着说，他还用一种证明向大家解释。金大嫂不愿鹭水再去参加意见，遂把他身子拉到旁边去。这时有个秦四婆婆，她是村中一个孤老太婆，身世最可怜，年纪虽然近七十岁了，但她身体还很强健，每天还有十多里路可以走，并不感到吃力。不过她到底是上了年纪的人，能够不逃难，总是她心中认为欢喜的事，于是也说道：

“既然这么说，我们还是回去吧。穷人最宝贵的是光阴，一逃两逃，我答应人家两天赶制好一条裤子便再也没有完成的时候了。”

“四婆婆，你不要嫌麻烦就不想逃，可是鬼子兵有的是汽车，说到就到，谁知道呀？所以我们不要上村长公公的当，雄老爷为什么自己不走出来说话？说不定他自己早已逃跑了哩！”

站在秦四婆婆的旁边是小玲子姑娘，她们是住在一个屋子里的。说起小玲子的身世也怪可怜，七岁没有爹娘，跟一个孤零零的舅母过生活，但到小玲子十四岁那年，连她舅母都死了，因此她和秦四婆婆一样可怜，不过在这可怜的生活中，她也已经度过三个年头了。此刻她听四婆婆这么说，年轻的人和年老的人见解当然不同，所以她又这么地猜疑着。众人听了这话，大家又都说“对对”，因为雄老爷没有出来，这是给众人一个最大的疑点，于是众人又要向芭蕉岭跑的时候，忽听吱的一声，大门又开了，只见张老实走出来，高声地叫道：

“大家不要吵！不要吵！你们看，雄老爷、宗少爷亲自来挂太阳旗了！难道你们还有什么不相信的地方吗？”

大家一听雄老爷亲自出来挂旗了，于是又停止了步，回头向后来望，果然见一位六十上下年纪的乡绅，生了一副白胖的脸蛋，戴着一副金丝边的眼镜，头顶光秃秃的，发着亮光，下巴留了三截灰白的胡须。他手里真的拿了一面太阳旗，交给后面的宗少爷，系在竹竿上，高高地在门口挂了起来。有几个佃户是认识雄老爷的，所以很恭敬地上去行礼招呼，于是四下又很静悄起来。雄老爷此刻的态度显得十二分严肃，向大家望了一眼，方才朗朗地说道：

“诸位乡村父老兄弟们！你们大家不用害怕，也不用逃走，皇军老爷就是真的来了，只要大家跪下来焚香迎接，他们就不会来伤害你们，而且还会保护你们。所以你们大家千万要安静一点儿，奔来奔去，白白地辛苦，我觉得你们是很不上算的。”

“什么？还会来保护我们？这个我们有点儿不大相信。”

“小狗子，你不要太戆了，雄老爷的话是不会错的，不听老人言，吃亏在眼前。大家省点儿气力不好吗？”

小狗子虽然相信雄老爷或许有一点儿能力可以和鬼子兵讲讲交情，不过对于鬼子兵会来保护我们这句话，那似乎觉得有点儿言过其实，所以他不顾一切地先嚷了起来。这时耀宗也忍不住高声说道：

“你们这班人不要自讨苦吃，我爸爸说的话当然有相当的把握。假使你不相信的话，我可以老实地向你们告诉一个原因，我是刚从镇上来的，那边已经是很太平了，而且街上照常营业，人民依旧过着太平的日子。城里我也去过了，你们总该知道我的老丈人是县里很有地位的人，现在他是维持会里的委员了，他给我爸爸介绍，同时已得到皇军老爷的答应，我爸爸就可以做镇维持会的主席了。主席两个字知道吗？好像从前皇帝一样，他的权力很大，就是皇军老爷有什么行动，也得和我爸爸商量过后方可实行。我老实地告诉了你们，你们总可以相信了吧？”

“我孩子说的完全是真话，你们要知道，皇军老爷打到中国来，是要抢夺中国的土地，又不是要杀你们老百姓。我们只要肯低头服小，还有什么可怕呢？从前清军打进中国来，也不是要我们老百姓去拥护他吗？所以皇军老爷到了这里，人生地疏，他们自然也需要我们老百姓去帮他们的忙，所以你们千万不能骂他们，预备反抗他们，一个人好歹总知道，他们见你们待他好，他们自然慢慢和你们亲热起来了。”

振雄听儿子这么说，遂又补充着向他们告诉，表示他儿子说的完全是真实的情形。一面他拉了耀宗的手，又丢了一个眼色，父子两人悄悄地又躲入屋子里去了。张老实遂也说道：

“你们大家快点儿回家去吧！雄老爷和宗少爷的话都是金玉良言，绝没有加害你们的意思。不要犹疑了，散了吧！散了吧！”

张老实一面挥手，一面把身子也向大门内缩了进去。大家听了，不免将信将疑。金大嫂平日自信力很强，而且又很谨慎，她是抱着宁可多往返一次，而不愿吃眼前亏的宗旨，所以噘了噘嘴，哼了一声，说道：

“我看这话靠不住，洋学堂里读书回来的小伙子最会吹牛皮，雄老爷虽然有点儿名气，也不能和皇帝去比在一起呀！既然鬼子兵都要听雄老爷的话，他们一家老小又为什么逃到这里来呢？再说镇上这几天混乱得一塌糊涂，昨天早晨去做买卖的人大家都吓得逃回来，谁知他偏说很太平了，所以他完全是骗骗三岁小孩子，我们可不能上他的当。鹭水，别人我们管不了，我家四口先逃到芭蕉岭上去避一避再作道理。”

金大嫂手里抱了一个才周岁的女儿小毛，手里又搀了她七岁的儿子矮冬瓜，一面说着话，一面向鹭水瞅了一眼，显然这表情是命令他快走的意思。小玲子也觉得她话有道理，遂也说道：

“金大嫂这话说得中听，他们只好在我们面前神气活现，见了鬼子兵却要跪下来叩头迎接，那就先后说话不符合了。四婆婆，你不走，我一个人跟金大嫂走了。”

“要走大家一道走，我就跟你一同逃吧。”

“对呀，中国人就不肯一条心，不管什么事情，总要合力同心才对。我觉得大家还是走了比较妥当。”

秦四婆婆一说，曹麻皮也这样地提议着说，于是众村民一齐喊了一声“跑”，便像一窝蜂般地都向芭蕉岭那边奔跑了。小狗子也想跟了众人拔脚飞奔的时候，他回头向后望了一眼，见萧家青、红二郎却站在那边没有奔，遂向他们望了一眼，奇怪地问道：

“青郎，红郎，你们两兄弟为什么不逃？难道预备给鬼子兵到来杀死吗？”

“小狗子，你这样怕死吗？那么你从前跟了江先生到处去宣传，这一番功夫不是也白费了吗？放一点儿勇气出来，鬼子兵打进来，一个换一个不蚀本，这还怕什么呢？”

萧青郎摇摇头，望着他浮现了一丝轻蔑的笑，至少是笑他太胆怯的意思。小狗子被他这么一说，两颊也不免添了一点儿羞愧的红晕，但他口里还表示强辩道：

“我倒并不是怕死，因为他们都很起劲地逃，我一个人反正也没有事情，所以跟着他们无非凑热闹。他妈的！鬼子兵也是人，又不长着三头六臂，孙子王八蛋见了他们害怕！”

“哈哈！小狗子，你这张嘴总算很灵活，我倒很佩服你。”

萧红郎笑了一阵，忍不住感到有趣地回答。小狗子忽然又叹了一口气，好像想到了什么似的，说道：

“时势越不太平，外头谣言也越多，因此弄得风声鹤唳，草木皆兵。不是我夸一声口，平日我的胆子顶大，可是被他们一阵子混乱，弄得我也六神无主起来了。”

“你不要吹牛皮，胆子大的人，江先生说，临乱也不会吃慌的。他有冷静的头脑，坚毅的精神，绝不会别人家逃，就跟了逃，别人家不逃，自己也不逃了。”

萧青郎听小狗子还要说大话，遂又笑嘻嘻地讽刺他。小狗子倒有些不好意思起来，遂镇静了态度，反问他道：

“你看我现在可曾逃了没有？他妈的！鬼子兵要如打进来，我就和他们拼命！小狗子没有爹娘，没有亲戚，光打光，还怕什么呢？像江先生家里有老娘，他还硬着心肠抛弃了家庭，去打鬼子兵为国效劳去呢！”

“小狗子，你又在发戆性了，现在这个时候，不是随便可以乱说的。江先生打鬼子兵去了，你在别人家面前千万说不得。这可不是玩的事，假使被鬼子兵听见了，江老太太的性命只怕就被你送掉了。”

萧红郎听他这样地乱嚷起来，遂向他摇摇手，表示劝阻他的意思。但小狗子却又不以为然起来，把个小拇指伸了出来，向他扬了一扬，笑道：

“你说我胆子小，可是你的胆子就比我更小得多，你瞧这里除了我们三个人，连一个鬼影子也没看见，怎么你就怕鬼子兵听见了呢？你正是一个起码人，还是给我躲在家里不要走出来的好。”

“放你的狗屁！你知道什么？一个人胆子大，要大在心里，光在口里叫喊，那又有什么屁用？你懂得事情就好了，那么三岁小孩子也变懂的了。”

“哼！我为什么不懂？你倒给我说出一个道理来。”

萧红郎听他还说自己起码人，这就心中一气，把脸一板，忍不住暴跳如雷起来。小狗子在体格方面是及不到萧红郎的，所以他心中虽然仍旧不服气，而口里已经有了软化的成分。红郎冷笑道：

“你还要叫我说道理，可见你这个人就糊涂到了极点。你难道没有明白现在村子里已经出了奸细吗？他们认贼作父，预备做大官、发大财，所以把我们小百姓都死人不关地出卖了。那么你若有一点儿反抗的思想，就是鬼子兵没有知道，只怕这班衣冠禽兽的狗，他们也会因媚敌而把你当作牺牲品呢！所以我劝你以后别光在口里乱嚷，要知道病从口入，祸从口出，江先生从前对我们说的话，难道你就都不记得了？”

“对对对！红郎，你这话果然有道理，好在我们是一个学校里的同学，你若不肯原谅我，那么你也得看在江先生的脸上，就快不要生气了。”

小狗子仔细地一想，不觉连说了三个对字，他肯自己认错，倒还不失是个肚子清通的人。红郎笑了一笑，把刚才那副暴躁的性子也平静了下来，说道：

“我真犯不着跟你生气，不过我劝你从今以后，把那张快嘴改得慢一点儿，别不认清楚了对方是个什么人，就随便地乱说。”

“我想邬振雄这个老家伙也太想不明白了，头发也花白了，还要去干这一种可耻的事情，这么大的年纪真是活到狗身上。并不是我说这一句话，邬珠凤先生至少也有一点儿失了责任。”

“喏喏！你又来了，叫你不要随便乱嚷，你偏又这么地说了出来。我以为这也怨不了邬先生的，因为邬先生的哥哥是个最没有心肝的坏蛋，他和我们江先生是素来反对的。况且他的丈人峰，又是县里什么维持会的委员，那么他们的眼痒，当然还是为了这一个根子而引起的。其实我猜邬先生的心中，她一定也很痛苦的。你只要想她从前教我们历史科的时候，对于这鬼子兵欺侮我们中国的事件，她不是总归鼓着脸腮子，表示无限愤怒的样子吗？她叫我们记在心里，说鬼子兵是我们世世代代的大仇敌，我们终有一天会和他们算总账的。我想邬先生平日既然痛恨得这个样，现在战事发生了，难道立刻又掉转枪头来了吗？这个我想是不见得吧。”

萧青郎听小狗子又拉开嗓子说了起来，不由向他指了一指，一面说，一面便表示他心中这一番意思出来。小狗子忍不住叹了一口气，说道：

“假使江先生还在故乡的话，他一定会想出一个办法来，可惜他已经到外面去了。并不是我怪来怪去，江先生这人真也糊涂，去了这么久长的日子，好歹也该写一封信来，假使我知道他在什么地方，狗养的才高兴再这样气闷的地方再住下去！”

“我想我们这里没有信，邬先生那边一定有信札往来的。几时我们遇到邬先生的时候，倒可以向她探问探问，就只怕她不肯告诉出来。”

萧红郎听他这样说，似乎也感到在这恶势力的环境之下是太苦闷一点儿。他用了一种猜疑的口吻，低低地自语着。青郎也有些感触的样子，微微地叹了一口气，说道：

“其实校长先生假使不走的话，现在也是很危险的，因为他是一个好人才，而且又是个个性倔强的人。比方说雄老爷，他要登台，自然需要这样好人才来做帮手，假使校长先生拒绝了他，他又怕校长先生会破坏他们，他们小人的手段，一定会放不过校长先生。所以我的意思，他走了也好，眼不见为净，否则，也是要气破了肚子的！”

“只不过校长先生走后，江老太太的病就没有好过。可怜她老人家真也伤心，孤零零的一个人，若没有这个王跛子老管家侍奉了她，她恐怕早就饿死了。”

“我们昨天才到她家去望过一次，江老太太的精神比前几天好得多了，她说这病是为了校长先生而生的，因为两年来没有见面，她想得真有点儿废寝忘餐了。我劝她不要思想过度，将来母子自然有重逢的日子，可是这些空虚的安慰根本就没有什么用处。唉，我想到了母爱的崇高，这是没有什么再可以相比拟的了。”

萧青郎听小狗子这样说，遂把昨天去望过她的情形悄悄地告诉。三个人正在说话，一个乡民右边匆匆地走来，说道：

“东洋鬼走了，两个，我亲眼看见的，手里捉着母鸡，现在叫大家可以不用跑了。”

“真的走了吗?”

“谁还骗你不成？我看他们出村子向镇上走了。”

“可是他们早已跑到芭蕉岭去了，唉，这样下去，终也不是一个解决的办法。”

萧青郎感到每日逃难，东逃西躲，连吃饭的时间都没有，他心中有些说不出的愤恨。那乡民说了一声“还是我去叫他们回来吧”，他便向芭蕉岭那边匆匆地奔了。小狗子想到了说道：

“青郎，红郎，我们还是去看看江老太太吧。外面的谣言，她老人家不知听到了没有？假使知道了，她走又走不动，逃又逃不开，心中也不晓得要怎么样着急呢。现在鬼子兵既然走了，我们也该去安慰安慰她，你们的意思怎么样?”

“小狗子这两句说得有道理，我们就动身走吧。”

萧红郎含笑低低地说，三个人正欲开步走的时候，忽见张老实家的大门又开了。三人回头去看，这倒是出乎意料地原来正是邬珠凤小姐，于是他们三个人又跑了上去，很有礼貌地向她鞠了一个躬，叫道：

“邬先生，好久不见，你也到这里来逃难吗？可是这里也不是十分安全的地方，刚才两个鬼子兵，闹得满村子里也是鸡犬不宁的。”

“我倒并不是一定说逃难来的，因为校长先生走后，学校散了，我住在镇上来一次就觉得很不方便，所以好久不曾来望江老太太，我此来一半也是为了看望江老太太。陆小狗和青郎、红郎三个人你们预备到哪里去？”

邬凤珠一见他们三个人，便微微地一笑，一面告诉，一面又向他们三人低低地问。青郎说声“巧了”，道：

“我们也是望江老太太去的，那就好了，我们还是一同走吧。”

“这样很好，你们就陪我一同走一趟。刚才一阵风似的又说东洋鬼要来，她老人家听说又有点儿不舒服，在家里也不知道是急得怎么样的了。”

珠凤点了点头，她皱了两条弯弯的眉毛，显然她的心中感到有些忧愁。红郎、青郎和小狗子听她也骂了一声鬼，不像她父兄口里叫着皇军老爷，可知她对东洋鬼绝没有逢迎好感的存心。大家互相地望了一眼，表示心照不宣。四个人默默地走了一段路，小狗子再也忍熬不住了，遂开口问道：

“邬先生，我们校长先生去了这么久，不知道在什么地方？你也晓得他近来一点儿消息吗？”

“这个……我有些不知道，不过我猜他一定很健康，而且他的心中一定也很记挂你们的。”

珠凤所以不肯向他们老实告诉，是为了怕他们要看阅这一封信，所以她说出这两句有趣的话来。三人觉得她说的多少包含了一点儿矛盾的成分，这就向她愕住了一会儿。青郎笑道：

“我想在这两年中，校长先生少不得有几封信写给邬先生，邬先生也许怕我们泄漏出去，所以不肯说出来吧？”

“不，那倒并不是……”

珠凤被他一说穿，粉颊立刻会像玫瑰花朵般地娇艳起来，这就感到很不好意思，遂勉强镇静了态度，还一味地表示否认着。不料就在这个当儿，忽然瞥见王跛子扶着江老太太跌跌撞撞地走了过来。

可怜江老太太气喘吁吁，还一路地咳嗽不停。珠凤等四人一见，急得连忙奔了上去，大家扶住了她身子，急急地问道：

“啊呀！江老太太，你是有病的人，怎么也跑出来了呢?”

“可不是？邬小姐，你来得正好，可怜老太太听说鬼子兵来了，她一定要起床来，换了衣服，还穿上了裙，说是……”

王跛子也是个六十相近的人了，再说又是一个跛子，所以扶了江老太太，一拐一拐，正在感到十二分痛苦的时候，忽然见了珠凤等四个人，他好像觉得有了什么解决办法似的，遂向他们低低地告诉。珠凤见江老太太站在地上，紧闭眼睛，显然是两眼昏花、站脚不住的样子，于是连忙扶她在一块大石上坐下，也不等王跛子再告诉下去，先急急地说道：

“王跛子，你也真糊涂，老太太病得很不轻，怎么能让她在路上跑呢?”

“邬小姐，你不知道，我劝她，她不肯听，她老人家还说，只要东洋鬼子一进门，她老人家就跳井。我没有办法，所以只好劝她老人家跑到外面来，免得遇着晦气。真的，小狗子，东洋鬼到底来了没有?”

王跛子被她一埋怨，这就急急地告诉出一个缘故来。珠凤暗想：有老太太这样忠贞的母亲，所以才生下了这么一个勇敢爱国的好儿子。一时由不得深深地叹了一口气。小狗子听王跛子说到后面，又这么问自己，遂摇头说道：

“哪里来什么鬼子兵？都是这班愚夫愚妇自吓自，叫人生气。江老太太，你老人家不要害怕，还是快点儿回家去休养要紧。”

“对呀，外面的谣言真多，一忽儿这样，一忽儿那样，弄得民心惶惶，没有安定的时候。老太太，你这么大年纪了，而且身上还有病，千万别到外面来乱走，还是多在家里躺躺，快冬天了，外面很冷，当心受了凉，这又不是玩的事。”

珠凤听小狗子这么说，遂点头说了一声对呀，她也向江老太太低低地劝慰，一面还把纤手轻轻地捶敲她的背脊。江老太太在闭过一会子眼睛后，睁眼向珠凤望了一眼，低低叫声凤小姐，喘息稍定地说道：

“凤小姐，你真是人好心好，常常关心着我，我心里真感激你们。还有青、红二郎和小狗子也真有义气，三头两天来照顾我。其实我有王跛子照料着也尽够了。想我上燕这孩子，他为了不愿见到鬼子兵的横行，所以他抛下我走了。所以我也并不怕，一个人总是逃不了一个死，况且我的年纪也活够了，就是眼前死了，谁还能说我短命呢？死只要死得清白，比活着还好，我早就打算好了，鬼子兵进了门，我就向井中一跳，绝不让他们来侮辱我。唉，我心里这有一件事情放不下，就是上燕这孩子一个人流落在外面，也不知……”

江老太太紧紧地握着珠凤的手，她气喘喘地说到这里，不觉一阵子心酸，眼泪忍不住扑簌簌地滚了下来。珠凤见了，一面拿帕儿给她拭揩，一面心中想着难过，她眼皮也不由自主地微现红晕了，遂含泪低低地说道：

“江老太太，你心中不要难过，江先生这次到外面去，他一切都很好的，所以你老人家可一点儿也不用担心。想江先生这么有才干的人，到哪里没有办法呢？虽然说在外面难免受了一些风霜雪雨之苦，不过到底比在家里眼瞧着豺狼当道总要舒服得多呢。唉，现在我想想也有点儿懊悔了，早知道在乡下受到这样的刺激，倒不如当初听了江先生的话，一起动身，免得在家里看不入眼，赛过活受罪。”

“邬小姐，你还说哩，我家少爷为了你不肯和他一同走，那天他回家就是直声地叹着气。他说你今天不走，明天一定会懊悔。想不到少爷料事如神，邬小姐真会懊悔起来，我此刻心里就真感到有些佩服。”

王跛子心中有些惊奇，他忍不住插嘴说。珠凤听他这么告诉，芳心里这就有个感觉，上燕临走的时候，他多少有些怨恨我吧？因为自己的环境是这么恶劣，将来光明到临的时候，难免玉石俱焚。想着上燕对自己那种依恋之情，一时更觉得对不住他，因此把熬住了一眶子的眼泪，便再也忍不住地滚落下来。江老太太见她伤心垂泪的样子，遂向王跛子用了埋怨的口吻，低低地说道：

“王跛子，你就知道信口胡说，也不想邬小姐心中见怪不见怪。说到当时邬小姐不走，她当然也有她的苦衷。第一她是一个女孩家，跟了一个单身男子出走了，外界不明真相的还以为是跟人逃了。再则她的哥哥和我上燕好像冤家对头，所以我倒很同情邬小姐的处境的为难。”

“江老太太，你快不要再说下去了，因为我的心好像有刀在割一般地疼痛。唉！我恨自己太没有决心，太没有主意，胆子又小，做事没有决断力。我恨我为什么要生在这一个家庭里？也许我的命运生成就是这么恶劣吗？”

“邬小姐，你不要伤心，我是绝不会见怪你没有跟我上燕一同走的。你说恨自己胆小，可是我就怨上燕的胆子太大，脾气又刚强，平日受不了气，偏也还要爱管闲事，所以难免和人家结怨。为了这样，我怕他在乡下也容易闯祸，倒不如随他向外面去走走，各人头上一方天，况且一个男孩子老是株守家园，也不是一件好事，所以当时他一定要走，我就没有留住他。只不过日子久了，好像不见了他，我的心里总觉得空洞洞的，好像是掉了一件什么珍贵东西似的难过。”

江老太太见珠凤更加流泪不止，遂反而低低地去安慰她。红郎见她们坐在路上只管说话，边插嘴说道：

“邬先生，这里三岔路口风很大，有病的人多吹了风不大好，我说你们大家还是陪伴老太太回家去吧。鬼子兵根本没有来，老太太睡在家里是只管放心好了。”

“不错，老太太，我们扶你回去吧。”

珠凤方才点了点头，连忙收束了眼泪低低地说。正在这时，忽然见从芭蕉岭那边又走过来一大群的村民。青郎等回头去看，原来正是秦四婆婆、小玲子、曹麻皮和金鹭水夫妇等一行人。金鹭水对他女人有点儿埋怨的样子，恨恨地说道：

“雄老爷一口说叫我们不要逃，你偏要逃！抱了一个，拖了一个，真是自讨苦吃，晦气不晦气？”

“我也不是神仙，怎么料到他断命鬼子一定不来呢？我两只脚跑得又酸又痛，脚底怕已经起了泡，你倒还要一路上唠唠叨叨埋怨我，看明天真的来了，你不逃吧！”

金大嫂抱了周岁的女儿，已经是汗点儿淋淋，心中也在叫着冤枉，谁知丈夫还要向自己埋怨，这就也发起性子来，瞪了他一眼回答。鹭水见妻子发脾气了，方才不再开口说话了。曹麻皮道：

“我早说雄老爷说话总有些把握，可是你们都不相信。要不如有人来送信，我们还在那边呆等哩。”

“总而言之，都是鬼子兵赐给我们的好处，不逃又害怕，逃又走得上气不接下气。唉，我这苦命老太婆还是早些死了干净。”

秦四婆婆由小玲子扶了她身子，一拐一拐的样子真叫人感到有些可怜。忽然她见到路旁的江老太，遂忙又招呼道：

“江老太，你怎么也跑出来了？什么东洋鬼？都是骗人造谣言，捉弄我们老太婆，是太可怜的了。江老太，你还是快回去吧。”

“老太太，你可听见了没有？他们去避难的也都回来了。那么你心中可以放下了，还是安安心心地去休养身子要紧。”

邬珠凤一面去扶她身子，一面又低低地劝告。江老太太点了点头，表示事实已相信的意思。但她把珠凤轻轻地推开了，微微地望了她一眼，说道：

“我回去，我就回去，有王跛子扶着我，你不要送我了。邬小姐，你也回去吧，年轻的姑娘，在路上来来去去地行走，这叫我是更担着心事的。”

“不要紧，张家村我是熟地方，难道还怕什么人来欺负我吗?”

珠凤却不肯让江老太自己回家，表示一定要送她的意思。但这时邬寿却从张家门口那边奔过来，高声地叫道：

“凤小姐！凤小姐！雄老爷说外面兵荒马乱，女孩家在外面行走太危险，请你回家去坐坐吧!”

“邬小姐，你爸爸在担心了，你快回去，你的好意我已领情了。没关系，这里还有青郎、红郎、小狗子，他们也都会照顾我回去的!”

“邬先生，那么你就别客气了，还是小狗子送老太太回去。”

珠凤就没有再说什么，眼望着江老太苍老的影子在树丛内消失了，她方才凄怨地走回张老实家中去。青、红二郎因为尚有他事，所以没有送江老太同行。此刻见邬寿还站在旁边，好像在笑这班走得满头大汗的人真有些自讨苦吃的样子。青郎遂低低探问道：

“邬寿，雄老爷真预备跟东洋鬼结为朋友吗？只怕名誉上不大好听。”

“你不要说傻话了，什么不大好听？看城里我家亲家胡老爷，他进进出出坐汽车、带卫队，多么威风凛凛，所以我家宗少爷就看得眼痒不得了。大概不多几天，和什么队长去接洽好了，我们老爷少爷马上就要回邬镇做官去了。那时候我说不定可以挨上一个卫队长的好差事，让我捞一点儿钞票，将来请你们喝酒好不好?”

邬寿自鸣得意地回答，他的嘴角旁是挂上了一丝欣慰的笑容。青郎、红郎听他还未达到目的，先存了捞钞票的念头，一时真觉得无限痛愤，遂忍不住冷笑道：

“我们可没有福气吃你的酒。”

“为什么？我们到底是老朋友，虽然我做了官，可是君子不忘其旧的。”

“不是这么说，此刻你认为做了官，可是中国打了胜仗，你们大大小小都是汉奸，汉奸要斫头，吃汉奸请客的酒至少也要坐监牢，所以我不敢领情。”

“青郎，你不要开口没说好话！嘴硬骨头酥，有本领对准雄老爷、宗少爷面前去说，算你有种！”

邬寿想不到自己满腹高兴，却碰了青郎一鼻子的灰，这就面红筋青地有些下不了面子，向他怒气冲冲地回答。青郎不甘示弱，正欲与他争论，曹麻皮在旁边连忙把他们劝开了，说道：

“大家说句玩话，何必认真？邬寿，你也不要拿雄老爷来压迫人，他也不是好吃的。”

“不管呀，你们没有知识的人懂得什么？要不如雄老爷把太阳旗高挂在这屋顶上，只怕你们早就被皇军老爷杀了。”

“没有知识？哈哈！真是没有出息的家伙，天生是个奴才的坯子！”

“红郎，你敢帮着你哥哥来骂我吗？”

“我骂的是没有出息的狗，谁指明你邬寿吗？真是笑话！”

邬寿气得两颊都发青了，他把衣袖一撩，似乎要和他们打架的神气。这时众村民都围拢过来看热闹，忽听有人叫道：

“不要吵，不要吵，村长公公出来了。”

“谁在打架？好好儿的闹些什么事情？”

随了这两句话，张老实分开众人拥挤进来问。邬寿见了张老实，便一五一十地告诉起来。张老实听了，向青、红二郎瞪着眼睛说道：

“青郎，红郎，你们这两个孩子胆量也太大了，我平日倒很看重你们，谁知你们竟中了江上燕的毒了吗？这还了得！我警告你们，以后谁再要口里带着鬼子兵三个字，那就是自寻死路。雄老爷说过，千万要照城里的派头叫皇军老爷，假使叫不惯，那么叫东洋老爷也可以……”

“放屁！”

张老实还是一本正经滔滔地演说下去，不料人群里面就有人大骂了一声放屁，这把张老实愕住了，涨红了脸，喝问道：

"谁敢说我放屁?"

"放屁!放屁!"

"放屁!放屁!"

"吃了鬼子兵这样苦头,还要叫他们老爷?放屁!打倒鬼子兵!"

"打倒东洋鬼!"

村民们一阵强有力的呐喊,表现了中华民族的国魂是那么伟大。张老实见犯了众怒,一时吓得不敢再说什么,到底鬼鬼祟祟地缩了身子躲进大门里去了。但众人的怒吼还是在空气中激昂地流动!

第三回

徒劳往返受愚又遭灾

天空还只有发鱼肚皮的颜色，太阳还没有从东方升了起来。田野间显得十二分的静悄，此刻连一个鬼影子也看不见，只有包含了无限寒意的秋风，尤其在一清早的空气里，更带了一点儿刺人肌肤的冷酷。枯黄的叶子，在秋风的动荡中仿佛是小鸟正在徘徊歧途找不到归宿那么焦躁和凄惶，瑟瑟地好像是发出了悲哀的鸣声。

这时候忽然间有一阵悲悲切切的哭泣之声，冲破了这晨曦的天空。只见一个土馒头的旁边跪着一个年约二十六七的少妇，身旁同跪着的是一个七八岁的小孩。从他们身上戴着那样重孝的情形看起来，就可以知道他们是母子两个人。那个土馒头里长眠不醒的一定是她的丈夫了。寡妇孤儿的哭声是多么令人酸鼻，好像是巫峡猿啼，又好像是杜鹃悲鸣，哭得太阳不敢向东方上升，一层蒙蒙的浓雾却弥漫了天际，使天公也有点儿愁眉不展起来了。

这个痛哭流涕的少妇是谁呢？原来就是张家村李大哥的媳妇李大娘，身旁的孩子就是她的儿子李阿宝。那么李大哥是怎么样死的呢？说来当然是万分悲痛。因为李大哥是樵柴为生的，所以他的家里也是非常清苦，虽然他们两口子勤勤俭俭省吃省用的，多少也有些积蓄，不过在一个混乱的日子中，不能到镇上做买卖去，也不免坐吃山空起来。因此李大哥十分着急，他等不得镇上有开市的消息，就挑了柴担，冒险到镇上去做买卖去。谁知在回家的路上，有两个鬼子兵，喝得酩酊大醉，拦住了李大哥要花姑娘。李大哥是个忠厚的乡下人，见了鬼子兵那种疯狂的态度，因此拔脚飞逃。不料触怒了鬼子兵，就向他开了一枪，可怜李大哥就中弹倒在地上了。

幸亏天可怜的，青郎在路上经过，碰见了他。那时李大哥已经奄奄一息，由青郎负到他的家里。李大哥因流血过多，已经不能救治，临死对大娘说道：

“阿梅，我是被鬼子兵活活地害死了。虽然在这个年头做人根本不及是一只狗，生死好像是没有什么大不了稀奇，但我死了之后，留下你们寡妇孤儿，以后怎么样地过生活好呢？唉！我已经顾不得这许多了。我希望你把阿宝养大之后，叫他去当兵，我已不相信这一句好男不当兵的陈旧老话了，因为我要阿宝当了兵，替他可怜的父亲报仇，替不幸的祖国报仇……”

李大哥说完了这几句话，他就闭下眼睛死了。剩下孤苦伶仃的李大娘哭得死去活来，村中人也都代为她暗暗地伤心。离开李大哥死后一星期的今日一清晨，可怜李大娘做不起头七，所以她只好把面粉做了三个馒头，在馒头上插了三支香，带了阿宝，到李大哥三尺新碑之前来悲痛地哭祭一番。虽然她不会作一篇动人心弦的祭文来令人同情落泪，但她这一阵子痛哭已经足以使天地为愁、草木凄悲了。这时听她还呜呜咽咽地说道：

“唉！可怜的阿元呀！我想不到你这次到镇上去竟会被鬼子兵杀死了，鲜龙活跳地去，却是血淋淋受了重伤回来。这是我做梦也想不到的。现在你是死得这样悲惨、这样伤心，今天是已经头七了，可是家中是苦得这一份儿样，农村破产，种人家田，也是活不下去，谁知打柴度生，连性命都送了。我现在连几碗小菜都买不起在你坟上供祭，你倘然魂而有知的话，你一定也在淌眼泪了吧？想你死后的一切，还是萧青郎给我想法子，向人家四处捐募，才能把你草草地下葬。人家有钱的，连家中一只狗死了，还买了一具好棺材困，谁知我们穷人竟会苦得这个样子。阿元！阿元！你在九泉之下等着我吧，我不久总可以和你来见面的……”

“啊！爸爸！爸爸！我叫你，你为什么不理我了呀？爸爸呀！爸爸呀！”

李大娘母子两人痛哭得死去活来，这时村中人也都起来工作了。秦四婆婆手臂上挽了一筐子鸡蛋，远远地走了过来。她在李大娘身旁站住了，听了这凄凄切切的哭声，她的老泪也流了下来，低低地叫道：

“李大娘，你也不要哭了，人死了，哭是哭不活转来的。假使你哭出毛病来，叫阿宝一个未满十岁的小孩子不是更没有办法了吗？唉！李大哥这么一个忠厚老实的好人，死得确实伤心，但又有什么法子呢？他们有的是枪、是刀，他们要杀你，你还能叫谁来帮忙呢？李大娘，我劝你不要哭了，还是勤勤俭俭地把阿宝养大了，再等机会和他们算账。好在大家都说今天镇上开市了，又可以做生意了。他们还说今天村子里到处都贴了告示，说太平了。可是我跑了这许多路，却没有看见一张，所以我的心里倒又开始疑惑不决起来。矮子肚肠多，诡计多端，不知道他会不会叫我们上当呢？唉！鬼子兵这么可恶，菩萨为什么不生眼睛，叫他们一个一个地路倒尸哩？”

秦四婆婆东一句西一句地自说自话地说了一大套，但李大娘和阿宝却没有理会她，依然呜呜咽咽地哭得十二分伤心。秦四婆婆揩揩眼泪，叹了一口气，因为怕时候不早，遂自匆匆地走了。走过土地庙的时候，方才见墙壁上有一张告示，但下面已被人撕去了一块，只见王跛子站在旁边，抬了头细看。秦四婆婆连忙赶上两步，叫道：

“王跛子，你看这是不是东洋鬼的告示吗？他们在里面说些什么？真太平了吗？”

“哦，秦四婆婆，这正是东洋鬼的告示，大概说太平了，可以开市了。我眼睛也花了，抬上头去看了大半天，只见一撇一捺地不知写了些什么。我想大家都到镇上做买卖去，看来不会假的。时候不早啦，人家都去了，你再不赶了去，怕早市就要完了。”

王跛子回头向秦四婆婆望了一眼，一面招呼，一面告诉着说。秦四婆婆点头说道：

“我也马上要去了，王跛子，你到什么地方去？”

“我是到镇上去请医生的，因为老太太的病还不见十分痊愈。邬小姐这人的心眼真好，她的爸爸和哥哥这样看不起我家上燕少爷，但邬小姐却依然待我们老太太像自己母亲一样。前天她跟了雄老爷回镇上去了，还来看望我们老太太，并且留下了一点儿钱，说老太太要想吃什么给她吃一点儿。你想这么一个好小姐，还不像媳妇一般地尽孝了吗？”

王跛子一面说，一面匆匆地向镇上走了。秦四婆婆听了这些话，心中很有点儿感触，忍不住叹了一口气，暗自想道：这是江老太太的儿子养得好，个子高高的，脸蛋白白的，不但小姐们见了欢喜，就是我老太婆见了，心里也好不羡慕。所以我就苦在一个儿女都没有，假使我也有像江上燕这么一个漂亮的好儿子，不怕没有小姐像媳妇般地来侍奉我。但无论什么事情都配好的，就是因为我没有儿女，所以身子才这么强健，假使我也像江老太太那么衰弱多病，那我恐怕早已要活活地饿死了。一面想，一面她也抬上头去望告示，心中是狐疑着，不知道开市的消息真不真？告示上是否有写明呢？就在这时，小狗子从张老实家门口走过来。秦四婆婆一见，连忙招了招手，叫道：

“小狗子，你快过来，你是在学堂里念过书的，这些告示总看得懂，里面写的是不是真太平了？”

“秦四婆婆，不用看了，我已看过四五遍了。”

“那么你一定看得很详细了，快告诉我吧，我是亮眼瞎子，看了大半天，白纸上有黑字，却不知道写点儿什么。大家说今天镇上开市了，我恐怕这话有点儿靠不住，所以我还没有胆子到镇上走一走。”

“今天是开市了，村长公公很有把握对我们说的，所以大家都赶市去了。你怎么还不走？小脚伶仃，恐怕来不及了吧。”

“张老实的话尽欢喜吹牛皮，我现在有点儿不大相信。小狗子，那么你自己干吗不去做买卖？”

“我和鹭水合伙了，他说代我到镇上去，回头四六拆账。”

“你这么年纪轻轻的小伙子，却喜欢偷懒，不是我搬弄是非，你和鹭水合伙要吃亏的。鹭水倒还老实，他的女人就能干精明，只算进不算出的。”

“我反正一个人，过一天度一日，吃亏也好，反正都是中国人，利权总不会外溢。假使叫我吃亏在鬼子兵的手里，那我心中就有点儿不肯罢休。”

“小狗子，你倒是很爱国，像你这样想头就好。我听人家说，中国人都是自私自利，做官的就和强盗一样，一个是明，一个是暗的罢了。假使给你去做官，我想中国就不会弄得这样腐败了。”

小狗子听她这样说，倒忍不住好笑起来了，摇了摇头，说道：

“秦四婆婆，你不要跟我开玩笑，我有资格去做官，鬼子兵就不会打进中国来了。啊呀！你老人家不要尽管跟我在这里聊天呀，到镇上也有十来里路程呢，难道你预备到镇上吃午饭去吗？”

“我胆子太小，你既然把告示看了四五遍了，你快念给我听，假使真太平了，我便马上就走。”

“啊呀！秦四婆婆，你怎么老逼着我？我和你一样，也看不懂呀！”

“什么？你也看不懂，难道你这两年书就白读吗？小狗子，老太婆很可怜，你还捉弄我不成？”

“秦四婆婆，你这人真说不明白，告示上又不是写的中国字，都是画花样的鬼子文，除了我们校长先生看得懂，谁也没有这样好学问认识它，可惜校长先生不在这里了。老实地跟你说，我若把上面这些字都认得了，还跟你在这里闲谈？早已跟雄老爷和什么三寸四寸队长一桌子吃酒去了。”

小狗子说到后面，脸上至少有些忧愤的样子。秦四婆婆却显出惊奇的表情，叹了一口气，说道：

“这样说起来，东洋鬼也是势利的多，雄老爷家中有钱，他便请雄老爷吃酒，可见世界上不论东洋人、外国人、中国人，都是一样的。”

“哎，你不知道，这桌酒不是好吃的。不是雄老爷一个人，还有他儿子宗少爷，还有镇上开铺子的花三爷，还有……大概十多个人，吃了这一桌酒，据青郎说，他们会帮了鬼子兵来杀害我们同胞的。”

“真的吗？阿弥陀佛！这桌断命酒千万吃不得，那不是仍旧不太平吗？我想鬼子兵在酒里一定下了迷药，不，不，也许是兽性药，所以吃下了，人就会把性子都改变了吗？”

“秦四婆婆，你这话说得对了。哦，时候真的不早了，你该赶路了。我若在这里再站下去，可要耽搁你的正经事了。”

小狗子听她越谈越有味了，这就怕她赶不及市，遂向她一点头，匆匆预备走开的意思。不料秦四婆婆却把他拉住了，好像有什么央求似的神气，说道：

“小狗子，我知道你是热心人，人家叫你帮忙，你一定不会推却的。”

“秦四婆婆，你不用奉承我，我这人是爱管闲事，热心两字倒谈不到。那么你有什么需要我帮忙的地方，只要我能力及得到，我一定可以答应帮你的忙。”

小狗子这才又回过身子来，向她很认真地回答，确实他是很有一点儿侠义的心肠。秦四婆婆把手里那筐子鸡蛋向上提了提，然后说道：

“我家里这几只老母鸡总算很争气，它们也可怜我是个孤老太婆，没人赚钱，所以这一星期来就生下五十多个鸡蛋，到镇上去卖了倒很值几个钱。不过我胆子太小，见了东洋人就发抖。刚才我遇见李大娘母子两人在李大哥坟前哀哀地哭，想到李大哥一个身强力壮的男子汉尚且被东洋鬼杀了，所以我心中更加感到寒噤噤不敢前去。我想把这件事拜托了你，请你代我到镇上去卖了吧，卖去了后，给我买一斤盐、买两升米带回来，我一定请你吃夜饭，不知道你肯代我走一趟吗？”

“代你走一趟是没有关系，我夜饭倒不稀罕吃，吃你的饭真是要犯天打的。不过我代你去了，万一遇见了鬼子兵，我这人脾气你也晓得，情愿死也不情愿被辱，所以一个换一个不蚀本。但是这五十个鸡蛋可也保不牢，我不问你赔性命，你也不能问我赔鸡蛋，你说我这个理由对不对？”

“哦，小狗子，慢慢交，你这样火气大，我有些放心不下。丢了五十个鸡蛋倒小事，牺牲你这一条性命，我可担不起这一个罪孽。”

秦四婆婆听他这样说，又见他伸手来接竹筐子，这就连忙把手缩了回去，摇了摇头，表示不肯拜托他的意思了。就在这个时候，小玲子姑娘胁下夹了一个包袱走过来，一见秦四婆婆还在这里，不禁“啊”了一声，说道：

“四婆婆，你说等不及我，要早走一步，怎么直到这时候还没有上市去呀？时候真的可不早了呢！”

“玲姑娘，你把布织好了吗？也好，那么我们此刻就一同上市去吧。”

秦四婆婆一见了玲姑娘，因为有了一个陪伴，她也只好张了胆子，和小玲子一同急匆匆地过桥到镇上去了。

小狗子呆望着她们去远了，因为自己一清早和金鹭水捕好鱼后，鹭水就往镇上去了，他叫小狗子先到他家中去知照一声，是免得金大嫂记挂的意思。所以小狗子匆匆地走到金鹭水屋子的门口，一面敲了几下，一面高声叫道：

“鹭水阿嫂在家吗？矮冬瓜，快开门！”

“咦！小狗子，你怎么回来了？我的鹭水呢？”

金大嫂开门一看，心中倒是别别一跳，脸上显出惊慌的样子，向他急急地问。小狗子忙微笑道：

“大嫂，你不要着急，鹭水哥到镇上卖鱼去了。”

“那么你……为什么不一同去？”

“本来说一起去的，后来一算，不到二十斤鱼，没有多少重的分量，所以就让他一个人去了。”

“哼！小狗子，我不是说你这人最调皮，铜钿要进账，事情最好不做。”

金大嫂一听这个话，心中就不开心起来，遂绷住了脸，冷笑了一声，这话有点儿讽刺的成分。小狗子听了，心里暗想：这女人真厉害，果然名不虚传。遂笑嘻嘻地说道：

“金大嫂，你不要气量太狭窄，鹭水可也不是老实人，我们说好了四六拆账，这也可算很公平的了。”

“还说公平哩！记得上个月鬼子兵还没打进来，你和鹭水也合了一次伙，但你张来的鱼又小又少，我们鹭水张的鱼又多又大，我说四六拆账还是你便宜，回头鹭水回来，我跟他说，起码三七拆账。断命鹭水这死人，老实得不像样子，什么地方都吃亏。幸亏我还只养了两个孩子，要不然怎么还养得活这一家呢？”

金大嫂说到后面，又滔滔不绝地骂起鹭水来了。小狗子听了，有些不大入耳，遂冷笑了一声，很生气的样子，说道：

“金大嫂，你不要唠唠叨叨地骂鹭水，我小狗子这个人虽贫穷，但眼界倒很高，钱算得了什么？吃得光用得完，不要说三七拆账，就是二八拆账，也没有什么关系。不过你话要说得好听一点儿，什么调皮啦，什么铜钿要进账，最好事情不做，这种难听的话以后少说。”

“好！凭你这一句话，二八拆账，大丈夫一言既出，驷马难追。”

小狗子说了许多话，金大嫂一句都听不进去，只有这一句二八拆账，她心中感到有点儿满足，遂故意敲钉转脚地追说了这一句话。小狗子见女人家贪小得这个样子，倒由不得好笑起来，遂说道：

“你以为我说过要赖吗？放心，小狗子不是这样的人。二八拆账算不得什么，你以为还不够便宜的话，我就一个钱都不要了，全数送给了你吧！”

“不要赖，不要赖，回头鹭水要卖了钱回来，你要分一分，你是我养出来的！”

金大嫂也有点儿东洋人的算盘，得寸进尺，这是秦四婆婆说的，她是只算进不算出的，这句话就一点儿不错。小狗子听她还占自己的便宜，一时气红了两颊，正待发作几句，忽见萧青郎匆匆地过来，问道：

“小狗子，为什么？和女人家面红筋青地也不像一个男子汉！”

“青郎，你不知道，我和鹭水合伙捕鱼，因为鱼不多，只十八斤半，鹭水说他一个人到镇上去卖了，回头四六拆账，我说随便好了，没有关系。谁知金大嫂认为他们吃亏，要三七拆账，我说二八也好，就是全数他们拿也不值几个钱，我并没有和她争论呀。我很懂，和一个女人家吵闹，我觉得坍台。”

小狗子听青郎向自己埋怨，遂急急地解释着说。青郎也知道金大嫂很精明，于是点点头，微笑道：

“其实你们且不必争论，今天能不能开得成市，恐怕也还是一个问题呢。”

“怎么？难道又有变化了吗？青郎叔，你打哪儿来的消息？我说不，不会的！村长公公昨天亲口对我们说，今天一定开市，他自己也叫儿子福生挑一担米去卖给米店呢。”

青郎这两句话倒把金大嫂一颗心又说得像小鹿般地乱撞起来，她睁大了眼睛，一面向青郎急急地问，一面又自己慰着自己地回答。青郎望了她一眼，低低地笑道：

“你何必急得这一份样儿？我也不过猜想而已，因为鬼子兵的诡计最多，一会儿善了，一会儿凶了，捉摸不定，谁知道他葫芦里卖的什么药？”

“对了，我想鬼子兵也没有这样好良心，他还会肯给百姓过太太平平的日子吗？假使他们真有慈善的心，那么也不会来侵略中国来了。”

“你们不用吓我，我可不会相信你们，东洋人也不见得个个都是坏的。况且第一次贴的告示，总也应该弄一点儿信用出来给我们老百姓看看。青郎叔，你说是不是？”

“嗯，是的，是的，金大嫂是个精明能干的人，你的见解大概总不见得会错吧？小狗子，你吃了早饭没有？大饼油条，我请你客。”

萧青郎向小狗子丢了一个眼色，他是不愿再和这种无知无识的女人谈话下去的意思。小狗子早晨的确还没有食物下过肚子，被他一提起，果然咕噜噜地一阵子怪响起来，于是和萧青郎点点头，便向那边大饼摊旁走过去了。这里金大嫂对矮冬瓜说道：

“嗯！不，我提不动！”

“小鬼！你要死了，越大越懒，提一桶水都不肯，你还想吃饭吗？”

“人家真的提不动，早晨又没好好吃饭，这会子两脚还软绵绵地一点儿气力都没有？”

矮冬瓜赖在小竹椅子上没有动一动，他鼓着小嘴儿，很难过地回答。在他眼角旁，可以看见他还涌了一颗晶莹莹的眼泪。金大嫂见儿子那副可怜的模样儿，心里也难过起来。但周岁的女儿又抱不脱身，家中更没有帮手，也只好用了哄骗的手段，对矮冬瓜笑着道：

“矮冬瓜，你爸爸就可以回来了，但愿菩萨保佑，这些鱼全都卖了。他一定会带扇子糖来给你吃。好孩子，你乖点儿，把水去提一桶来，说不定你在桥上就和你爸爸遇见了。”

矮冬瓜听了“扇子糖”三个字，他把小舌尖儿在嘴唇上舔了一下，不知怎么的他好像也觉得有点儿甜味的样子。这才把他懒洋洋的身子振足一点儿精神出来，拿了小木桶，便像一只小狗似的奔蹿出去了。金大嫂见了，倒又忍不住好笑，暗自想道：这孩子倒会装腔，一听有扇子糖吃，谁还及得上他跑得快呢？

矮冬瓜提了小木桶，匆匆地往河边走。忽然瞥见爸爸和几个乡民从那边走过桥来，他心中这一欢喜，立刻忘记了取水，急急奔过去，口里还笑嘻嘻地叫道：

“爸爸，你回来了，扇子糖带来了没有？快拿来我吃吧！”

“小鬼，什么扇子糖？看我扇你两个巴掌吃！”

金鹭水满面怒容，垂头丧气地一路回家，此刻一见矮冬瓜还问自己讨糖吃，这就把一肚子气全都出到他的头上去，喝了一声小鬼，撩起手来，在他小颊上就是啪啪的两下子耳光。矮冬瓜冷不防被打，身子向后一仰，便跌了一跤。幸亏他人小体轻，一骨碌又翻身爬起，提了小木桶，掩脸大哭，逃回家中去了。这时其余两三个乡民大家口喊倒霉，也就各自散去。青郎和小狗子两人正嚼完了一副大饼油条，远远地见鹭水那样颓然的神气，知道事情尴尬，遂匆匆地奔上来，问道：

“鹭水，怎么啦？脸色多难看的，到底开市了吗？”

“鱼儿可曾全卖了？干吗堵起了嘴呀！”

“小狗子，你还问卖了多少鱼？一条都没卖，一条都没带回来，他妈的！上了大当！逃了性命已是上上大吉，鱼儿翻在街上，被人踏成了泥酱。哼！什么开市？开他妈的鬼市！说起来好听，其实是鬼子兵趁火打劫，把我们赶市的全都抢了，还开枪。唉！以后谁还再信他们说的鬼话！”

金鹭水满额暴露了青筋，而且还冒着黄豆大的汗点儿。他此刻却不想回家，在桥脚下的一块大石上坐下来，表示走得吃力的样子。青郎愤愤地说道：

“不是我放马后炮！我早就料到东洋鬼不是好东西！他们能讲究人道的话，也不会打进我国来了。”

“这真是岂有此理！他妈的！我若有一支枪的话，我一定去当兵，杀他们这些鬼子去！”

小狗子也是摩拳擦掌的样子，他还咬牙切齿，大有和敌人拼命的神气。这时矮冬瓜哭回家里去，金大嫂倒大吃了一惊，还以为他不小心在路上跌了跤，遂急急地向他问道：

“你这该死的小鬼！这一点点小事情都做不成，你还想吃饭吗？中饭给你饿一顿，看你会拿了空桶回家来。”

“妈！你还骂我，爸爸打我两记耳光！”

“什么？你在活见鬼，爸爸上市去了，一会儿难道回来了吗？”

“回来了，真的，你不相信，你看那边桥下坐着的不是吗？”

矮冬瓜听母亲还不相信，遂揩干了眼泪鼻涕，把手向门外指了指告诉。金大嫂听了，连忙探首向外一望，果然见鹭水远远地坐在桥脚下，旁边还有青郎和小狗子，指手画脚地不知在说些什么话，一时只道鹭水和小狗子拆账不开，所以在争吵起来。这就立刻把抱着的小猫交到矮冬瓜的手里，便飞一般地奔了过去。她问也不问清楚，就急急地说道：

“小狗子，你这人真也太不讲理了，嘴里说得很漂亮，怎么现在鹭水回家了，你就跟他争多论少起来？老实告诉你，本来马马虎虎三七拆账，现在偏一分也不给你，谁叫你自己说得太漂亮的！”

“唉唉唉！大嫂子，你不要火气太大，我本来就一分也不要呀！”

鹭水和青郎、小狗子三人正在感到万分愤怒的时候，万不料金大嫂会来势汹汹地向小狗子说出了这两句话。大家一时还弄得莫名其妙，但小狗子却早已明白，忍不住“唉”了三声，笑起来回答。金大嫂对于小狗子这一种说话的态度也是出乎意料之外，所以反而怔怔地愕住了。鹭水听女人还要跟小狗子争论拆账问题，便向她啐了一口，没好气地说道：

“你不要给我在做梦吧！什么三七拆账？一分不给？老实告诉你，东洋鬼骗人，叫我们老百姓上市，他们却等在那边，一阵风似的，把什么东西都抢了一个干净。他们还开枪，有好几个老百姓受了伤，我总算祖宗有积德，才不曾吃流弹！”

鹭水这几句话听到金大嫂的耳朵里，方才知道自己有些误会了，一时懊悔不该太以鲁莽，因为小狗子望着自己在发笑。从这笑的神态上猜想，觉得至少有些讽刺的成分。因此她内心感到一阵子羞愧的焦躁，两颊也会变成一个血喷猪头那么通红起来。不过她还竭力镇静了态度，想了一会儿，问道：

“那么十八斤鱼被抢了？难道这只渔篓子也丢了吗？”

“唉！你这女人真想得到还会问出这些话来？我问你，逃命要紧？还是拿渔篓子要紧？我要如中了流弹，不要说渔篓子，就是我这个人也不会再回来了。”

鹭水对于妻子这种精明过分的打算，心中不免有些怨恨，遂向她逗了一瞥讨厌的目光，埋怨地说。谁知金大嫂却指手画脚地大骂起来，说道：

“啊呀！我看你这个杀千刀真是变死快了，我早晨这么关照你，叫你捕好了鱼，回家来一次，也好留几条下来自己吃，谁知你偏不听从我的话，就这样地走了。现在白白地费了一整天工夫不算，把这十八斤多的鱼全都送给东洋鬼吃，赔了气力不说，还送了渔篓子，你这……不是死人吗？照理那只渔篓损失的钱应该和小狗子对分的，因为你们不是合伙做生意的吗？那么你总不能太吃亏的呀！”

“金大嫂，不是我青郎来说一句话，你的盘算真也太好了。卖了鱼回来，你倒要三七拆账二八拆账，现在渔篓丢了，便要小狗子赔一半损失。我说你无论什么都要照理照理，那些东洋鬼抢了十八斤鱼去，你为什么不照理叫他们赔还呀？这个年头儿，兵荒马乱，谁保得住性命是自己所有的，更何况是身外之物呢？所以你这种手段对付同村的人，问问旁人说句公正话，到底该不该呢？”

青郎听金大嫂这样，一时实在忍耐不下去了，不待小狗子回答，他就代替小狗子打抱不平说。说到末了，又向围在四面来听消息的村民望了一眼，是要大家来说句公平话。众人听了，也都说金大嫂太厉害了。金大嫂这就弄得没有落场势，女人家别的没有新花样，心中自以为受了委屈，她便呜呜咽咽地哭起来。金鹭水虽然在平日是有点儿怕老婆的，不过在忍无可忍的情形之下，他也不禁大发脾气起来，猛可跳起身子，大喝道：

“是不是我中流弹死了？要你哭得这么伤心！我瞧你这女人呀，也太想不明白了。你再要撞撞哭哭的话，我就揍你这两个嘴巴子，看你预备怎么样？”

“好！好！你打！你打！我被你打死了，也省得在这活地狱里受苦受罪！”

鹭水只不过把手扬了扬，还只有装作要打的姿势，不料金大嫂就一头撞了过来，大有和鹭水拼命的神气。小狗子却把鹭水拉开了，对金大嫂说道：

“不要吵，不要吵了，我小狗子虽然是穷光蛋，但一只渔篓子我还赔偿得起，就是我全数赔还也不要紧。你说吧，值几个钱？为我这些小事，害你们夫妻不和睦，这倒是我的罪孽了。”

“对了，对了，小狗子这话说得有义气，这种女人倒也少有的！”

“看鬼子一到村子里，她还背了渔篓子逃走？恐怕性命都不是你的了，还争天夺地的。”

看在旁边的人都有点儿不服气，遂你一句我一句地批评起来。金大嫂越想越气，便哭天哭地地大哭起来。还有几个和金大嫂合得来的女人，遂把她带劝带拉地拖回家里去。就在这个时候，张老实急匆匆地奔过来，一面还急急地问道：

“为什么？为什么你们这里围了一大群的人？啊，鹭水，你已经从镇上回来了吗？你怎么垂头丧气的？到底开市了没有？我的儿子福生可曾见到他吗？”

“你还问哩！我们都上了你的当！你事情不弄弄清楚，却叫我们去上市，现在几乎把性命都送了，谁还看见你的福生？不知道！”

鹭水见了张老实，心中就有点儿气鼓鼓，这就把脸一板，大有埋怨的神气。张老实红了脸，不由吃了一惊。急道：

“什么？东洋人难道真又动手了吗？”

“还不是真动手，难道是假的不成？我十八斤鱼丢了不算，还把渔篓子都送了，你想倒霉不倒霉？村长公公，你活了这一把年纪，以后做事别太粗鲁，事情总要打听得真确一点儿，不要拿了鸡毛当令箭，损失十八斤的鱼倒还小事，吃流弹连性命都活不成呢！”

鹭水因为心中怨恨到极点，所以也顾不得他是村长公公，就毫不客气地一再地向他埋怨。张老实羞愧地涨红了耳根子，急得跳起来，说道：

“鹭水，话要摆正了牙齿再说，雄老爷关照我这么说，我也对你们这么地说，况且布告贴在村子里，你们都亲眼看见的，怎的埋怨我给你们去上当？你们上了当，我有什么好处？再说我自己也不是叫福生去上市的吗？所以你这种话把我气得血都吐得出来的。”

“不错，不错，这倒不能怪到张村长头上来的，因为他自己也上了当呀！”

忽然人群中有人这么地说，大家把视线都集中那说话的身上去，原来是王跛子。张老实一见王跛子，便猛可走上去，急急地问道：

“王老兄，你怎么地说？你在镇上可曾见到我的福生吗？”

“你的福生吗？他把你一担米全都丢了。”

“啊！全丢了吗？哎呀！这个死人哪！”

这消息听到张老实的耳朵里，仿佛是晴天中起了一个霹雳，他眼前一阵子金星乱冒，几乎急昏倒到地上去了。大家听了，都也连喊可惜，这一担米的损失可不小呀！王跛子遂接着告诉道：

“我给老太太到镇上去请医生，谁知医生都逃走没有回来。我心中暗想：既然太平了，为什么他们还没有知道呢？后来我走过大顺公米行，看见粜米的人真多，福生也歇在一边等候。不料正在这时，忽然一阵风来，说东洋人在四处抢东西拉女人，还要开枪杀人，吓得大家丢了东西只顾逃命。我看见福生也丢了这一担米，跟着大家逃跑了。”

“啊呀！该死该死！这福生小鬼真是死人哪！白丢了一担米，他不会挑了米逃的吗？这小鬼真是太糊涂了！都是雄老爷害人精，害得我损失了一担米，这……不是叫我太心痛了吗？”

张老实越听越急，急得团团地打转，眼泪几乎也落了下来。大家都也言论纷纷地骂起雄老爷做事糊涂，不该给人上当。

就在这时，忽然听得一阵子号哭的声音由远而近。大家回头急视之，只见秦四婆婆和小玲子姑娘从桥那边呜呜咽咽地哭过来。秦四婆婆有点儿神经失常似的，逢人就告诉道：

“啊呀！五十个鸡蛋一扫光，一个钱也不给。这是我的命根，抢我鸡蛋，还是把我老命杀了好呀！那些断命的东洋鬼，杀千刀，杀万刀，断子绝孙，死了也要打入地狱里去的！啊！天哪！天哪！”

秦四婆婆越说越伤心，她连路也走不动了，就坐在地上，拍手拍脚地大哭起来。青郎、小狗子等都走上去，大家探问道：

“四婆婆，你去了也没有多少时候，怎么也会碰见了东洋鬼？”

“我和四婆婆一同到镇上去，还没有到镇，谁知在半路上就蹿出来两个东洋鬼，一句话也没开口，扬了扬刺刀，就把四婆婆鸡蛋连筐子都抢跑了。”

小玲子姑娘眼泪鼻涕地也忍不住带哭带泣地告诉着说。秦四婆婆却依然哭天抢地地哭骂着，好像是死了人一样，说道：

“作孽呀！我是一个苦老太婆哪！无田无产无子无孙的苦命人呀！我是靠着鸡蛋活性命的，你们抢了我的蛋去，不知道我的蛋里有毒的呀！吃下了烂舌头烂肚肠的，一个一个的都要路倒尸的呀！断子绝孙的东洋鬼，你们都要变炮灰的呀！”

秦四婆婆骂到后来，倒好像包含了一点儿带着小调的成分。大家听了，都忍不住好笑起来。青郎见小玲子胁下仍旧挟着一个纸包，遂向她低低地问道：

“玲姑娘，你的布倒没有给他们抢去，这真是你的幸运呢！”

“怎么？玲姑娘的裤子被什么人扯破了？”

小玲子没有回答，忽听村中一个小孩子向她这么地问，一时大家都注视到小玲子的下身上去。小玲子涨红了粉颊，却大有娇羞的意思。秦四婆婆代为向众人告诉道：

“这到底是年纪轻占了一点儿便宜，给鬼子兵捏了几把大腿，把裤子都扯破了，才算保牢了这两块布。看我这苦命老太婆，跪在地上向他们叩头求饶，他们也装作没有看见呢！”

“四婆婆，你不要胡说！”

小玲子见众人的目光都集中到自己的脸上来，一时把耳根子都羞红了，却向四婆婆逗了一个娇嗔，大有怨恨她多事的意思。青郎脸是已变成了铁青的颜色，小狗子的牙齿也是咬得那么紧紧的。这时忽然萧红郎也匆匆地从镇上奔回来，见了众人，急急地告诉道：

“不得了，不得了，鬼子兵在镇上又杀人放火起来。我亲眼看见曹麻皮被一个鬼子兵戳了五六刀，血淋淋地躺在地上不会动了。”

“真的吗？红郎，那么我的福生呢？米被抢了，人怎么也没逃回来呀？”

“福生在路上跌了一跤，我想去拉他，但一阵子人拥过来，我就被他们挤散了。”

“啊呀！这样说来，我福生不是被大家踏死成泥饼了吗？唉！我去找他，我去找他！找不着福生，我跟雄老爷要儿子去！”

张老实虽然是个老奸巨猾的私利人，但事情临到自己的头上，他也急糊涂了，好像发了疯狂般地奔过了桥向镇上飞一般地跑了。青郎向四婆婆劝慰道：

“四婆婆，不要难过，丢了鸡蛋倒小事，没有被他们杀死，到底还是不幸中之大幸哩！”

“青郎，你不知道，丢了我的鸡蛋，和丢了我性命差不多。我老太婆无依无靠，这可推板不起呀。”

“事到如此，也没有办法，我想法子凑三十个鸡蛋的钱送给你吧。”

“这个我怎么好意思？是鬼子兵抢了我去，却要你赔钱，我如何说得过去？”

“没有关系，你太苦了，我们一村子的人不帮忙谁帮忙？玲姑娘，你快扶四婆婆回去，我把钱随后就送过来。”

秦四婆婆这才站起身子，千恩万谢地和玲姑娘一同回去了。小狗子见鹭水兀是呆若木鸡般地不回去，遂笑了一笑，拉了他一下身子，说道：

“鹭水哥，你放心回去，和大嫂去说，渔篓我小狗子赔，不要害怕，我小狗子不会叫你做难人！”

“小狗子，你这是什么话？我怕女人吗？你不用赔钱，她跟我吵，我就杀了她，譬如鬼子兵进了村子来杀死！”

鹭水听小狗子这样说，明明笑自己怕老婆，这就红了脸，恨恨地回答了这两句话，他把脚一顿，便奔回家中去了。小狗子待要追上去，却被青郎拉住了，笑道：

“小狗子，你别急，他是口硬骨头酥，没有关系，绝不会闹出事情来的。”

王跛子等都笑着回去了，这里只剩下了小狗子和青、红二郎三个人，他们心中都有一阵子反抗的意思，东洋鬼不打走，是永远不会有太平的日子！

时候齐巧是正午了。

虽然是秋天的季节，太阳的光还是那么热辣辣的。青郎等三个人觉得背心上有着一种刺激性的压力，于是他们的血液在准备着沸滚起来了。

第四回

心若蛇蝎矮子假慈悲

一阵咳嗽的声音，震碎了四周静悄悄的空气。这就见卧房里的床上躺着一个年约六十许的老妇人，这就是江老太太了。她此刻一个人细细地暗想着，王跛子告诉我，镇上已开了市，而且也已太平了，我想这也许不见得。鬼子兵是个野心无限制的恶魔，上燕时常对我说，日本的侵略政策，目的在吞没我们整个的中国，所以太平的希望是很少会实现的。一会儿又想凤小姐待我真的太好了，她要回镇上去了，还特地送钱来望我，殷殷地安慰我，叫我医生总得看，病也得好好静养，千万不要忧愁，免得她在镇上记挂。唉！凤小姐真是一个好姑娘，她完全已尽了做媳妇的责任。不过她爸爸和哥哥很看不起我家，虽然现在婚姻比较自由了一点儿，但做父兄的不答应，看起来这婚姻一定也有很困难的问题。她正在呆呆地想，忽然一阵脚步声轻轻地响进来，回头一望，原来王跛子已经回来了，遂低低地叫道：

“王跛子，你回来了？镇上的情形怎么样？还算太平吗？”

“嗯！老太太，还算太平，还算太平。”

“那么医生请来了没有？”

“医……医生……都逃难逃跑了，还没有回来，所以一时里找不到。”

王跛子生恐怕老太太着急，所以不肯把实话告诉她，支支吾吾地回答着。江老太虽然是个有病在身的人，但她心里很清楚，她觉得王跛子好像在竭力掩饰他脸部忧愤的表情，这就用了怀疑的口吻，低低地说道：

“王跛子，我见你的神情不大好，所以我觉得你这些话恐怕靠不住，也许有点儿瞒着我吧？我想，我想……镇上一定发生了很大的乱子吧？”

“老太太，你真是个明白人，被人一猜便中了，我告诉你，可是你千万不要害怕，也不要着急。”

“王跛子，事情到了这个时候，我还怕什么呢？我还急什么呢？你说吧！你说吧！”

江老太轻轻地叹了一口气，她口里虽然是这么地说，但她脸部上的表情已经是相当紧张。王跛子于是很愤怒地骂道：

“这断命鬼子兵真没有道理的，他们今天自己在村子里贴了布告，说太平了，叫我们可以上市去了。谁知道大家一到了镇上，完全上了他们的当，他们还是逢人便杀，见物便抢，可怜曹麻皮活活地就被他们杀死了。还有，还有，秦四婆婆一筐子鸡蛋都抢去，鹭水的一篓鱼也全都丢掉了。老太太，你想，这还成什么世界？简直变成强盗世界一样了。我拔脚逃的时候，还见村长儿子福生抛了一担米逃性命呢！唉，这个年头儿怎么样做人好呢？”

“不是我过后说这些话，昨天我听了你的话，我的心里觉得就有些怀疑。东洋鬼不是好东西，他已经打到我们这儿来，还让你们快快活活地做人吗？要过太平日子，除非把他们打出去。不过我这么一个多病的人，大概再不会有见到太平的日子了吧。”

江老太说到这里，话声包含了一点儿颤抖的成分，显然她大有凄凉的意思。王跛子也叹息了一会儿，因问江老太身子怎么样，要不吃一点儿稀饭。江老太摇摇头，说道：

“我此刻倒也不觉得饿什么，但昨天晚上做了一夜的梦，此刻很觉得疲倦，所以给我还是静静地合一会儿眼吧。”

“老太太，你梦见了什么呢?”

“很模糊的，一会儿好像上燕回来了，一会儿又好像见上燕在打仗，忽然一颗子弹打过了他的身子，我心中一急便醒了，这梦也不知是凶是吉，所以我真有些担心。”

“老太太，你不要担心，这是因为你想念的缘故。况且梦中之事是相反的，好的倒是不吉利，恶的倒很好的。”

王跛子一面对她低低地安慰，一面却悄悄地自管退到房外去了。

到了第二天，王跛子想起张老实昨天奔到镇上去找寻他的儿子，不知又有什么消息带回来没有？遂到村子里来看情形。只见张老实家门口围了一大群的人，张老实自己站在一张长凳上，用了很响喉咙，对大家像演说般的样子，说道：

“喂！喂！你们大家静一静，静一静，听我详细地告诉你们吧！昨天的事情，雄老爷叫我到他家中去过了，他说昨天的事，是雄老爷上了山村队长的当，而山村队长却是上了他手下东洋兵的当。队长事前本来跟部下都说好的，昨天开市，不许胡闹，想不到大家居然闹起来。雄老爷就向队长提出严重交涉，但山村队长说，他们无非是闹着好玩，并非当真，后来大家一混乱，因此反而弄坏了事情。现在雄老爷和山村队长已经完全说好了，明天照常开市，要是再有什么花样闹出来，雄老爷拍过胸，说是保在他的身上。”

“什么？抢东西、杀人都算是好玩吗？胡说，胡说。”

“这是什么狗屁话？他妈的！谁还相信这些话，真是傻子！”

青郎、红郎和小狗子站在人丛里听张老实这样说，大家都气得铁青了面孔，再也忍熬不住地向他回了这几句不平的话。众乡民听了，也议论纷纷起来。因为鬼子兵给他们印象实在太恶劣的缘故，所以大家显然都有不相信的意思。张老实话虽这么地说了出来，不过自己想想也有点儿不相信起来，但雄老爷这么地关照我，我又不能不这样地说。于是他拍拍掌，还是叫大家静一点儿的意思，接着又说下去道：

“你们大家且不要吵起来，我还有一个好消息要告诉大家，东洋兵现在诚心要和我们本地人交朋友，说是今天有联络班班员们到各村庄来拜望大家，是联络彼此感情的意思。他们不是兵，不带枪，而且还有许多礼物来赠送给大家，其中还有一个东洋医生，给病人打针吃药不要钱，他们完全是一片好心。雄老爷说，他们这样有礼貌对待大家，大家也要十分客气对待他们。比方说，他们问你们恨东洋人，你们回答一点儿也不恨。他们说东洋人好不好，你们回答说非常好。”

“什么？什么？这是谁放的他妈狗臭屁！他们杀了我们的同胞，抢了我们的财产，还说他们好？这个人除非不是人养的了。”

小狗子又在后面暴跳起来反感着回答，鹭水听了，认为这事也太岂有此理了，遂摇摇头，跟着反对道：

“我昨天白白丢了十八斤鱼，险些吃了流弹，还说他们是好人吗？这个杀了我的头，我都不愿说！”

“村长公公，你还是赶快去回绝他们，请他们不必来望我们，东西也不希望要，只要他们不来抢夺我们的东西，已经是上上大吉了，还想要他们的，这除非在做梦！”

秦四婆婆也高声地回答，听到张老实的耳朵里，不免皱了皱眉尖儿，叹了一口气，有些苦笑的神情，说道：

“啊呀！你们这班人怎么这样说不明白的？打开天窗说亮话，谁愿意他们来呀？不过他们自己要来，你们哪个有胆量去阻止他们呢？”

“村长公公的话也说得不错，因为他们势力大，没有办法对付他们，为了求太平，就当面说他们一句好也不要紧。常言道，舌头打一个滚，本来不蚀本。顺顺他们的心，只要有太平日子过也就罢了。”

有几个胆小的村民，他们是怕麻烦，希望得过且过，只要能够苟活下去，他们已经是很满足了。张老实一听有人附和自己的话，遂连忙又说道：

“雄老爷又对我这么地说，只要大家安安分分恭恭敬敬地对待他们，说不定今年的租可以给你们打一个折扣。”

“谁稀罕他打折扣？我们情愿饿肚皮，也不情愿认仇人做恩公！”

“鹭水，别人家不说话，你又自称大好老！给我少说几句，听大家说吧！”

金大嫂是专门喜欢贪小便宜的，对于雄老爷前来收租打折扣的话，她倒又很听得进去，所以向鹭水瞪了一眼，便把他拉到旁边去了。鹭水心中生气，遂回家去了。这时众村民又交头接耳，大家纷纷猜疑。青郎觉得东洋鬼的手段真是太厉害了，他们杀了我们，打了我们，还要假仁假义地来讨好，目的是在收买人心。虽然他几次三番要向大家演说东洋兵的残暴和可恶，不过他理智告诉自己，一个人不要太鲁莽，要反抗也得好好地有计划地进行，否则单凭一时之勇，那是恐怕会遭意外不测的。青郎在这样打算之下，所以连小狗子要大声反对的时候也被他丢了眼色阻止了。

这时王跛子心中也糊里糊涂地暗想：张老实说回头有东洋医生来给人家免费打针治病，假使他们真有这一番好心的话，那么我们老太太这个病倒也可以给他们诊治诊治了。一时也就忍不住开口问道：

“张村长，我倒要向你问一个明白，东洋医生来免费看病，大概不会有什么恶意吧？因为我家老太太，就没有好好起过床。”

“医生怎么会有恶意呢？我觉得你们这班人疑心病太重了。好了好了，我去张望张望，说不定东洋老爷就可以到了。”

张老实一面回答，一面便匆匆地向那边桥上奔过去了。萧红郎向王跛子望了一眼，有些奇怪地问道：

“王跛子，你是不是有病要他们看吗？”

“不，我倒没有什么病，还不是为了老太太躺在床上一点儿精神都没有吗？”

“唉，不错，江老太病了不少日子，给他们打两枚针，说不定就会起床了。”

小玲子姑娘站在旁边也插嘴回答。小狗子却连连摇头，他又心直口快地说道：

“王跛子，我劝你还是别想出这个主意来，你昨天不听见曹麻皮被他们活活地杀了吗？活着的人，他们尚且要杀，何况生了病的人，他们说不定一枚毒药针就把病人送了命。你想，这是一件多么危险的事情，所以我觉得千万不要贪这一个便宜才好。”

“啊呀！我真是一个老糊涂，幸亏你一语提醒了我。不错呀，东洋鬼要真是个好良心的话，他们也不会打进中国来了。万一老太太真的被他们一针打死了，日后叫我怎么有脸去见少爷呢？这是使不得，万万也使不得！”

王跛子“啊”了一声，他方才觉悟过来似的，连忙自言自语地说。正在这个时候，忽然见张老实急匆匆地从那边桥上奔过来，说道：

“来了，来了，东洋老爷来了！喂喂喂！大家不要跑开呀，他们挑了一大担的东西来送给你们了。”

众村民一听鬼子来，不知怎么的心中都会大吃了惊，不禁四散地逃跑了。张老实这就急起来，连忙又向大家急急地劝阻。青郎悄悄地对红郎和小狗子说道：

“我们不要走，装一个活死人，看他们来闹些什么鬼把戏。”

“好的，他们把我们当作三岁小孩子看待，我索性做一个傻子。”

小狗子认为赞成青郎的话，遂点了点头说。大家回眸望去，只见第一个挑了一担东西过来的是镇上有名的白相人，名叫马老二，和小狗子说起来还有一点儿亲戚关系，所以此刻瞧在小狗子的眼睛里，心中除了愤怒之外，还带有些痛恨。待他到了面前，便走了上去，说道：

“老二，你怎么给东洋鬼挑担子？难道你愿意做他们的走狗？

唉！马家祖宗大人在代你痛哭哩！”

“小狗弟，你寻死不拣时辰吗？满口的还是什么鬼鬼？要如被他们听见了，我看你还能活得了这一条性命吗？我和你是亲戚，原没有关系，不会记你的气，假使换了别人，呵呵，看你就倒霉了。”

“对不起，对不起，小狗子这人脾气生成就有些戆，马老二，你当他在放屁，不要听他是了。”

青郎恐怕闯祸，遂跟上来拉了狗子的衣袖，忍气吞声地代为他老二赔不是。马老二擦了擦头上冒出来的汗点儿，微微地一笑，因为他本来没有什么成见，所以乐得卖一个交情，说道：

“小狗弟算起来还是我的亲戚，所以我知道他的脾气，倒不会跟他计较的。萧郎，并不是我的鼓吹，皇军老爷待我们确实太好了，我们今天已走了两个村子了，分去了不少的礼品。这礼品都是名贵的，比方说香烟吧，都是上好的烟丝制成的。你不信，我身边还有一包，你倒不妨吸一支开个荤，味道真不错哩！”

“谢谢你，可是我生平不吸烟的，还是留着你自己吸吧。”

青郎摇摇头，逗了他一瞥鄙视的目光，表面上还很和气地回答。这时候张老实站在桥头上，忽然向前恭而敬之地鞠了三个躬。大家仔细望去，只见三个身穿西服的东洋人，摇摇摆摆很神气地走过来，几个胆小的村民，类如秦四婆婆、小玲子、金大嫂一班妇女之辈，她们都想逃避的时候，只听那三个日本人笑嘻嘻地向大家招手，说道：

“你们大家好来西！不要害怕，我们统统都是黄种人，我们像兄弟一样，你们不要逃走，我们大家谈谈话好来西！”

“不错，你们不用害怕，快点儿过来听东洋老爷的话，这次绝不会再叫你们上当了。”

张老实也代替东洋人向众村民加以详细地解释，于是众人被一阵子好奇心的驱使，遂慢慢地都围拢来了，于是其中一个日本人又笑着问道：

"你们大家身体都很好吗？假使谁生了病，我们不要钱，可以给你们打针包医病。有病的过来报名，不要怕呀！你们是人，我们也是人，你们看我们身上不是没有洋枪吗？"

"哎哎哎，王跛子，你刚才不是跟我问过的吗？那么你快过来呀！这是千载难逢的好机会，错过了岂不可惜？"

张老实见大家面面相觑，好像都有点儿害怕的样子，一时瞧到了王跛子，不觉想着了，遂对他急急地怂恿。王跛子有了小狗子刚才说的两句话，他吓得早已打消了这个主意，遂形色慌张地摇摇头，把手也摇起来，说道：

"不，不要了。"

"咦！你不是说江老太没有好好起过床吗？"

"你这个老先生，心中不要怕，家里有人毛病，只管跟我们说出来，我们可以救她性命。日本科学很发达，你们中国太落伍了，所以你们给我们日本好好地管理起来，你们个个人都可以发财！"

日本便衣队听张老实又向王跛子这么地问，遂也笑嘻嘻十二分慈祥地对他说，在他这些话中很可以听出来是包含了一点儿宣传的作用。但听到稍具知识的青郎、红郎和小狗子的耳里，他们内心是引起了极大的反感的愤恨，暗自骂道：

"发财？他妈的！要么发棺材！"

心里是这么地想骂，但口里却没有骂出来。可怜在这个环境之下，真所谓有敢怒而不敢言的了。王跛子见东洋人两眼盯住了自己，虽然他很客气地叫自己老先生，不过自己心头总觉得跳跃的速度是比往常快速了许多，遂颤抖地说道：

"不，不，东洋……老爷，我……家里人的毛病早已好了。"

"好了吗？那就算了。我晓得你们现在心中还把我当作仇人一般看待，但是日子一久，你们就知道我们日本到了你们中国之后，比中国政府更要待你们好得多了。"

日本便衣队一味地用宣传的方式，向一班无知识的乡民亲善。

他说到这里的时候，一眼又瞥见许多村童也挤在人缝里看热闹，于是从担子里取出一大把糖果来分给村童们，笑道：

“小朋友，你们大家快吃糖，快点儿说，我们皇军待你们好不好？”

“你们快说呀！皇军待我们好！”

张老实见这一班村童，不但没有说，而且也没有拿糖果，大家一骨碌转身便逃散了。金大嫂在旁边却把自己儿子矮冬瓜拉住，推了推他身子，说“去拿呀，去拿呀”。矮冬瓜畏缩地伸手去拿了，可是他并没有说话，却反而哇的一声哭起来。金大嫂这就恨恨地骂道：

“小鬼，你真是不中抬举，东洋老爷给你吃糖，你不谢谢他们，还哭起来，你真没有见世面的蠢材！”

“好了好了，你这个大嫂子不要骂他，小孩子胆小不懂事，我们皇军气量很大，绝不会见怪他的。只要你们不反对我们皇军，来，来，一个人分一包香烟。”

那日本便衣队反而向金大嫂劝说，表示十二分和蔼可亲的意思。一面在担子内取了许多包的香烟，挨次地分给大家，分到金大嫂的面前，问她说道：

“大嫂，你会吸烟吗？”

“不会，我不会吸，我的男人会吸的。”

“那么你男人呢？”

“他在家里，没有出来。”

金大嫂一面说，一面拉了矮冬瓜走到外面来，把他头顶上一拍，恨恨地骂道：

“小鬼，东洋老爷给你糖，你还哭什么？快去把你爸爸叫来，说东洋老爷在分香烟，快去拿，迟一步分完了。唉！你们爷俩真是个活死人！”

矮冬瓜被娘打了一记，便急匆匆地向家里奔了。这时日本便衣队又大家望了一眼，很骄慢地问道：

“现在你们应该说，我们皇军待你们好不好?”

“待我们好极了，好极了!”

张老实站在领导的地位，先高声地叫了起来。众村民笑了起来，虽然口里并没有叫，但猜想他们的心中似乎也有一点儿好感的样子。青郎瞧了这个情景，只觉得一股子怒火从头顶上冒出来，回头见红郎和小狗子大有咬牙切齿的情景，这就丢了一个眼色给他们，是叫他们千万要忍耐的意思。这时日本便衣队又笑着说道:

“皇军待你们好，你们也要待皇军好，假使你们要和皇军作对，那么你们统统没有性命。皇军是你们的救星，你们从前过了苦日子，现在好日子来了。你们说，皇军哪一项待你们不好?你们吃过什么亏，尽管说，不要害怕!”

“哦!东洋老爷申冤!东洋老爷申冤!”

想不到秦四婆婆听了这话，突然从人群中拥挤上来，猛可地向那鬼子跪了下去，连喊申冤。张老实的意思，纵然有吃亏的地步，也得说没有吃亏，谁知她这老太婆的胆子可不小，一时倒代她急了一身大汗，连忙阻止她说道:

“四婆婆，你做什么?快起来，快起来呀!”

“让她说吧。老婆婆，你说，我们皇军待你们不好吗?”

“你们这几位待我是好的，但昨天到镇上去，还有几个带枪的太不好了，婊子养的像强盗一样，抢了我五十个鸡蛋，一个子儿都没给，请东洋老爷申冤!”

“啊!四婆婆，你疯了?”

张老实听她在日本人面前骂日本人是强盗的婊子养的，一时脸变成了灰白的颜色，暗想:这老太婆真是寻死了。果然，其中有一个日本便衣队便愤怒起来，他狰狞了面目，大声道:

“什么?你这女人敢侮辱皇军吗?”

“你不要光火，我们皇军喝醉酒的时候，说不定忘记了给钱，那也常有的事。老婆婆，可是你下次不能乱骂人，现在我来补给你好了。”

其中另有一个日本便衣队，因为他们的责任是到各村去收买民心，所以他是竭力忍耐了怒火，向同伴丢了一个眼风，一面又低低地对秦四婆婆回答，表示十二分慈祥的样子。秦四婆婆见没有什么大不了，胆子更大了，便唠唠切切地又道：

“真的，我没有骂人呀。东洋老爷是好的，我五十个鸡蛋，好像遇了强盗，一抢而光，我本来要去买米买油买盐的。可怜我苦命老太婆，无田无产无子无孙，现在就没有吃了。”

“喂！你们听她的话可全是真的吗？”

“当然是真的！”

小玲子在后面第一个先嚷起来回答。日本便衣队在袋内摸出一叠钞票来，交给秦四婆婆，说道：

“好！我要你们看看皇军待你们到底好不好？老婆婆，这些钞票，比五十个鸡蛋的价值还要多一点儿，你快点儿拿去吧！”

“啊！谢谢皇军老爷！阿弥陀佛，真是天下第一个好人！”

“哈哈！我们皇军是第一个好人！”

日本便衣队见秦四婆婆跪在地上，连连地叩头，他们心中十分地得意，忍不住哈哈地大笑起来了。不料就在这个时候，矮冬瓜已把鹭水叫了来，他一见秦四婆婆已赔还了损失，这就也奔了上去。大声地说道：

“我昨天也被你们抢去了十八斤鱼，快点儿赔我！”

“浑蛋！你也来侮辱吗？”

“该死的东西！你来做什么？”

日本便衣队正在得意的时候，忽然见到一个中国男子也奔上来要向自己赔损失，因此再也忍耐不下去了，两个人异口同声地向鹭水大喝起来。张老实急得在旁边跳脚不已，指了鹭水，说道：

“鹭水，你也来这一套，真是太不识相了。”

“喔！没有，没有，东洋老爷没有抢我们的鱼，他这个人有些神经病，你们不用听他胡说，当他是放屁好了。”

金大嫂一见两个日本人的面色很不好，知道事情弄僵了，遂抢步上前，情急智生地这么地辩白着，一面把鹭水拉开了一旁，又连连地埋怨。可是一波未平，一波又起，原来李大娘身穿重孝，也挤进人缝中来，她含了一股子杀气，奔到日本便衣队的面前，大声地叫道：

“我的男人被你们杀死了，好呀！你们说赔，快赔我的男人来！”

“李大娘，你……怎么也跑上来？难道你……也疯了？”

张老实出乎意外地不禁手足失措起来，带了口吃的成分，向她急急地说。两个日本便衣队倒也吃了一惊，向后倒退一步，但兀是镇静了态度，说道：

“大嫂，你弄错了，我们皇军绝不会来杀害你们老百姓的。”

“哼！你们不用赖，他是给你们活活地害死的！好好的一个人，回来满身鲜血淋淋，可怜他话也没说上两句，就这么眼不闭地死了。赔我们男人！赔不出来，我情愿也死在你们的手里！”

李大娘一面已经哭出声音来，一面却向他们一头撞了过去，但是被张老实却一把拖住了。这时青郎、红郎、小狗子三人也齐声叫道：

“对！对！赔我们的李大哥！”

“还有我们的曹麻皮！”

“日本人都是野蛮的！”

三个人的呼声激起了整个村民心中的愤怒和不平，于是大家都狂吼起来。三个日本便衣队在众人愤怒之下，他们脸也有些变了颜色，不过他们还镇静了态度，说道：

“你们大家统统不要吵！我们皇军是你们的救星，绝不会来伤害你们的，你们一定弄错了。这件事情，我们回去可以详细地调查，如果真有其事，我们一定叫这位大嫂不吃亏，要如故意为难的话，哼！我们就老实地不和你们客气了！”

日本便衣队说完了这些话，三个人突然在袋内摸出手枪来，对准了众人，似乎有开枪的意思。其实他们也不敢开，因为村民人多，也无非做个自卫的表示。但乡妇村夫都没有智识，早已吃惊地叫喊，四散逃跑。李大娘却并无畏惧之意，好像挺身欲前，还预备拼命的神气。青郎知趣，遂把李大娘拖了就跑。日本便衣队也觉得没有什么再可以留恋的地步，于是拉了张老实一步一步地向桥边走过去。马老二挑了那副担子，跟在后面，也匆匆地走了。等他们走后，众村民方才又围拢来，小狗子向大家说道：

“你们真是胆小鬼！为什么要逃呢？小小一支手枪怕什么？大不了一个子弹两个洞，算得了什么？况且他们只有三个人，我们这许多人，料想他们也不敢开枪。他们要开枪的话，他妈的！这三个鬼子，叫他们来得去不得！”

“喔哟！人家跑了，你又称大好老？为什么刚才不跟他们拼一拼？”

金大嫂和小狗子有点儿意气用事，遂横了他一眼，这些话大有讥笑的成分。小狗子不愿和她斗嘴，望了她一眼，却只对她笑笑。秦四婆婆有些赞叹的口吻，说道：

“李大娘这个女人呀，她的胆子比鹅蛋还要大，她横竖男人死了，所以一切不管地对东洋人撞了过去，若不是青郎拉住了她，那实在太危险了。其实东洋人弄得好也很讲道理，李大娘要人家赔男人，这当然赔不出来了，所以刚才的事，我倒说是李大娘太横对一点儿了。”

“中国人所以弄不好，都是因为这样。四婆婆，你以为拿了日本人的钞票，所以说话都变换了样子了。唉！真是没有心肝的东西！”

小狗子感叹地回答，他心里有些愤激的意思。鹭水在旁边咬牙切齿地说了一声对呀，骂道：

“他妈的！东洋鬼真不是好人！四婆婆也不知是什么好运道，所以他们会赔给你。假使他们真的讲道理，为什么我十八斤的鱼就不赔呢？绝子绝孙的，我瞧他们总有一天会都死完的！”

“我说千不该万不该是李大娘不该来，否则，我们向东洋人说几句好话，他们会赔我的也说不定，都是被她一撞，撞得东洋人光火起来，你想倒霉不倒霉？”

金大嫂却噘起了嘴，埋怨到李大娘的身上去。萧红郎不以为然，冷笑道：

“你们只知道赔钱就算满足了吗？那你们脑子真简单得太可怜了。要知道他们打进了我们中国，真不知有多多少少的珍宝被他们搬去了呢，所以我们要过太平日子，非合力同心，把他们打出去不可！”

“萧红郎这话就说得有道理，你们不要只贪自己的利益，应该要为大众幸福而着想的！”

小狗子点点头，表示赞成红郎的话。这时众人没有说什么，忽然一个村民把香烟取出来，对大家笑道：

“大家不必急论了，日本人走也走了，我们还是吸吸他们送给我们的香烟吧。这上面是东洋字，一定是东洋香烟，烟味不知道好不好。来来来，我们大家快试试。”

“说起香烟，鹭水这个死人真是死坯！我原是叫来讨香烟的，谁知他却提起了十八斤的鱼，无怪东洋人心中要生气，真是死人！现在你看人家吸香烟吧！”

“哼！十八斤鱼的钱不要说一包香烟，恐怕十包也买得哩！你这种女人知道什么？只晓得贪小，不顾大局，还来埋怨我，少给我开口，谁稀罕吸鬼子兵的香烟呢？”

鹭水听女人还唠唠切切地向自己埋怨，这就瞪了她一眼，大家吵了起来。这时青郎已伴着李大娘回到家中，又匆匆地走来了，一见大家要吸香烟，遂连忙摇摇手，高声叫道：

“你们大家不要吸！不要吸！”

“啊！这是为什么？青郎，你倒说一个理由来，是不是烟中有毒药?”

大家听了，都不约而同地吃了一惊，急急地追问。青郎用了一种无限沉痛的语气，咬牙切齿地说道：

“诸位同胞们！这烟里倒并不是有毒，不过鬼子兵给你们吸烟，确实有害你们的意思。要知道烟酒嫖赌，乃是四大害处，我们本来都不吸烟，现在为了不花钱，大家很高兴地吸，可是明天吸会了，而烟又吸完了，那么烟瘾一来，不是只好拿钱去买了吗？所以你们千万不要贪图小便宜，而将来会到倾家荡产终身遗恨的地步。况且他们一面假痴假呆地和我们亲善，一面却不断地用炮火来侵略我们的国家。他们目的在吞没我们的中国，叫我们老百姓都做亡国奴。你们知道亡国奴的痛苦吗？说起亡国奴的痛苦，真是说都说不尽的。他们打了你，还要叫你笑，他们杀了你，还要你们说他好。你想，在这样情形之下，我们还能够活得下去吗？所以我们不要上他们的当！有机会我们一定要努力奋斗，把他们打出去，这样我们才可以得到真正的光明的幸福！诸位听我的话，不知道都赞成吗?”

“不错，不错，我们要反抗!”

“我们要把鬼子兵打出去！打出去!”

萧青郎这一大篇的话，是发生了很大的力量。众村民都细细地一想，觉得刚才鬼子兵对待我们的情形正是青郎所说，他们打了我，还要叫我们笑脸相迎，他们杀了我，还要叫我们说他好。这是什么人做出来的章程呢？难道鬼子兵没有打到中国来的时候，我们也曾经受到这样不平等的待遇吗？不，这当然从来也没有受到过。那么鬼子兵对我们究竟是好是坏呢？不用说了，他们自然是我们的大仇敌了。众村民在这样一阵子思忖之下，他们的举动是不约而同地把手里拿着的一包烟卷像雪片似的飞掷到河水里去了。同时热血激起了各人心头的愤怒，不禁发出了强有力的呐喊。青郎觉得人心不死，那么我们国家的前途至少还有一线光明的希望。不料正在这时，忽然见张老实和马老二又从那边桥上匆匆地奔了过来，转入了一个弯子，向左边麦田走了。青郎不知道他们又在闹些什么鬼把戏，一面叫红郎追随上去看仔细，一面又对大家说道：

“你们既然觉悟到鬼子兵不是好东西，那么帮助鬼子兵去做事情的中国人那就更不是好东西了。比方说，村长公公，他是一个年老的长者，在平日我们应该很尊敬他，因为他的年纪比我们大，而且又是一村中的领袖，那么他一定会领导我们向光明的路上走。谁知他这一把年纪好像活在狗身上，你们见他已经做了鬼子兵的奴隶了。他帮着鬼子兵来叫我们屈服，来叫我们受痛苦，你们想，这种人还配做我们的村长吗？”

“不配！不配！”

众人又齐声地呼起来。青郎正欲再有所发言的时候，红郎急匆匆地走来了，他向大家很生气地告诉道：

“他妈的！村长公公真岂有此理！他竟听了鬼子兵的命令，来接李大娘一同到镇上去，说鬼子兵要调查李大哥被杀的案子，非李大娘亲自去审问明白了不可。我想诡计多端的东洋人不是好弄的，叫一个孤单单的女人家到他们司令部去，谁知道他们存了什么心眼儿？所以我们快去劝她不去的好。”

“对！对！这是万万也去不得的！况且李大娘在本村可说是个很有几分姿色的妇人，日本鬼色眯眯，逢人要花姑娘，这要李大娘到司令部去，我看恐怕有些靠不住。”

小狗子第一个先跳起来回答，众人也同声地议论着去不得。忽然听小玲子姑娘向那边一指，急急地说道：

“啊呀！李大娘竟跟了他们来了，这……可怎么办呢？”

“我们去阻住她，叫她无论如何不能去！”

众人一齐又很侠义地回答。就在这时，李大娘、张老实、马老二他们三个人已到了面前。青郎打头把李大娘拉住了，说道：

“是谁贡献的好计策，叫李大娘一个单身女子上司令部去？”

“李大娘，你不能上他们的当，你难道情愿自投罗网去送命吗？

他们叫你去，没有好心眼儿的，所以你不要去，有什么事情，叫鬼子兵自己到乡下来说话好了。”

青郎说话的时候，两眼怒视张老实，大有怒气冲冲的样子。红郎也接口上来，对李大娘忠心地劝告。小狗子这时也张大了眼睛，向张老实问道：

“村长公公，我小狗子放肆得很，要跟你说几句话。你是一村的村长，那么换句话说，你就是我们的灵魂一样，一旦到了外侮日亟的时候，你应该有保护我们村民的责任。现在你不但不保护，反而将李大娘引渡到鬼子那里去，我问你的心肝究竟在哪里呢？”

“啊呀！小狗子，你这话太气人了，我做村长的也是没有办法呀！想我这么大的年纪，手中没有寸铁，他们要我这样，我也只好这样。无非是给东洋老爷传一句话，其实去不去和我原没有什么相干呀！”

张老实被他说得满脸血红，显然有点儿惶恐的样子，遂急急地辩白。马老二听了，却向他横了一眼，“唉”了一声，说道：

“张老实，你不要说得这样不负责任，你刚才在皇军老爷面前怎么样答应下来的？假使李大娘不走的话，看你活得了这条老命吗？”

“他妈的！马老二，你这现世的走狗！我问你是中国子孙还是日本子孙？”

小狗子再也忍耐不住了，他猛可地向他兜胸一拳，不禁大骂起来。马老二次不防被打，也不禁“喔哟”一声，弯了腰肢直不起身来，但他口里兀是骂道：

“好！好！你打我，你打我，我回头不给你颜色看，我就不姓马！”

“你本来已经不姓马，马家没有你这样不争气的子孙！你给我颜色看，此刻我就先做掉了你，回头抵你的命！”

小狗子第二次赶过去的时候，却被青郎拉住了。他觉得这样冲突下去，难免有闯祸的危险，那时马老二必定仗了日本人的势力，小狗子难免就要吃亏了。所以他不忍小狗子遭到一种无谓的牺牲，正欲从中打圆场的时候，万万也想不到李大娘挺身上来，说道：

“你们不要为我一个女人和他们争论，不要紧，我倒不怕，我去!”

“李大娘，你一定要去?”

众人都惊异地问，表示李大娘的胆子可真不小。但李大娘却冷笑了一阵子，面无忧愁，侃侃而说道：

“怕什么？你们以为我不敢吗？看东洋鬼能把我吞吃下去？老实说，杀掉一个头，不过碗口大一个疤，我什么都不怕，我去，我偏叫他们赔我一个男人来!”

“李大娘，你……不能去……”

“李大娘，我劝你不要凭一时之勇，他们有枪有刀，你是一个弱女子。”

秦四婆婆和小玲子姑娘都急急地向她阻拦，小狗子要想说话，青郎不许他说。马老二此刻才直了腰肢，向小狗子瞪着眼，说道：

“这就好了，她自己愿意去，看你们旁人还瞎起劲不?”

“李大娘，我看你还是再考虑考虑吧。”

鹭水也认为这还是不去的好，所以向她又再三地劝阻。但李大娘却没有听见似的，猛可地跪了下来，向天空拜了四拜，哭泣着道：

“阿元，阿元，我为你活，我为你死，你做了鬼有灵跟我走，哪一个想害我，你替我暗地里捏断他的喉咙!”

李大娘说完了这两句话，又磕了三个头，方才站起身子来，向马老二说了一声“我们快走”。众人见了这一番好像诀别的情景，各人心头都感到一阵莫名的凄凉。不料正在这时，忽然一阵惨绝人寰哭娘的声音震破了沉寂的空气，众人回头去望，只见李大娘的儿子阿宝，赤了两脚，一路叫娘，一路号哭地奔了过来。红郎这时也忍不住说道：

“李大娘，你不能走，你还有一个孤零零的孩子，他是李大哥一滴亲生的骨血，你不能丢了他向虎口中走！”

“哦，妈，妈，你预备到什么地方去？妈到东，我也到东，妈到西，我也到西。你带了我一同走，我们娘俩生生死死在一起……妈呀！”

阿宝扑到李大娘的怀里，他是呜呜咽咽地哭了起来。李大娘手抚摸着阿宝的头发，她慈母的心已经碎了，肠也已经断了。她的泪像泉水似的涌上来，她抱住了阿宝的小身子，也悲痛欲绝地大哭起来。

“唉，太可怜了，叫我们心也碎了。”

“鬼子兵拆散我们同胞的骨血，我们就这样地承受下去吗？”

众人都咬牙切齿地说着，他们心头是隐隐地作痛。

几个心肠软的妇女都默默地流泪，这是一幕惨剧，但这也是一幕极平常的事情。李大娘哭了一会儿，泪眼模糊地向四下望了一会儿，瞥眼见到青郎，遂叫了一声青郎叔，又朗朗地说道：

“阿元被鬼子兵杀死在路上，也是青郎叔把他抱回来的。后来一切入殓的后事，也都是青郎叔极尽心力帮忙的。青郎叔，我觉得你真是一个侠义心肠的好人。今天我上东洋鬼的司令部去，剩下这个苦命的孩子，我要拜托你，请你暂时给我照顾一下。我能够回来，这当然很好。假使有什么三长两短，你总要看在阿元生前朋友的交情上，把阿宝这孩子好好地养大了，那么我两口子在地下，也就很感激你了。”

“李大娘，你……”

青郎虽然是个理智胜于情感的少年，可是这会子他听了李大娘的话，他忍不住也悲痛起来，叫了一声李大娘，可是喉间已有东西哽住着一样，他要说的话便再也说不下去了。这时李大娘又向阿宝说道：

“阿宝！我的好孩子！你不要哭，你不要哭呀！为娘去一去马上就回来的，你好好地跟在青郎叔的身旁，不要淘气。你父亲关照过，你大起来去当兵，去当兵，和东洋鬼算账，给你的爹妈报仇!”

“哦！妈呀，妈呀!”

李大娘说完了这话，把阿宝往地上一推，可怜阿宝就跌倒地下去，但他兀是拼命地哭着妈，要想起身去追，却被青郎抱住了。他口里没有说什么，但心中在暗暗地说：

“李大娘，你放心，我青郎绝不会有负你的重托!”

小狗子和红郎跟上两步，依依不舍的样子说道：

“李大娘，我们送你一同去吧。”

“我看不必了，人去多了倒不好，反正我总要回来的，回头我把李大娘送回家好了。”

张老实是怕东洋人见了男子发脾气，所以回身转来婉和地劝阻他们。李大娘点头道：

“谢谢你们两位好兄弟，我真感激你，但我不知怎么的竟一点儿也不怕，所以你们不必送了。我心中已经打定了主意，反正大不了是一个死!”

“李大娘，你别说这些话，有张公公陪你回来，我相信他会负一点儿责任的。而且他在我们面前，当然也要有一个交代的。”

小狗子含一眶子热泪，他望了张老实一眼，故意这么地说。张老实口中不说话，心中暗想：关我屁事，只要在东洋老爷面前有了交代，这里呀，我是村长，谁敢责问我？这里秦四婆婆、小玲子姑娘、金大嫂、王跛子等跟了上去，大家都有凄凉的意思，哽咽地叫道：

“李大娘，你早点儿回来呀!”

李大娘用了感激的目光向他们点点头，很快地跟了马老二、张老实走了。四周的空气是悲哀、是沉痛，但到底还脱不掉凄凉的成分。李大娘的身子已被一丛树蓬遮蔽了，在众人的眼前，是永远地消失了。静悄悄的，大家都说不出一句话，流动的是只有阿宝一片哀哀哭娘的惨声。

第五回

忍饥挨饿壮士志可嘉

黄昏已经笼罩了整个的宇宙，斜阳奄奄一息地像个垂死的人回光返照那么涨红了脸，它在将要和大地万物做一个分别的时候，至少是显出了无限依恋之情。因为在这一天的时日中，它当然不会再有出来的希望，因为这已经是月亮所有的世界了。夜风是微微地吹送，动荡着远近那枝条上的枯叶，奏出了雪雪瑟瑟的音韵，似怨似慕，如泣如诉，多少是令人感到了一层凄凉的意味。

"青郎，天色这么晚了，张老实还没有伴着李大娘回来，我看这事情就显见得有些蹊跷，审问也不要审问一整天的呀!"

"可不是？我也这么地想，看情形是凶多吉少的了。"

青郎沉静了面色回答，他的态度有点儿茫然的样子。就在这个时候，忽然见桥头上匆匆地走来一个人，仔细望去，在暮色苍茫之下，还可以看出来人正是张老实，于是青郎和小狗子就不约而同地奔了上去，叫道：

"村长公公，你怎么一个人回来了？李大娘的人呢?"

张老实含了一颗懊丧的心，急急地回家，想不到小狗子和青郎还等在村里听消息，一时形色有点儿惊慌，支支吾吾地延迟了一会儿，方才说道：

"李大娘……她……还留在镇上司令部里，要给她申明了冤枉再放她回来。"

“什么？申冤枉是他们的事，要留她在司令部里做什么？哼！村长公公，你不必再拿这些话来欺骗你自己的良心了，我明白你已把可怜的李大娘出卖了是不是？”

青郎听他这样说，一股子怒火会像炸药似的爆发起来，遂冷笑了一声，横了他一眼，显然是有责问的口吻。张老实听了，也有点儿生气，遂冷冷地答道：

“笑话，你这是什么混账的意思？东洋老爷不放她回来，叫我有什么办法？难道和他们去争论吗？”

“张村长，你这两句话说得太不中听了，刚才你不是说送她去送她来吗？那么李大娘这个人的来去，责任完全在你的身上，你现在独个儿跑回来了，我问你能卸得了这个责任吗？”

青郎见他还板住了面孔，于是也把脸色一沉，向他一再地责问。张老实到底是个老奸巨猾的东西，他忍不住哈哈地笑了一阵，说道：

“什么？这是我的责任？难道我开了保险公司吗？这话更属放屁之至！岂有此理！我自己来来去去跑了二十多里路程，腿软腰酸，真是感到倒霉，你们还来跟我怄气！”

“啊！你这老狗在胡嚼点儿什么？你既然不开保险公司，你为什么一定要劝李大娘一同上司令部去？那你不是明明地把李大娘去牺牲吗？你枉为是一村的村长，我问你的良心在哪里？”

小狗子站在旁边再也听不下去，遂猛可地赶上一步，他眼睛里几乎要冒出火星来，向他大声地呵责。张老实听他开口骂自己，这就气得全身发抖，戟指骂道：

“你这奴才！该死！你敢侮辱村长吗？”

“侮辱？哈哈！哈哈！我就打了你这老狗！”

“小狗子，你……”

青郎知道小狗子是气极的缘故，遂把他拉住了，因为生恐事情闹大了，容易发生意外。张老实大叫“反了反了，你敢打我？你们是李大娘家中什么人？敢来给她保出头吗”。青郎见这老甲鱼好像疯狂的神气，一时倒又忍不住好笑，遂一本正经地说道：

“张村长，你难道没有看李大娘临别的时候，她是把儿子托付给我吗？那么凭这一点，我就有资格可以来和你说话。况且当初你自己说可以送她回来，怎么你就忘记了？我们别的不必再说，各人的心都是肉做的，李大娘的丈夫被东洋鬼杀了，可怜留下了一个年幼的孩子，以后的生活已经是不堪设想，现在你又把他苦命的娘送进虎口，我问你，你于心何忍？你是否还想你的儿子成家立业、传宗接代呢？我想你是个上了年纪的人，你的心一定比任何人慈悲，难道你不想想这一个家庭中发生的惨剧，假使临到你自己的头上，那么你又将何以为情呢？”

“青郎，你这话说得对，说得对，不过……东洋人……不肯放她回来，就是把我换作了你，你有胆量和他们反对吗？”

张老实被青郎说得一颗心感到极度不安起来，他方才把脸色变得凄然的样子，表示他自己也无非出于不得已的办法。青郎叹道：

“你不敢反对他们，你就把一个可怜的寡妇做牺牲品是不是？我觉得无论什么事情，到了将来，总归在冥冥之中也逃不了一个报应的。小狗子，我们不用多说，走吧！”

青郎说完了这几句话，他拉了小狗子匆匆地走了。张老实呆呆地站住了一会子，他想到了冥冥之中有报应的一句话，他的胆子倒又小了起来，忍不住深深地叹了一口气。夜风扑面，全身抖动了一下，他的眼角旁也会涌上了一颗歉疚和不安的眼泪来。

自从李大娘到了镇上司令部之后，却杳无音讯，仿佛石沉大海。青郎受了李大娘的重托，决心把阿宝好好地抚养。不过自己是个男人家，一时心中又觉得忧愁，后来他和小玲子姑娘去商量，叫阿宝住在小玲子家里，自己每月贴她开销。小玲子和李大娘平日也很合得来，所以当下一口答应。青郎只才放下一桩心事，不过对于李大娘的生死未卜，他们当然还预备调查一个彻底的明白。

这天萧红郎匆匆地从镇上回来，青郎问他可曾有些消息吗，红郎叹了一口气，皱了眉头，很难过的样子说道：

“李大娘是尽了节了，因为我在路上曾经碰着了邬先生，邬先生说，李大娘死得很可怜，也死得很贞节，而且还死得很有价值。一个换一个，她没有蚀本。”

“一个女人家尚且如此，何况我们是堂堂七尺之躯的男子汉呢？青郎，我们不能再忍耐下去，我们非干些事情不可！”

小狗子在旁边听了，热血在全身沸滚起来回答。他握了拳头，显然有一个抵抗的表示。青郎点点头，又向红郎望了一眼，问着说道：

“弟弟，你还听邬先生有什么话吗？”

“邬先生说，叫我们到江老太太家里去一次，告诉老太太，说校长先生已经有了信息，说不定他最近要回家来一次。”

“啊！真吗？这消息不知准确不准确？”

“我想邬先生说的话不会骗我们的。假使校长先生真的回家了，我觉得事情就好办了。”

小狗子一听上燕有回来的希望，他十二分兴奋地跳起来说。青郎点点头，他平静着脸，似乎他的心里有一种计划。红郎这时忽又想到了一件什么似的，很起劲地说道：

“我还得到了一个消息，假使你们有胆量的话，我们再可以集合几个有血气的人大家来干一下子。”

“是件什么消息？你就快点儿告诉我们吧！”

“听说昨天镇上捉到了两个爱国分子，说是中央政府派下来的间谍，山村队长非常重视这两个罪犯，所以明天叫东洋鬼解送到县里宪兵队里去，给白川少校去发落。我想从镇到县必须经过一座小丘山的，我们假使候在山上，能够有办法把这两个爱国志士救出，那么将来我们要走上为祖国效劳的一条路，自然是比较容易得多了。哥哥，你的意思不知道也赞成吗？”

“红郎，你这个意思，我是赞成极了。他妈的！我们这村子里，李大哥、曹麻皮、李大娘，已经三个人牺牲在鬼子兵的残暴势力下了，我们岂能不报仇吗？青郎，你说呀，赞成不赞成？”

小狗子不等青郎回答，便点了点头，表示很感到兴趣的意思，又向青郎含笑问。青郎沉吟了一会儿，遂点点头，说道：

“也好，我们就这样干一下子，不过我的意思，人倒不在乎多，因为人多了，有些胆子小的，反而有误大局，所以不必再去跟旁人商量，有勇气我们三个人一同干。当然这行动是秘密的，谁也不会泄漏出去。”

“好！青郎，我们就决定这样吧！”

小狗子很坚决地回答，他握了拳头，表示和东洋鬼有决一他死我活的神气。三人在决定了之后，于是第二天一清早，他们带了杀牛宰猪的利刃，便急急地赶到小丘山上去了。小丘山并不高，好像昆山差不多。山脚下是一条公路，因为久失修铺的缘故，所以道路高低不平。青郎瞧了，遂想了一想，说道：

“我想东洋鬼一定用汽车代步的，那么我们可以用乱石堆放在路中心，使他们不能把车驶行，我们就可以下手干事了。”

“青郎这话很有道理，我们就动手吧。”

小狗子说着，大家便实行搬乱石的工作，不多一会儿，大大小小的石块在路上就塞了一大堆。红郎擦了擦满头大汗，说道：

“我们还是躲到山上去？还是躲在草堆里？”

“到山上去走走也好，我们看看山上的形势，说不定将来就是我们的家哩。”

青郎有所沉思地说，他显然是胸有成竹，于是三人爬到山上去，到处看望了一会儿，觉得三五百人盘踞山上，倒也不见十分局促。静静地从早晨等到中午，可是却还不见有东洋鬼的汽车到来，各人的肚子倒叽里咕噜地叫得很响。因为身边并没有带着干粮，于是三个人也只好束紧了裤带赌饿着。小狗子有些受不了，向红郎望了一眼，低低地问道：

“红郎，你这个消息到底确不确？万一没有这一回事，那么我们就上了他们的大当了。”

“确不确这句话我倒不能说十分地把握，不过我在镇上的确听到有这一个消息，只怕昨天夜里已经解送到县里去，这就糟了。”

红郎微蹙了眉尖，连他自己都有些感到忧愁的样子。青郎却并不回答什么，他坐在一块山石上，手托了下颚，好像在想什么的光景。时间是世界上最无情的东西，它在大地上并不会感到一点儿依恋之情，悄悄一分一刻地过去，不知不觉已到了下午黄昏的时候，三个人饿得满嘴里都是清水。看看斜阳快要落下去，小狗子就忍熬不住地说道：

“青郎，我看东洋鬼不会来的了，还是回家去吧。他妈的！真倒霉！白等了一天不说，而且肚子饿得实在有些受不住！”

“这是我不好，累你们两人也上了这个当，真的我也饿得受不了。”

红郎用了歉疚的口吻，低低地说。青郎摇摇头，向两人望了一眼，说道：

“我不是说你们两人太不中用，饿了两顿饭就说受不了，比方说闹了荒年，那怎么办呢？”

“青郎，那么你没有饿是不是？”

小狗子听青郎这么说，便笑了一笑，他这句话却问得相当幽默。青郎咽了一口唾沫，笑起来道：

“你们饿了，我倒不饿？难道我肚子和你们的构造有些不同吗？”

“就是这么地说，你干吗还讥笑我们？”

“可是我虽然饿，却没有从嘴里叫出来，那就是说，你们忍不了，我就饿得住。因为我们一清早地到了这里，而且已经费去了一整天的光阴，现在连一个黄昏都熬不住，万一我们走了，他们倒来了，那么我们这一番心血还不是白花吗？所以我们应该有忍耐的精神，坚持到底的毅力，说不定会给我们达到了愿望。所以我劝你们不要灰心，此刻肚子虽然饿一点儿，回头可以饮敌人的血，食敌人的肉，你说痛快不痛快!”

青郎这一番话，说得小狗子和红郎都敬佩得了不得。他们把颓唐的精神立刻又振作起来，连说了两声对对。不知怎么的，他们肚子就一点儿也不饿起来了。

夕阳无限好，只是近黄昏，这句话就真不错，在不多一会儿之后，天上五彩的云霞已变成紫褐色了，四野都笼上了一层烟雾，显然夜之神已降临了整个的大地。青郎这才说道：

“天色黑了，我看还是……”

“青郎，难道你连这一点儿忍耐性都没有吗?”

小狗子不等他说下去，他的意思是向他来一个报复。青郎望了他一眼，忍不住好笑了起来，把手拍拍他的肩胛，说道：

“小狗子，别忙，别忙，我下面的话没有说出来，你怎么就知道我的意思了呢?我说天色黑了，等在山上可不行了，我们还是等在山脚下草堆里去吧。只要你们不叫冤枉，我们就在山脚下等到天亮。”

“好！准定这样，吃不消，也得吃一下子!”

小狗子和红郎也都好胜于人，不甘示弱，遂不约而同地说，于是三个人便匆匆地摸下山来。谁知到了山脚下的时候，忽然听得一阵轰轰轰的声音，由远而近，这分明是汽车走在石子路上颠簸的声响。青郎凝目向前一望，遂低低地叫道：

“真的来了，来了!”

随了这两句来了的话声，三个人的心便开始跳跃得快速起来，同时全身每个细胞都也异常紧张。青郎把手一招，他已蹲身躲到草堆里去。红郎和小狗子也跟着蹲下身子，他们手里握了亮闪闪的杀牛刀，耳听汽车的声音愈开愈近，而且两道汽车灯光像老虎眼睛似的射了过来。小狗子这时的血液好像在高度火焰之下而沸滚起来，他咬紧了牙齿，认为这是生命决战的一刹那之间了。

这也许是天有眼睛，汽车经过乱石堆上碾过的时候，忽然啪的一声，原来车胎被尖石头刺破了，于是汽车在半路上抛锚了。只见里面跳出两个鬼子兵来，他们背上负了枪，口里说着东洋话。青郎等三人虽然听不懂，不过可以猜出他们的意思，是觉得非常懊恼并麻烦。他们用手电筒照了照路上堆着的乱石，好像吃惊起来的样子，说着生硬的中国话道：

“啊！不行，这里一定有游击队！”

“游击队？”

另一个东洋兵似乎也吃惊起来，向他反问。他们一面又拿了手电筒向四面照射，似乎侦查形迹的样子。青郎暗想：他们大概只有两个人吧？我们若不先下手为强，恐怕还要遭他们的殃，在这样一想之下，他已管不得生命的危险，因为热血已经在他周身刺激起了无限的勇气。他悄悄地站起来，把他手中雪亮的杀牛刀，就疯狂地扑向东洋鬼，在他胸口上直刺了进去。在这里可以用得到说时迟那时快的一句话，东洋鬼猝不及防，早已仰天跌倒。另一个见此情景，正欲拔枪射击，但后面的红郎和小狗子也早已奋不顾身地一跃而起，雪亮的刀尖已戳进了东洋鬼的后脑。那个仰天跌倒的，不过受了一点儿伤，他还伸手去拔手枪，却被小狗子一脚踏住了他的手腕。青郎接着又是一刀杀了下去，于是两个人就直挺挺地不动地躺在地上死了。就在这时，忽听有人叫道：

“救命！救命！”

青郎知道车厢里绑着的一定是我们的爱国同志了，于是三个跳上车厢，把里面两个人抱了出来。原来脚手都有绳索绑着，遂把刀将绳割了。那两个人就恢复了自由，因为手脚麻木的缘故，坐在地上一时爬不起来。青郎见两个人都很年轻，而且容貌也一表非凡，遂低低地问道：

“两位莫非身子已受伤了吗？”

“不，不，因为是绑得太久的缘故。承蒙各位兄弟热心相救，真使我们万分感激，不知道你们是哪一个队部里的？”

青郎听他们真的把我们当作了游击队看待，一时由不得面面相觑，忍不住感到好笑起来，遂向他们告诉道：

“我们并没有加入队部，我们是张家村的老百姓。我叫萧青郎，他是我的弟弟红郎，他是我的好同学陆小狗。请问两位贵姓大名？”

“鄙人刘思勉，这位是我同志吴忠诚。你们既然是老百姓，怎么会到这里来救我们呀？”

两个人在地上坐了一会儿之后，便站起身子来，用了怀疑的目光向他们逗了那么一瞥，低低地问。青郎说道：

“是我弟弟在镇上打听消息，知道有两个爱国分子被他们捕获了，并且要解押到县里去。我们心中暗想，从镇到县一定要经过小丘山，所以我们从早晨等到现在，足足有十二个钟点，方才给我们达到了目的，这真是国家的幸运！”

“哦！你们的思想太可敬了！”

刘思勉和吴忠诚听了这些话，他们心中感动极了，一面说，一面把脚跟猛可地一并，立刻行了一个敬礼，表示感谢救命大恩的意思。这一下子举动倒把三人都吃了一惊，一时又欢喜又不敢接受地倒退两步地还礼不迭。小狗子忙说道：

“两位不要客气，你们是我们的救星，所以今日我们救你，也无非是救自己的意思，我认为这是我们老百姓应负的责任。”

“不错，现在军民是站在一条阵线上的，所以我觉得你们三位倒可以跟我们一同来活动一下，替祖国效一点儿劳，这才不愧是中华民族的好男儿！”

吴忠诚点了点头，一面又向他们三人怂恿着说。红郎听了，也接口忙说道：

“当然，我们也有这一层意思，不过就是苦在没有门路。否则，在这一个年头，谁不想替国家来干一点儿工作？”

“好！既然你们有报国之志，那么应该先来做宣传工作，拉拢一班有志气的老百姓，人数多了，我们可以组织游击队，破坏东洋鬼的工作。不知道你们有没有这个胆量?”

“为什么没有？只不过事情也有一点儿困难，因为杀敌是不能光着两手去对付，所以我们最需要的还是枪弹。”

青郎听刘思勉这样说，遂点了点头，表示困难的地方就是在枪弹问题上。思勉把胸部一拍，似乎有把握的样子，说道：

“只要你们有宣传的能力，至于枪弹的问题，我们可以负责给你们办到的。”

“这样很好，但是我们总要有个谈话的地方，我的意思，两位有空的时候，不妨常到张家村来走走。你问起我们三个人的名字，大家都知道，会陪了你们来找寻我们的。”

青郎含了笑容，他的心中表现这一份样儿的喜悦。小狗子向地上两个鬼尸望了一眼，低低地说道：

“地上留着的尸身怎么办？我们总要把他们灭了痕迹才好。”

“不错！我的意思，把他们抬入车厢，然后连人带车一同抛到河水里去吧！这样也许不会连累了旁人。”

刘思勉想出一个办法来回答，大家认为赞成，于是立刻动手，把他们的枪弹解下来，然后把鬼尸纳入车中，推了汽车到河边。只听扑通一声，水花四溅，车子和鬼尸便都沉入河底去了。红郎又问道：

“这两支枪怎么办?”

“我们在山脚下掘个洞，把枪还是藏起来，将来用得到的时候再来取拿不好吗?”

“你这主意很好，我们就这样办吧。”

吴忠诚听了青郎的话，点了点头，于是大家又干着埋藏枪杆的工作。一切舒齐之后，天色完全黑了下来，幸亏这时浮云堆里又钻出一轮光圆的明月，照映着他们五个人，似乎也在庆幸他们完成了一件伟大的使命。青郎望了两人一眼，说道：

“你们两位此刻预备到什么地方去？假使没有投宿之处，不妨就到我们的村子里去，没有关系，我们是同胞，就像兄弟一样。”

“不客气，我们自有我们的宿处，那么你们也早点儿回去吧。真的，你们竟饿了一整天。”

大家说着，便各各握手分别。青郎等三人在月光清辉之下，踏上了归家的途上，各人的肚子虽然是饿得难受，不过他们的精神依旧很好，脚步也相当轻松，而且口里还哼着上燕从前教他们的一支热血歌。显然是这种兴奋，绝非一支秃笔所能形容其万一的了。

过了两天，小丘山下打死东洋鬼的消息不知怎么的已传到了张家村，一时众村民都当作了一件新闻谈。有的赞美这凶手真勇敢真了不得，有的代替凶手担忧，万一被东洋人查出来，那可怎么办？有的还埋怨不该打草惊蛇，假使东洋人兽性一发，倒反而弄得大家不太平。王跛子在村子里听了这个消息，便三脚两步地奔回家中来。这时老太太歪在床上，望着窗口外那被风吹动的树叶，心里正在感到孤独的凄凉。忽见王跛子笑嘻嘻地走进来，这就低低地问道：

“王跛子，你今天在路上拾到了什么好东西？为什么这样高兴？”

“老太太，我听到了一个好消息，你听了，一定会把病体都减轻了一大半的！”

“真吗？难道上燕有回家的消息了吗？”

江老太是一心地想念着儿子，所以她认为儿子回来是一个最好的消息之外，别的是很难引起自己的高兴了。王跛子摇摇头，笑道：

“不是，不是，因为镇上有两个爱国分子被东洋兵捉到了，他们要押解到城里宪兵队里去，谁知经过小丘山的时候，却被不知什么人害死了。你想，这人的胆子大不大？”

“唉！那么不是又闯下了大祸了吗？我想东洋鬼怎么肯罢休呢？”

“好在小丘山不是在我们张家村附近，他们捉凶手总不至于捉到我们村子里来。”

王跛子见老太太听了这消息，不但并无一点儿欢喜之意，而且反而笼上了一层忧愁的颜色，竟是轻轻地叹起气来，一时深悔不该前来告诉，所以只好又这么地向她安慰。就在这个时候，忽听外面有人叫着王跛子的声音。王跛子觉得这是女子的口吻，于是拐到房门外望了望。这就忍不住笑道：

“啊！凤小姐，你今天怎么倒有空到这里来呀？我家老太太正想念你。”

“真吗？王跛子，老太太的身体好多了吗？我今天从镇上请来一个医生，给老太太来瞧瞧。”

珠凤一面告诉，一面又向后叫了声“沈大夫，你请进来吧”。这就见一个五十上下、留了胡须、戴着眼镜的中装男子，从院子外跟着进来。王跛子见邬小姐这样有情有义，喜欢得什么似的，连忙招待他们入内。珠凤到了床边，把手向江老太额角一按，却不觉有什么热度，心中放下了一块大石，遂微笑道：

“老太太，你给医生诊视诊视吧。”

这时江老太的心中也说不出什么感激话来才好，遂点点头。沈大夫坐到床边的椅子上，要了一本书，给老太太诊了脉息，看过舌苔，然后到外面开药方。珠凤跟到外面，悄悄地问道：

“沈大夫，老太太已经病了两三个月的日子了，这不知是什么病症？有没有办法把她医治好了？”

“老太太年老血衰，晚上常咳嗽，有时候还气喘，外表虽还支撑得住，里面却有点儿热度，这是一种老熟病。假使她心境能够好一点儿的话，那么她的精神就好得多，假使内心有一种忧愁，那么就防她有什么变化？”

沈大夫一面开方，一面低低地回答。王跛子端上两杯茶，珠凤把药方交给王跛子，又取了钞票给他，叫他快去撮药，家里有自己照顾。王跛子答应，便匆匆地去了。这里沈大夫略坐片刻，珠凤给了诊金，也匆匆地别去。珠凤送医生走后，方才又到房中来，问江老太说道：

“老太太，你要喝口茶吗?”

“不，我不要喝。凤小姐，医生说我什么病?”

“医生说，没有什么病，吃上一两帖药就好了。不过医生叫你不要胡思乱想，因为上了年纪的人，已经是有点儿血衰，若再要胡思乱想，那当然是格外有伤精神的，所以我劝你万事都撇开一点儿。就说江先生吧，他虽然离家已有两年多了，不过他已经有信给过我，说他在外面很好，并且叫我常常来照顾你老人家，所以你千万不用忧愁的。”

珠凤是用了柔和的口吻，向她低低地安慰。老太太似乎有些将信将疑的神气，拉住了她的手，怔怔地问道:

“上燕真的有信给你吗?”

“真的，我为什么要骗你?老太太，你现在总可以放心了，而且江先生最近还要回家来一次，前几天我在镇上碰着红郎，曾经叫他带个口信来给你，怎么他没有来向老太太告诉过吗?”

江老太听她说得那么认真的样子，遂在枯黄的面颊上露了一丝浅浅的笑意，口里念了佛，说道:

“红郎这孩子就糊涂，怎的没有来告诉过我?说来奇怪，最近两天，青郎、红郎、小狗子他们三人就没有到我这里来，我问王跛子，王跛子说连村子上都不大瞧见他们的人影子，也不知他们做些什么呢。唉!我的上燕回来了，我一定告诉他，别的人可以忘记，唯有凤小姐千万也忘不了，她不但有侠义，而且真是热心，所以上燕总要报答你的大恩才好。比方说你到镇上去了，给我留了许多钱，此刻又亲自地陪了医生来给我看病。你想，对我这样热心的好人还能找得出第二个了吗?”

“这也算不了什么?老太太你不要挂在口边，倒叫我听了反而感到不好意思。”

珠凤听老太太这样说，一颗芳心虽然有点儿甜蜜，但也有点儿羞涩的成分，因此红了粉颊，秋波水盈盈地斜乜了她一眼，这意态是显得分外的妩媚。江老太抚摸着她的纤手，却忍不住得意地发笑。江老太忽又问道：

“凤小姐，对于这件事，我想你总有点儿知道，李大娘到了镇上司令部之后，直到现在还没见回来，大概会不会发生什么生命危险吗?”

“老太太，你没知道吗？是的，红郎没有来过，你自然不晓得。”

珠凤听她提起这件事，她的芳心里就会悲酸起来，眼皮一红，大有盈盈泪下的神气。江老太惊奇地逗了她一瞥猜疑的目光，急道：

“怎么？李大娘莫非被东洋鬼害死了？”

“是的，不过东洋鬼也死了一个，被李大娘咬断喉管死的。”

“啊呀！这是怎么咬的?”

“东洋鬼骗了李大娘到司令部，他便要向李大娘实行非礼。李大娘要替丈夫报仇，所以假意答应，把他用酒灌醉。因为身边没有刀，她没有办法，也不知打哪儿来的一股子气力，把她的银齿去咬断日本鬼的喉管。可是她自己也就因此而牺牲了。听说日本人非常残忍，给她死得非常可怜。不过李大娘死得很光荣，说她精神永远不死，那也没有什么不可以的了。”

珠凤一面絮絮地告诉，一面忍不住已是流下眼泪来了。江老太心中也十分地酸楚，忍不住唏嘘不止。一会儿，她又向珠凤问道：

“凤小姐，还有小丘山脚下那两个日本鬼不知谁有这么胆量，把他们暗杀了？你可也有点儿知道吗?”

“奇怪！老太太怎么也知道了?”

“是刚才王跛子来告诉我的，他说村子里全都知道了。王跛子，王跛子!”

江老太说到后面，又叫了两声王跛子。珠凤忙说他去撮药了，你叫他做什么？江老太说道：

“我想叫他来详细地告诉你听听。”

“不用了，其实我比他知道更详细的。老太太我告诉你，日本人捉到了我们两个爱国志士，他们便把爱国志士解送到县里去。可是当夜没有回来，派人去调查，原来那辆军用汽车掉落在小河里。当初还以为日本兵自己不小心，所以误落河水里的，后来见车中只有两个日本人的尸体，而且身上还有刀伤，两个爱国志士却不知去向，因此料到附近已有了游击队，因为老百姓没有这么的胆量，而且也没有这样能力。现在出了这一个乱子，日本人大为震惊，所以出了赏格：捉到凶手，赏洋一万，闻风报信，赏洋五千。这件案子就交给我爸爸办的。可是这一件难事情不容易办，这两天爸爸愁眉不展，真觉得有些烦恼。”

珠凤说到这里，翠眉微蹙，也有点儿愁闷的神气。江老太想了一会儿，说道：

“难道东洋鬼连自己都调查不出来吗？”

“说一点儿也没有头绪，刚才我从镇上来的时候，只见一队的东洋兵跑来跑去，说恐怕要挨门挨户地搜抄凶手。”

“事情已经出了，凶手没有当场捉到，现在搜抄还有什么用呢？我想日本鬼心思狠毒，凶手捉不到，说不定他认为嫌疑的人一定都要遭到他们的杀戮了。唉，说起来又是一个大劫数。”

江老太说到这里，忍不住深深地叹了一口气，不料正在这时，忽听外面有人叫王跛子的声音。珠凤觉得像小狗子的喉咙，遂匆匆地走出房门来。

第六回

梦魂颠倒淑女苦难言

珠凤走出房外一瞧，只见桌子上放了一封信，有一个黑影子在门框子里一闪，便匆匆地奔出院子去了。珠凤心中有些猜疑，遂追到客堂门口，方才知道这人果然是小狗子。因为他的行动叫人感到奇怪，遂把他叫住了，说道：

“小狗子，你有什么要紧事情？来匆匆去匆匆的，到了江先生的家，连老太太都没空进房来望一望吗？”

“哦，我道是哪个，原来是邬先生在这里。”

小狗子听是个女子的声音，因为已经被她叫住了，这就不得不回过身子来，一见是珠凤，遂含笑又走了上来，鞠了一个躬招呼着。珠凤道：

“你不是找王跛子吗？怎么又匆匆地走了？”

“我是送信来的，因为王跛子不在屋子里，所以我把信放在桌子上。”

“是谁写来的？”

“还不是江先生吗？邬先生，我们快一同进去，把信拆开来念一念，看校长先生在里面写点儿什么。”

随了这些话，小狗子又回进屋子来，两人在桌子上取了信，走进老太太的卧房。小狗子先笑嘻嘻地告诉道：

“老太太，你现在可以不必忧愁了，你不见校长先生的信也写回来了吗?”

“啊！真的吗？小狗子，你快交给凤小姐，让凤小姐念给我听听。”

“老太太，江先生这信里写的，和写给我那一封差不多。他说在汉口已经找到了生意，生活大概不成问题，身体也很强健，叫老太太不必挂念，真的，他也许在最近还要回来一次。”

“找到了生意？校长先生不是当兵去的吗?”

小狗子在旁边听到这里，心中似乎感到有点儿失望，他呆住了面孔急急地问。珠凤向他连忙摇摇手，阻止他说下去，低低地说道：

“小狗子，你不要乱嚷什么当兵的话，在这个环境之下，可不是随便你乱说的，万一传到东洋人的耳朵里，倒难免要惹起一场大祸来了。”

“是的，我在别人面前就不会这么地乱说了。”

小狗子点点头，他似乎有些理会过来校长先生所以这么写的意思，于是不再问下去了。江老太却用了感激的目光，向小狗子望了那么一瞥，说道：

“小狗子，谢谢你，叫你特地送信来。王跛子又去撮药了，凤小姐，你给我代为倒杯茶给小狗子喝吧。”

“邬先生，不忙，不忙，我要喝茶，自己也会倒，还劳你的驾吗?”

小狗子见珠凤要起身的样子，遂连忙摇摇手，他走到桌子旁，自己动手倒了一杯茶，微微地呷着，一面又问道：

“邬先生，校长先生信中可曾说明哪一天回来吗?”

“这倒没有说起……”

珠凤皱了眉毛，低低地回答。看她的神情，倒好像有无限心事的样子。小狗子沉吟了一会儿，他望着淡黄色的茶汁，也自言自语地说道：

“校长先生要如真回来了的话，那事情就更好办了。”

"小狗子，你在说什么事情?"

珠凤惊觉过来，向他一撩眼皮，有些奇怪地问。小狗子心虚，这就红晕了脸，连忙摇摇头，急急地辩白道：

"不，不，没有什么事情，我说乡下人都是无知无识，好像没有灵魂的样子。假使校长先生回来，他做了我们的领导，那么不管是哪一样事情，我想总会有一点儿名目弄出来的吧。"

"你这话也说得很对，不过照我的猜测，校长先生一时里恐怕不会回来，假使给他眼看着种种野蛮无理黑暗残酷的情形，那么他气得也许连肚子也会胀破了。唉！只怪我当时错了主意，不肯跟江先生一同出走，现在留在这黑暗的环境之下，哪一件事不是使自己感到痛心的资料?并不是我背后在咒念爸爸，爸爸只想闭了眼睛，苟安偷生下去，不管百姓在水深火热中熬煎，只图自己眼前的安全，其实那是不久长的事。我更恨我这个不知耻的哥哥，他狐假虎威还以为是十分的光荣，那真叫邬家祖先痛哭流涕的了。老太太，我真赞成前天小丘山脚下出了这一件事情，巴不得有几队游击队打过来，把这些惨无人道的鬼子多杀死了几个，也出出我心中一口怨气呢!"

珠凤说完了这几句话，心里大有无限痛愤的神气。小狗子听了，脸上有些得意的样子，笑了一笑，低低地问道：

"邬先生，你倒赞成前天小丘山脚下发生的事情吗?"

"当然啦！凡是中华民国的国民，谁不希望把他们统统杀干净呢?所以我认为前天这件事情干的人，才可以说是我们中国的民族英雄!"

"真的吗?民族英雄，这是多么光荣的名词，邬先生，我老实地告诉你吧，这件事情是我们做的，我们把杀牛刀杀死了两个鬼子兵。哈哈！哈哈！我们难道也好说是民族英雄吗?"

珠凤这一句赞颂的话把小狗子一颗心刺激得兴奋起来了，他有些乐而忘形似的，竟情不自禁地说出了这些话，而且还哈哈地一阵子大笑。江老太和珠凤却相反地感到大吃一惊，脸上急得都有些发红，“啊”了一声问道：

“什么？小狗子，你在说些什么话？”

“小狗子，我看你今天的神色不对，一进门就是慌慌张张的样子，莫非撞到了什么邪气了吗？怎么胡说白道地竟说出这些莫名其妙的话来？”

江老太上了年纪的人，她说的当然更属有些迷信。因为她们估量小狗子平日的行为，绝没有这一种勇气，就是有这勇气，也绝没有这一种空手杀敌的能力，所以她们显然有点儿不相信的意思。小狗子却得意扬扬地表示非常认真的样子，说道：

“真的，我小狗子从来也不说谎话，再说在老太太和邬先生面前，说谎也不敢。我和青郎、红郎在小丘山脚下，真的打死了两个东洋兵，而且……而且还救了两个爱国分子，我们把鬼子兵的尸首和汽车都丢到小河里去了。他妈的！东洋鬼中什么屁用？杀牛刀一刀就完了，比牛还好杀！”

“小狗子，你把喉咙放得轻一点儿，这可不是玩的事，到底怎么样的一回事，你从头至尾细细地说给我们听听吧。”

珠凤听他说青郎、红郎也在内的，一时方才相信了一点儿，一面向他低低地问，一面起身把房门去关上了。小狗子因为这是生平一件最痛快的事情，所以侃侃而谈，显然是无限的兴奋，说道：

“这件事情说起来，也是为了李大娘而起的，我们为了李大娘的消息沉沉，所以都很放不下，再说李大娘的儿子阿宝还叫青郎代为照顾着，所以红郎便不时到镇上去探听。”

“是的，在镇上我碰见红郎，对于李大娘的消息，不是我对他说的吗？”

“对呀！当时我和青郎听到李大娘贞烈而死的消息，我们心中是多么痛愤呢！后来红郎又告诉我们一件消息，是我们大中华的两个爱国分子被东洋鬼捉住了，明天要解送到县司令部去，所以我们在商量之下，决心预备去救他们，并且为李大娘报仇。谁知果然被我们达到了目的，不过……我们三人也牺牲了相当的代价。”

小狗子说了一半，珠凤点点头，从中插了两句嘴。小狗子方才接下去，他绘声绘色地说得十二分高兴。珠凤凝眸望了他一眼，低低地问道：

“小狗子，你们牺牲了什么代价呢？”

“我们牺牲的代价可不小，从早晨到晚上没有吃过饭，饿得几乎走不回来。”

“这是怎么说的？”

“你不知道，东洋鬼直到天色黑下来了，方才经过小丘山，你想，我们不是等得几乎饿死吗？可是两个鬼子被我们杀死了后，奇怪得很，我们的肚子倒也不觉得饿了。”

小狗子一面告诉着缘故，一面笑得十二分得意。江老太在旁边听了多时，此刻才有点儿忧愁地问道：

“你们回来的时候，还有什么旁人看见吗？”

“没有，没有，一个人也没有看见。这件事情，真可以说是神不知鬼不觉的，因为天色夜了，小丘山那边本来是很冷静的。”

“可是传出去，那还当了得？你们这三个人的性命……”

珠凤见小狗子一味的高兴样子，这就向他警告了一句。因为她怕小狗子乐而忘形地只管向外面去乱叫，这自然是件极危险的事情。江老太也埋怨他道：

“小狗子，你别到处乱说，在我们家里说说不要紧，在外面那就讨厌了。”

“哎！就是因为在老太太的家里，我才敢这么地说出来，要不然，那我就绝不会这么傻！”

“哼！瞧你这张漏风的嘴呀！我觉得你就有些靠不住！”

江老太哼了一声，表示说他有点儿戆的意思。珠凤微微地一笑，故意瞟了他一眼，低低地说道：

“小狗子，你还没有知道，东洋鬼早已晓得这一件事情了，而且还出了很大的赏格，就是报个信儿，也有五千元钱可以领赏哩!”

“邬先生，你这话真的吗?”

小狗子一听这个话，方才有些急了起来，脸色浮现了一点儿惊慌的神情。珠凤很认真的态度，说道：

“当然是真的，那还有什么骗你不成？我老实地告诉你，东洋鬼这一件事，原叫我爸爸在办理侦查，要如查出凶手是谁的话，我爸爸还可以升官发财呢!”

珠凤这些话听到小狗子的耳里，他心中这一吃惊真是非同小可，刚才那种得意的样子早已消失尽绝，立刻灰白了脸，向珠凤跪了下来，说道：

“邬先生，我杀了东洋鬼，只告诉你们，别人谁也没有知道，你要救救我们的命。假使你们要升官发财的话，那么你就把我交到司令部里去吧。”

“小狗子，你快站起来，为什么要这个样子？你说这些话，那就叫我气死了人，你难道把我的人格还没有认清楚吗?”

珠凤听小狗了后面这两句话，觉得小狗子这举动倒不是完全傻戆的表示，因为他至少也有些挖苦我的意思，所以她把小嘴儿一鼓，大有生气的样子。江老太也埋怨地说道：

“小狗子，你这话确实是说错了，凤小姐的为人你还不知道吗?她是一个爱国的好女儿，刚才她还在怨恨她的父兄不该给东洋鬼去办事，你想，她如何会丧失心肝去赚这些子孙钱呢？所以怨不得凤小姐生气，就是我听了，也有些不入耳呢!”

“老太太，邬先生，你们不要误会我的意思，我怎么会疑心邬先生有害我的意思呢？假使我不信任邬先生的话，我还会对你们老实地告诉吗？其实我怕你们在无意之中跟别人谈起了，别人倒起了黑心，这不是糟了吗?”

小狗子一面站起身子，一面又急急地辩白，虽然他真的有疑心邬先生会帮助她父亲而陷害的意思，不过他此刻是绝对不肯表现出来。珠凤冷笑了一声，还有点儿余恨未消的样子，说道：

“只要你自己不漏风，我和老太太难道会跟别人家去说吗？放心吧，我恨不得你们把东洋鬼多杀了几个，也好叫我心中痛快痛快呢！不过我告诉你，以后你切记不要乱说，对于有关系的事，就是在我们面前也希望你不要说出来，哪怕有人来套你、来哄你，你也不能漏一点儿风，因为这件事情到底进出太大一点儿了。”

“邬先生，你这一番金玉良言，小狗子听了，一字儿一字儿地记在心上，我真是一万分地感激着你的情义！”

小狗子听珠凤还教自己的话，一时方才相信珠凤绝不是一个见钱眼开而丧失心肝的人，所以显出一万分感激的神气，诚恳地回答。就在这个时候，忽听门外有咳嗽的声音，江老太知道王跛子回来了，遂向小狗子努了努嘴，大家心里会意，于是便不再说什么了。谁知王跛子一足推门进来，一路嚷着道：

“这可好了，东洋人还出了赏格，通风报信也有五千元呢，那不是发了财吗？”

“王跛子，这消息是打哪儿来的？”

江老太见小狗子听了王跛子的话，他的脸不免又转变了颜色，于是向小狗子眨眨眼，是叫他不要害怕的意思，一面又向他故意低低地问。王跛子把药包在桌子上一放，显出很认真的态度，说道：

“是我亲眼在镇上看见的，哪一个墙壁上不贴赏着格的布告呢？我看几个吃公事饭的警员，他们都想在发这一票横财呢。”

“我想这种子孙钱还是不赚的好，赚了也没有好结果，不是家里要死人，就是家里要天火烧。”

小狗子口里虽然这么地咒念着，不过他那一颗心是跳跃得厉害，额角上的汗水也盈盈地冒了上来。珠凤也接口说道：

“是中国人，我想就是知道了凶手是谁，也绝不会去报告的。除非这人是没有心肝，不吃饭米的畜生了。”

“这也难说，有些人被钱财迷住了心，哪里还管得了什么人格道德？这笔钱总希赚到手的。”

王跛子说者无心，小狗子听者有意，一时他真有些坐立不安的样子，全身几乎有些微微地颤抖。珠凤见他这样胆小的神气，忍不住暗暗地好笑，遂说道：

“不过这种人到底很少，比方说，我们这里四个人，谁会想发这一个财呢？”

“对呀！东洋鬼是我们仇敌，恨不得叫大家起来把他们杀一个干净才好，有谁会去帮了东洋鬼再来害自己的同胞？”

江老太也趁势低低地回答，目的是在安慰小狗子的意思。王跛子这回没有回答，他把药包都透了开来，然后放在药罐内，忽然他又想到了什么似的，叹了一口气，说道：

“还有一件使人伤心的消息，就是李大娘已经死了，听说死得很可怜，连尸身都没处找呢。”

“这消息也是镇上传出来的吗？”

珠凤故装不详细的神气，低低地问。王跛子点了点头，一面拢着炭炉子，一面说道：

“是的，东洋鬼本来还不想给外面人知道，后来瞒不住，所以传了出来。我想小丘山脚下死了两个东洋兵，这也是冥冥之中的报应。”

“这话倒不错，一定是李大娘阴魂不散，所以把他们活捉了。”

珠凤点了点头，一面说，一面忍不住浮现了一丝笑意。王跛子却摇了一下头，认为不对的意思，说道：

“我想不是李大娘，一定是李阿元，阿元他替妻子报仇的。”

“哎！对了对了，王跛子这话就猜得一点儿不错。老太太，邬先生，时候不早，我要走了，你老人家好好养息身子要紧，明后天我再来看望你。”

小狗子听王跛子这么猜测着，他的心中这才放下了一块大石，一面笑嘻嘻地说，一面便向房外匆匆走了。珠凤跟了出来，在院子门口把他低低叫住了，说道：

“小狗子，不是我多管闲事，你们以后千万小心一点儿，别干这些太凶险的事情，倒叫人为着你们时常担心。”

“邬先生，谢谢你为我们时常担忧，我们真是十分地感激你。不过我们自会随机应变，大概不会闯什么大祸吧。”

“不闯祸，那是最好了。只不过到处小心一点儿，总不会十分地吃亏。”

“是的，我们一定会听从邬先生的话，那么再见了。”

小狗子说着，向她一招手，便匆匆地别去了。

珠凤待瞧不见了他的影子，方才踏了沉重的步子，回到了房里。江老太见王跛子不在房中，遂望了珠凤一眼，低低地说道：

“我真想不到小狗子也有这样的胆量，倒不要看他平日是戆头戆脑的一个人呢！不过这种事情实在太危险了，以后还是少干为妙，因为他们有的是枪弹，有金钱，怎么是他们的对手呢？”

“可不是？所以我刚才追出去也是为了叫他千万小心一点儿，再说他偏又是一张漏风的嘴，高兴了就大嚷出来，这还瞒得了人吗？”

珠凤皱了眉毛，点点头回答，显然也有点儿忧愁的样子。过了一会儿，药汁煎好了。王跛子拿碗进来，珠凤亲自逼出了药汁，稍微给药凉了一会儿，便端着药碗，服侍江老太喝。江老太心中非常地感激，拉了她的柔荑，低低地说道：

“凤小姐，你肚子饿了没有？我叫王跛子烧点儿点心给你吃吧。”

“老太太，你不要客气，我一点儿也没有饿，再说我也就要回家了，天色晚了，在路上行走太不方便一点儿。”

“这话倒也不错，我也不敢留你，况且此地到镇上也有十多里路程，那么凤小姐还是早点儿回去吧。”

江老太点了点头，似乎包含了一种关怀的语气回答。王跛子见她尚有依依不舍之情，遂也劝她说道：

“凤小姐，你放心回去好了，老太太有我会好好服侍的。你下次再来的时候，保险她老人家可以完全地好了。”

珠凤听他这样说，方才微笑着又向江老太安慰了几句，遂告别走了。一路上想着小丘山脚下这一件案子，东洋人叫爸爸去办理，假使侦查不出的话，恐怕要有把爸爸治罪的意思。现在我虽然是得到了消息，照理应该是为父亲而着想，不过现在情形不同，父亲没有做父亲的资格，即使他被日本人处罚，我也置之不闻的了。珠凤回到家里，匆匆走进自己的闺房。柳五儿悄悄地说道：

“小姐，你回来了吗？江老太不知好些了吗？”

“好一点儿了，柳五儿，爸爸问起过我的人吗？”

珠凤一面回答，一面又向她低低地反问。柳五儿倒了一杯茶给她，却噘了噘嘴，似乎有些怨恨的样子，冷笑了一声，说道：

“老爷倒没有问起你过，都是少爷这人，最喜欢管闲账，说什么女孩儿家成天地在外面跑，还像什么样子？我说小姐回到镇上来住后，一共也只有出去今天第一次，一个人不是死的，总要到外面散散心。他听我这样说，倒也不说什么了。你想，少爷这人真有些蜡烛脾气的。老实说，上面还有老爷在着，小姐就用不到少爷来管，自己老婆去管管好也就罢了。小姐，你看少奶奶好像封了王，一天到晚约了朋友在家里打牌吃饭，仗了她爸爸的势力，连老爷都不敢去说她一声，你想叫人眼睛里连血都要看出来了。”

“唉，柳五儿，你也不必去说她，让她享福吧，看她能享得了多少日子？我不相信中国就永远没有翻身的日子，总有一天也会叫他们弄得没脸做人的！”

珠凤见柳五儿大有无限不平愤恨的神情，于是轻轻地叹了一口气，她至少也有点儿痛心的表示。到了晚上，珠凤睡在床上，呆呆地只管想着心事。忽然她觉得天色慢慢地亮起来，窗外喔喔地有鸡啼的声音响入了耳鼓，于是她急忙披衣起身。今天的气候好像比昨天冷得多，她嘴里吹出来的气竟像喷烟一样。撩开窗幔一看，啊！院子里竟堆了厚厚的一层白雪，而且天空中也飘飞着鹅毛似的雪花。

珠凤心中有这么的一个感觉，今年的雪好像落得特别早，豺狼入室，所以什么都有点儿变的了。正在感叹着，忽听外面有一个少年军人在叫自己说道：

“珠凤，珠凤!”

“啊！你……你……不是上燕吗？你……怎么穿了军服会到这里来呢？你不知道，这两天为了小丘山脚下发生了一件案子，日本人搜抄凶手，十分严紧，你不是要被误会当作凶手看待吗?”

珠凤回头去看，原来这个军人不是别人，却是自己心中时常想念的江上燕。一时不免有点儿惊喜的神气，连忙不管天气的寒冷，就把窗户推开，一面向他招手，一面十二分关怀地说。上燕含了笑容，却走到窗口旁边来。他拉了珠凤的手，说道：

“珠凤，你不要急呀，现在我们军队已经胜利了，鬼子兵都被我们杀完了，你怎么一点点消息都不灵通呢?”

江上燕说完了这两句话，他已从窗外跳进房中来了。珠凤心中有点儿模模糊糊的，好像真的日本兵已吃了败仗，一时她急得脸色死灰的样子，很快地向上燕跪了下去，苦苦哀求道：

“上燕，你要救救我，你要救救我呀!”

“咦！奇怪了，你又不犯什么罪分，为什么要我来救你呢?”

珠凤听他这样说，她的脸由灰白而转变成血红了，在这红的成分中至少是包含了一点儿羞惭的意思。她含了晶莹莹的眼泪说道：

“上燕，你不知道吗？我爸爸和哥哥他们不要脸，竟做过了汉奸，所以……现在胜利了，他们是要杀头的，恐……怕……我……也会连累在内要犯罪的吧。上燕，你千万可怜我，你总要救救我这一条命才好。”

“哦！原来如此，怪不得刚才我在大街上看见有两个人在游行示众，大家都说是汉奸，名字叫邬振雄，在敌伪时期做过主席的，当时大出风头，可了不得，现在要枪毙了，这是活该的事情，所以我还见众人在拍手称痛快呢!”

上燕冷冷地说着，表示有点儿讽刺的意思。说完了之后，他向珠凤逗了一瞥轻视的目光，又哼了一声，很生气地说道：

“你此刻倒要我来救你了吗？但是当初我几次三番劝你一同走，你总是推三阻四鼓不起这个勇气。我到此才知道你是因为有了欲望，想做主席的女公主，所以留恋在故乡的是不是？哼！我今日才知道你也不过是个平庸的女子罢了。谁会来同情你这个做汉奸的女儿？快点儿给我滚开了，别污辱了我的清白吧！”

“上燕，你不要这样地冤枉我，你叫我血也吐得出来的。我哪里是为了要做主席的女儿才不肯走的呢？我因为自己是个弱女子，时常多愁善感，假使跟你去了，不但没有给你帮助，恐怕累你还有许多的不方便。比方说我在故乡吧，爸爸虽然是做了镇上的主席，但我也并没有仗势欺过人，我而且还隐瞒了一件很重要的消息，因为我是个有思想的女子，在我的心中何尝不恨爸爸的可恶呢？唉！上燕，你这样地侮辱我，你枉为是我的知心人了。”

珠凤拉着上燕的衣角，一面絮絮地解释，一面她的眼泪已扑簌簌地滚落下来了。上燕此刻还是怒气冲冲的神情，冷笑了一声，瞪了她一眼，说道：

“你也不必说这些话了，总而言之，我绝不能再和汉奸的女儿做朋友的！”

“上燕，那么你也应该看在你母亲的情分上，你就可怜可怜我吧！我虽然是很不幸地身为汉奸的女儿，但我本身到底没有什么错处。况且你母亲在病中的时候，并不是我讨好的话，我也时常去关心她，你母亲好像对我这么地说过，珠凤，你待我这样好，将来上燕回来的话，别的人可以忘记，只有珠凤是不能忘的。上燕，我没有说谎，你若不相信，你可以回家去问你母亲的！”

“你这个不要脸的女子真是讨厌极了，你啰里啰唆，还有什么资格可以配跟我来说话呢？走吧！走吧！”

上燕好像是铁石心肠一般地一点儿情感都没有，反而把珠凤狠狠地推开了。珠凤心中是悲痛极了，她觉得空洞洞的，茫茫四海，到哪里去找知心人好呢？因此她忍不住哇的一声放声大哭起来了。

珠凤这一哭不打紧，把睡在后间的柳五儿却哭醒了，她吃了一惊，立刻披上衣服，匆匆走到前房来，说道：

“小姐，小姐，你梦魇了，你梦魇了，快点儿醒醒吧！”

珠凤被柳五儿叫醒之后，睁开眼睛，向四下一望，自己还好好地睡在床上，方知是做了一个梦。但回忆梦境，犹历历如绘，她忍不住深长地透了一口郁气。柳五儿低低问道：

“小姐，你梦见了什么？为什么兀是这样地伤心呀？”

“我……梦见了母亲，所以我就哭起来了。柳五儿，几点钟了？”

“快一点半了，我想这是日有所思，夜有所梦的缘故吧。”

“因为我一只手放在胸口上，所以梦魇起来了。柳五儿，外面落雪吗？”

“没有，落雪还早哩！”

柳五儿听小姐糊糊涂涂这样问，一时倒好笑起来了，遂低低地回答。连珠凤自己也觉得有趣，遂向柳五儿说道：

“没有什么别的，你也快去睡吧，当心受了凉，可不是玩的事。”

“小姐，你不要仰天睡，那么手就不会放到胸口上了。”

珠凤答应了一个是字，柳五儿这才掩上房门走出去。这里珠凤由不得暗暗地思忖了一会儿，想到梦中所受的委屈，心里真有说不出的怨恨，怨来怨去总是怨父兄太不知爱国，虽然这是一个梦，但不久的将来，说不定真的会成了事实，假使自己处身在这样环境之下的时候，那么我是只有一死了之吧。珠凤思前想后，觉得自己的前途难免呈现了暗淡的颜色，因此忍不住又真的哭泣了一夜。

第七回

一计莫筹群丑奈何天

邬振雄自从做了镇维持会的主席之后，满以为可以安安稳稳地度着快乐逍遥的日子，想不到维持会成立不久，便发生了小丘山脚下杀死两个日兵并劫去两犯的一件事情。这件案子，在山村队长方面认为是十二分的严重，假使不水落石出地破案捉获凶手的话，以后对于日兵的安全问题，显然是大有关系。所以他们认为这完全是维持会的责任，换句话说，也就是邬振雄的责任。因此邬振雄就负有调查该事件发生后侦缉凶犯的天职，假使迟迟未获，说不定有撤职查办的危险。为了这样，振雄这几天的焦急，好像是热锅上的蚂蚁一样，真所谓有点儿废寝忘食的了。

镇上的花三爷，上次竭力怂恿振雄出面组织维持会，他的目的，可以使他在镇上开设的几间铺子不受损失。振雄虽然胸有成竹，但他还假痴假呆地说需考虑，直待事情接洽舒齐，他方才要求花三爷担任维持会的委员。花三爷当下一口答应下来，一面可以照常营业，一面还可以显点儿威风，所以这是两全其美的事，何乐而不为呢？谁知道现在是上了圈套，案子发生，山村队长督促维持会严加侦缉，振雄在无法可想的时候，自然要请委员们来共商大事。花三爷因此硬硬头皮，也只好到邬主席家中来共议大计了。当下振雄皱皱眉头，显然有点儿困难的样子，叹了一口气，低低地说道：

“花三爷，事情实在叫人有点儿头痛，小丘山脚下杀死了两个日本兵，这真有点儿鬼不知神不觉的，叫人有些摸不着头脑。你说是本地人杀的吧，我想这绝对没有这么的胆量，况且也没有这么大的本领。假使说是外面来的游击队吧，可是案子发生了已有半个月，为什么竟一点儿鬼影子也调查不出来呢？唉！这几天山村队长时时派人来讨取凶手，你想，这……叫我到哪里去逮捕好呢？”

花三爷见振雄说到后面，把两手摊了一摊，急得几乎要哭出来的神气。因为振雄都没有办法，这叫自己还有什么法子呢？因此头额上暴露了青筋，冒出了汗水，呆呆地却是不发一语。倒是耀宗这个小子，他却毫不以为然的态度，抱着死人也不关的宗旨，说道：

“爸爸，其实我们不必操这一份心思，山村队长要怎么办就怎么办。抽壮丁也好，挨家查也好，就是多捕几个嫌疑犯杀死也好，我就不相信这里会有什么游击队出来，一定是本地人干的。爸爸不要以为本地人个个都是好东西，说不定有人听了上燕这家伙的话，所以存心捣乱起来了。”

“耀宗，你这孩子说话总是东扯西拉的，就算你和江上燕冤家对头，但现在他的人不在这里，还说那些空话干什么呢？你看花三爷还没有开口，倒叫你拉拉扯扯地说了一大篇，真是一点儿规矩都不懂的！”

振雄听他说得莫名其妙、问不对题的神气，一时真有些生气，遂恨恨地白了他一眼，喝阻他开口，一面又变换了一张面孔，向花三爷望了一眼，低低地说道：

“花三爷，你不要老是不开口呀，这事情究竟该怎么办？你也快些想个好主意出来。你是委员之一，当然你也应该负一部分的责任，不要单叫我们爷两个为难是不是？其实山村队长一翻脸皮，你恐怕也逃不了罪名呀！所以在这患难之中，我们是应该和衷共济来想一个完善的办法。你说，我这话是不是？”

“雄老爷的话当然极有道理，我也并不是不肯出主意，因为我实在也想不出一个解决这件案子的办法来。假使果真是本地人杀的，队长要抽壮丁挨户搜抄的办法倒也不妨实行一下，因为乡下人胆子小，心中一吓，说不定会露出一点儿马脚来。只要把凶犯枪毙，杀一儆百，日后自然可以保得住太平。就是只怕外路人杀的，那就未免太委屈了老百姓。”

花三爷方才抬起头来，皱了眉毛，有些很为难的样子回答。在他的心中，倒着实还存了一点儿爱护民众的意思。耀宗却冷笑了一声，他发出兽性的狂态来，说道：

“不，花爷叔，我就主张非严办不可。因为这班民众太不成话了，在这个时候谁不想拍拍日本人的马屁才好？不料还去暗杀他们，这不是成了害群之马了吗？我看这班乡下人怕硬不怕软，先抓了几个嫌疑犯来枪毙了，管他冤枉不冤枉，杀了几个给大家看看，那么他们以后自然也会服服帖帖起来了。案子出了半个多月，现在还是一无头绪，我以为倒怨不得队长要发火，就是我觉得这个维持会办事的能力也太薄弱一点儿了。”

“耀宗，你说话总是不肯思前想后的，年纪轻轻，火气不能太大，我在地方上管过几十年的事情，难道还是你聪敏吗？乡下人虽然愚笨，但也不大好惹的，狗急跳墙，人心一反，可不得了。所以我的意思，就最好是两面敷衍，得能够双方面都不得罪，那么我们的地位自然也不会发生摇动了。就说是本地方有不法之徒，也只好暗中查访，切不可打草惊蛇。”

振雄是一贯地抱着火烛小心的态度，其实他完全是一种老奸巨猾的作风。花三爷点了点头，他认为很不错的神气，说道：

“我也是这个主意，如果队长一定不肯放松，明天我们就跟队长去商量，叫他们最好再宽限几天，等到没法侦查的时候，再准定挨家地抽查壮丁也不迟。”

“花爷叔这办法也好，我们就决定这样子吧。明天我到山村队长那儿去一次，他对我的印象倒很不错，大概一定肯答应的。我一定要把这件案子打听一个水落石出不可，假使这一点点小事情办不好，还谈什么大事情呢?”

耀宗拍拍胸部，他那种表情总是显出头重脚轻的样子。正在这个时候，忽见马老二匆匆地从外面跑进来，他笑嘻嘻地叫道：

“主席，好了好了，陈七爷回来了。”

“什么？陈七爷全家回来了吗？在哪里？在哪里?”

振雄一听陈七爷回来了，他似乎也感到一些惊喜的样子，忍不住急急地问。马老二活像一条狗的模样，颠了颠屁股，说道：

“真的，他们全都回家来了，船停在他家的后门，但是对面的皇军老爷不许他们上岸，一定要检查什物，恐怕有违禁品。”

“要检查，那不成什么问题，花爷叔，我和你一同去担保一声好了。说起来，你是委员，我是委员兼秘书长，难道这一点儿小面子都不卖吗?”

“好的，好的，花三爷，辛苦你跟耀宗去跑一趟，陈七爷回来了，那是顶好了，便可以多一个人商量了。耀宗，你最好请陈爷叔先到这里来一次。”

“嗯，我知道了。花爷叔，我们走吧。”

耀宗点头答应，遂和花三爷一同告别走了。这里马老二向振雄一鞠躬，也悄悄地退了出去。振雄待大家走后，便向左边的套房门口走了两步，探首叫道：

“珠凤，珠凤!”

但里面并没有人答应。振雄皱了眉头，又连喊了两声柳五儿，不多一会儿，柳五儿从里面应声出来，向他问道：

“老爷，你叫我有什么吩咐吗?”

“凤小姐在房里没有？叫她为什么没有声响?”

“哦，凤小姐刚出去不多一会儿，说不定马上就回来的。”

“这个年头，虽说我是做了镇上的主席，但有什么理由可说女孩儿家老喜欢在外面跑？要如遇到了喝醉了酒的东洋兵，这就懊悔也来不及了。”

振雄说出了这几句话，他自己的心中也感到了一种空虚的悲哀，觉得自己的地位难免是有一种傀儡的典型，因此他忍不住微微地叹了一口气。这时邬寿从外面进来，振雄忽然想到了什么似的，叫住了说道：

“邬寿，刚才马老二来说，陈七爷全家都回来了，回头就要到这里来，你快到书房里去打扫打扫，把烟灯点上了，多打几个烟泡子。”

“哦，我知道了。”

“慢着，把玻璃橱内那一缸烟拿出来，让七爷尝尝东洋货的味道，他一定也会说比云土好。”

邬寿答应，便走进里面去了。振雄在桌子上拿起茶杯来，凑在嘴上喝了一口，就在这时，珠凤在院子外匆匆地里来。柳五儿瞧见了先说道：

“老爷，凤小姐不是回来了吗？所以我说你是用不到担心的。”

振雄回头去看，珠凤已到了面前，她向振雄低低地叫了声爸爸。振雄沉着脸，很严肃的样子，说道：

“珠凤，你又到哪里去的？”

“我……我在街上买些东西。”

“咳！你骗我，我猜得到，你又是到江老太家里去的，并不是我不许你去，因为这个年头，女孩子家一个人在路上行走多危险的。况且镇上离张村有十多里路程，你想，要如半路上窜出几个东洋兵来，那时候叫爹不应，喊娘不理，我看你好好一个女孩子不是什么全都完了吗？”

振雄虽然是沉着脸色，大有教训的神气，不过在这几句话中，多少还包含了一点儿爱护她的成分。珠凤微微地一笑，说道：

“不会的，东洋兵究竟也讲道理的，他不会随随便便向人家实行非礼。”

“唉！你这孩子怎么一点儿也不知道？李大娘的事情，你难道不晓得吗?”

“可是我比不得李大娘，爸爸是维持会的主席，哥哥是委员，我难道和普通老百姓一样吗?”

“珠凤，你的年纪也不小了，怎么一些风色也瞧不出来？我这个主席无非是对中国自己同胞而说的，假使对日本人而言，什么屁主席？还不是和平头百姓一式一样吗？这鬼子多凶恶的，他叫我做主席，却给我上了圈套，出了乱子要我负责。他妈的！我也不曾带着十万二十万的兵，要我到什么地方去捕捉凶手呢？这几天又逼得我那么紧，我简直急得要上吊。唉！今天才领教鬼子兵的厉害!”

振雄到此在女儿面前也忍不住说出一片真心的话来，他微微地叹了一口气，大有悔之莫及的神气。珠凤冷笑了一声，很俏皮地说道：

“这是叫作不到黄河心不死，到了黄河悔已迟。爸爸，你要早听了女儿的劝告，你哪里有今天的烦恼呢?”

“不过事到如此，已经是骑虎难下，所以这件案子，查不出也得查。唉！珠凤，对于小丘山脚下杀死两个日本兵的事，你在外面不知道可曾听到一些什么消息吗?”

振雄听女儿的口吻，好像还有点儿死人也勿关的样子，一时不免有些怨恨，遂对她低低地刺探，心中暗想：也许她有些知道的。但珠凤摇摇头说道：

“我不知道，一些消息也没有。”

“我晓得，你一点儿也不会关心的。你哥哥为人虽然浮躁一点儿，但遇到什么困难的事，大家总还有个商量的地步，这就叫作‘休戚相关’。你看我的胡须都已花白了，还能有多少日子活在这个世界上？你们即使不能与我分忧，也应该少给我为你们操心才是。小丘山的案子，乡下人嘴里总有说起，你就不能帮着我向他们打听打听?”

振雄说毕，大有无限感伤之意。珠凤想起父亲爱女儿的深情确实是天无其高的，照理，为人儿女当然应该要代父母分忧，可是在我的环境之下，这和别的情形大不相同，我为了国家，我为了民族，我怎么能顾虑到家庭之私呢？所以她的情感始终被理智克服着，转了转乌圆眸珠，说道：

“听倒听见人家说起，可是跟我们一样，没有人知道这是谁干的事。其实真有人知道的话，也不肯在外面乱说，早已悄悄地前来报告了。你想，这一万元的重赏，谁不希望领呢？就是我……可惜却不知道。”

“咳！你也还想领赏，真是说的孩子话，我这一份家产，你至少一半，难道还不够你一辈子花吗？哎哎哎，珠凤，江老太的儿子到底有消息了没有？”

振雄见女儿说到末了，似乎还有一种很失望的样子，一时倒不由笑了起来，但说到这里，却又转变了话锋，问出了这两句话。珠凤觉得父亲这话对自己至少是包含了一点儿诱惑的成分，遂依旧显出淡漠的神情，摇摇头说道：

“消息一些没有，江老太心中也很想念他。”

“难道连一封家信都没有？现在邮政不是已经通了吗？”

“通是通了，但上燕没有信来，江老太又不好问邮局去要的。”

珠凤说得倒是相当幽默，站在旁边的柳五儿也忍不住好笑起来。振雄回头瞪了她一眼，柳五儿很识趣地便把身子缩进到房中去了。振雄向珠凤望了一会儿，捻了自己一下子胡须，点了点头，似乎有所深思的样子，说道：

“我想上燕和你的感情并不坏，在你那里说不定有一点儿信息的吧？”

“爸爸，你这话说得奇怪了，他自己家里也没有信札，我们不过是学校里的同事，怎么他倒会给我信件呢？再说他给我信，也不能算是犯法的事，我何必要瞒着你呢？”

珠凤听父亲这句话显然是包含了一点儿神秘的作用，一时粉脸倒不禁浮现了一层桃花的色彩，那颗芳心也忍不住别别地一跳，不过她立刻又显出一本正经的态度，表示非常正义的样子。振雄被女儿这么一说，心中自然也感到很不好意思，遂改变了口吻，微微地叹了一口气，说道：

“唉，现在一班学堂里出来的年轻人，真是越弄越不懂规矩了。好端端地把自己母亲丢在家里，失了儿子应该侍奉的天职。自己一跑出去，连一封家信都没有，说起来真叫为人父母的感到心灰啊。”

“不过我知道他所以抛掉了家，也有不得已的苦衷。”

“苦衷？他有什么苦衷？在家里也不见得会饿死呀。”

“倒并不是在饿死不饿死的问题上。因为一个人都有国家，分开来说，就是有国有家，不过国在前家在后，那么为了国，也只好忘了家，这还不是他出于万不得已的苦衷吗？”

珠凤说得那么严肃，显然是理直气壮的神气。振雄也不知为什么，听了这些话，他的两颊不期然会罩了一层猪肝色，过了一会儿，方才说道：

“爱国固然是人人要爱，不过也得看情形而说。比方说这里的环境吧，我们已没有了国家的保障，假使不随机应变的话，那么难道白白地牺牲性命吗？古人有句话，叫作留得青山在，哪怕没柴烧。所以我们第一要紧保身子，眼前低头，将来机会一到，自可扬眉吐气。昨天我碰到山村队长，他颇有在镇上创办教育事业，使中国儿童不至于受到失学的痛苦，我心中暗想：山村队长说得有理，他确实和我们中国有亲善的诚意，当下我十分地赞成。不过对于校长问题，我想来想去，只有江上燕最适宜，第一，他是熟手，第二，他会东洋话，假使你有办法叫他回来的话，那么你们一同在学校里又可以朝夕与共，岂不是很好吗？”

珠凤觉得父亲始终相信自己和上燕是有信件往来的，所以他一再地用话来套自己，觉得父亲的刁滑倒也名不虚传。不过自己也不是一个毫无主张的女子，总不会轻易地中了他的圈套，所以始终镇静了态度，摇头说道：

“爸爸的意思很好，不过所可惜的就是不知道他在什么地方。”

“嗯，我想你可以对江老太探听探听，也许她会告诉你吧？”

珠凤正欲回答一句，忽见马老二一路喊进来道：

“陈七爷来了，陈七爷来了！”

“来了吗？快迎接。”

振雄一面说，一面已迎了出去。这里珠凤却暗自冷笑了一声，自管回进卧房里去了。陈七爷是个四十多岁的年纪，瘦长的身子，平顶头，穿着一件哔叽骆驼绒的袍子，两只眼睛很小，眉毛很浓，一望而知是个很精明的商人。他见了振雄，便一路拱手进来，笑道：

“雄老爷，这地方全亏你们几位维持，要不然我们真是有家归不得了。”

“哪里哪里，陈七爷，我们都是自己人，你何必这么客套着？这几个月来，唉，真是一言难尽！我们目前不过是跑龙套打打开场，一切章程还得都等待你来定哪！快请坐，快请坐！”

振雄仿佛是得到了生力军援助一般地欢喜，他是竭力地向七爷奉承。这里马老二早已端上四杯香茗，放在茶几上面。振雄、七爷、三爷、耀宗便坐了一个四角形。振雄这时又感叹地道：

“唉！想不到我们今日还有碰头的一天。记得几个月之前，你们逃难出去的时候，满镇的飞机炸弹，谁都以为这郇镇总要化为平地了。幸赖上苍保佑，才保牢了这大好的家园。”

“可不是？当初的来势实在太凶，不过我倒没有逃的意思，都是家中女人吵得我没有了主意。早晓得镇上依然太太平平，我们就悔不该逃难了。用去了盘费倒也不要说了，一路上所受的惊吓，假使胆小朋友，真会受不了。唉！现在细细地回想起来，真好比做了一场噩梦。”

陈七爷表示这次逃难倒并不是自己胆小的意思。凭他这两句话，显然他还肉麻这所损失的一笔浩大的旅费。花三爷微微地一笑，说道：

“譬如出处去旅行一次，到底给你跑了不少的码头，也开开眼界。我倒认为很有益，而且也很值得的。”

“啊！老兄，算了，算了，这眼界我宁可不要开。假使去旅行，花了钱，那是惬惬意意。现在逃难可比不了旅行，一天到晚，提心吊胆，耳边的炮声没有断绝过，这次能够回来，实在是九死一生中逃命的。”

陈七爷连连摇手，哭丧着脸，表示和旅行那是大不相同的意思。耀宗在旁边插嘴道：

“陈爷叔，不是我放马后炮，当初我原本劝你们不必逃难，可是你们偏不听我的话。我听镇上有好几户人家，因逃难反而送了命哩。”

“宗少爷，不要提起这些话了，越想心里越冤枉。那时候只怪我听了女人的话，她怕得要死，平日我很有主见，可是在炮声之中我也糊糊涂涂起来了。唉，真冤枉！”

“但是仍旧能够平平安安回来，总算还是不幸中之大幸。所以损失一点儿钱财，老兄倒也不必去肉麻它了。”

振雄听他兀是叫着冤枉，遂向他低低地譬解。花三爷望了他一眼，说道：

“七爷，你在外面去了也不过半年时间，人就老相了不少，脸色也黑得多了，可见中途上也很辛苦的了。”

“唉，只要能得活命，辛苦算得了什么呢？唉唉，我们这里地方怎么样了？还算太平了吗？”

陈七爷说到后面，向他们又低低地探问。振雄喝了一口茶，把手拈着他花白的胡须，有些尴尬的面孔，说道：

“太平也算很太平了。”

“嗯，完全太平了，你不见镇上各商店都已照常做生意了吗？”

耀宗听父亲只说了一句，似乎意犹未尽的样子，于是接口代他说了下去。花三爷却皱了眉头，他不愿隐瞒地摇头叹道：

“虽然说已经是太平了，不过我们中国人就太不识相，在这个时候，还要老虎口去捋须。你不知道，半个月前，不知怎么的在小丘山脚下竟打死了两个日本兵，所以……所以……他们不肯罢休的，非要捉到了凶手不可！”

“啊？这可是真的吗？唉，真岂有此理！所以我说中国人就弄不好。比方说，苏州一带，乡下也很不太平，时常和日本兵捣蛋，这些都是叫作游击队的。”

陈七爷表示很震惊的样子，他觉得中国人简直是朽木不可雕的意思，忍不住深长地叹了一口气。振雄“哦”了一声，说道：

“对了，照你这么说来，可见游击队到处都有，小丘山脚下的事情，除了游击队会干，谁有这么大的胆量呢？”

“不见得吧，我就不相信有什么游击队，因为我从来也没有瞧见过。”

耀宗始终表示不相信的样子回答。陈七爷“唉”了一声，手指了他一指，说道：

“你以为游击队是怎么样的军队？他们不穿军服，不带洋枪，白天里和平头百姓一样，谁也认不出他们是军队。可是一到黑夜里，那就不得了，就大显神通了。这次有上海开南京的一班军用车，据说将近望亭的时候，就中了地雷，铁路炸断，火车翻身，日本兵死伤不少，游击队还跟日军噼噼啪啪地打了半个钟点。你想，游击队就有些鬼不知神不觉的，假使给你可以瞧到的话，也不称为是游击队了。”

“哦？真的吗？”

“怎么不真？我们火车在昆山足足等了五个钟头，铁路才修好的。”

花三爷听得出神地问。陈七爷显出很认真的神气，表示这消息是并没有一点儿含糊的意思。振雄有些局促不安的态度，叹了一口气，说道：

“这样说来，真有游击队了。”

“听说政府现在就用这一个办法，地方被日本兵占了，军队都分散了，躲在四处乡下当游击队，使日本军队也不能安安心心地在中国土地上等下去。”

陈七爷把知道的消息向大家告诉了。耀宗已忘记了自己是什么人，他带了讽刺的口吻，冷笑了一声，说道：

“这真是笑话，正式军队都吃了败仗，游击队还中什么屁用？我说中国人做出来的事情总是那么丢脸皮！”

“其实还是和日本讲和拉倒，地方好给的就割给一点儿，反正中国地方大，送他们几省也算不了什么稀奇，譬如牯牛身上拔去了一根毛。现在只知道打打打，一直打下去，就苦杀了一班老百姓。”

花三爷说的那番话很有劲，显然他认为是有相当的道理。这时陈七爷忽然想起了一件事，便感叹地道：

“我说一班年轻的人真是糊涂，好好的在家里不住，偏到外面去东奔西走，可是结果也弄不出一点儿什么名目来。我在汉口的时候，那天曾经遇见江上燕，他穿了军装，剃了光头，已经是当了兵了。”

陈七爷在说这几句话的时候，齐巧珠凤走到套房来听壁脚，一听他们讲起江上燕，便躲在门缝里凝神细聆。只听哥哥第一个先生气的样子，冷笑了一阵，说道：

“这家伙我知道干不出好事情来，他妈的！一个小小的兵，恐怕早已变成炮灰了吧！”

“不，他倒也做得不小，好像是个上尉的编号。”

“唉，我想不到他真会去当兵，我说他实在犯不着，他在当初要如不走的话，在这里恐怕起码也是一个委员。再说还可以担任校长，这生活也未必会不舒服的。可怜他母亲为了他没有信息，已急得生病。假使给她知道儿子已变炮灰的话，江老太急得马上就会咽气呢！”

振雄好像已肯定江上燕是死定了的样子，他这几句话代他表示有点儿惋惜的意思。陈七爷摇摇头，说道：

“江上燕并没有死，我离开汉口的时候，还和他见过一次面的。”

“你不是说他已经当了兵吗？难道不开赴前线去吗？”

耀宗听他说没有死，有些奇怪地问。陈七爷“唉”了一声，说道：

“这次我看见他的时候，他穿了便服，是一套半新旧的西装，他对我说，当兵太苦了，他又改行做生意了，说不定也要回家来看看他的母亲。我见他这人的行动有些神秘，捉摸不定，倒真是一个厉害的角色。”

“嗯，只可惜……如果他真的回家来了，我们一定要领他走上正路，拉到我们维持会来做些工作。他若入了会，就大有用处，第一嘴会讲，第二乡下人都肯听他的话，第三又说得一口好流利的东洋话。上次山村队长要开学校，教孩子认东洋字，他来了岂不是好吗？”

振雄只管自说自话地说着，他目的是完全利用他的才能来保持自己地位的意思。陈七爷点点头，微微地一笑，说道：

“看他对凤姑娘倒仍没有忘情，所以雄爷要拉他入会工作，这是一件极便当的事情。只要叫凤姑娘去一说，就不怕他不答应下来。就怕他不回家，这是没有什么办法的了。”

“哼！他要跟凤妹……这是癞蛤蟆想吃天鹅肉！爸爸，你不要一片好心得不着好报，那家伙穷极无聊，什么事情都做得出来。照我看，将来就是召集流氓地痞当游击队的头脑。啊呀！我想起了，爸爸，只怕他已经早回来了，小丘山脚下打死两个东洋兵不是他干的还有谁？”

耀宗和上燕好像死冤家，他听上燕要看中妹妹，心中就大为愤怒，冷笑了一声，但说到后面，忽然又疑心到他的身上去了。花三爷有些猜疑地道：

“这个我想不会的，陈七爷，上燕有没有比你先动身回来呢?”

“他什么时候动身我倒不详细，不过小丘山的案子，你们说这是半个月前的事，我说他回来也没有这样快。”

陈七爷也觉得这是耀宗的多心病，遂摇摇头，表示和事实并不十分符合。但耀宗却肯定地回答道：

“我说一定是他，他这种人一天跑三百里路也不算稀奇。”

“耀宗，你不要太鲁莽了，人家人还在汉口，你就活见鬼。再说一个人不是一只蚂蚁，假使他真回来了的话，总可以听见有什么人会说起的。我们这些空话少说，现在七爷回来了，再好没有，我们总算多了一个帮手。以后一切的事情，还得多多地仰仗七爷哩!”

振雄一面向儿子喝阻着，一面转过脸，又向陈七爷微微地笑。陈七爷是个最没有责任性的黄牛，他怎么肯自讨苦吃共同来调查这一件案子呢？所以连忙谦让道：

“不不不，不敢，小弟才疏学浅，恐怕力不从心。”

“陈爷叔，你也不要客气了，我们父子两人和花爷叔，三缺一，来了你陈爷叔，正巧四个人，事情就好办了。”

“对了，陈七爷你也别闹客气，这里没有外人，老实说，邬镇地方除了我们这几个人外，谁还有资格来管这些事。像七爷这么有地位的人，你要推也推不掉。我想今天你多休息一下，明天一早我介绍你去见山村队长，并且我把这个主席可以让给你做，我做一个委员也很够了。”

振雄是个老奸巨猾的老贼，他想叫陈七爷来上这个圈套，自己可以多卸一点儿责任。但陈七爷不是一个傻子，他比振雄还要乖一点儿，当下欠了身子，又连说了两个不字，很认真地说道：

“承蒙这样抬爱，小弟是不胜荣幸。但小弟这次回家，既不为名，也不为利，只想在家园太太平平地度过了残生。我现在一切都已按摆好了，我不犯人，人家自然也不犯我，照旧将本求利做点儿生意，老米饭总有的吃。多谢几位在这里挡头阵，我一定追随左右，暗中帮忙。说到场面上的事，当然还得雄老爷和花三爷偏劳。”

“既来之，则安之，四十几岁的人不做些烈烈轰轰的大事，我六十多岁的人不是早可以死了吗？邬寿，邬寿！”

振雄见陈七爷一点儿不肯负责，一时心中暗暗怨恨，但表面上还竭力以激将之法去怂恿他。他觉得事情是慢慢地发展，于是叫了两声邬寿，是预备款待他的意思。邬寿从里面走出来说道：

“老爷，烟烧好了，请陈七爷、花三爷到书房里去躺吧。”

“陈七爷，我知道你刚到，路途劳乏，所以特地备烟以待。来来来，请你尝尝东洋货的滋味，不亚于云土。花三爷，我们一起来吧，歪靠着谈谈舒服点儿。”

“陈爷叔，东洋货的烟膏子实在好，呼一筒就精神百倍，保你满意。”

振雄父子殷殷招待，摆了摆手，已经请七爷往里面走的意思。陈七爷虽然担心着这筒烟呼了不知会不会闯祸，但他到底为了情面难却，终于跟了大家一同步入书房里去了。

等众人走入书房后，珠凤从房里走出客堂来，心中暗想：陈七爷的话大概不会有假，不过这里叫人猜疑的，是上燕忽而当兵，忽而经商，忽而又欲回家，这似乎叫人有些可疑。刚才我去望江老太，可怜她近日为了受点儿凉，腹中有点儿泻的样子，并且时时记挂上燕，老泪纵横，那种伤心的情形，也不由令人酸鼻。那么我既有准确的消息，理应去安慰她的。一面想着，抬头见马老二从院子外匆匆进来，遂向他招了招手，叫道：

“马老二，你给我去走一趟好不好？”

“到哪里去？”

“张家村江老太家中去一次，你告诉她，说陈七爷已经从汉口回来了，他在汉口的时候曾经遇见过江上燕，他在外面身体很好，说不定最近就要回来一次。”

“噢噢，我马上给你去好了。”

“谢谢你，回来我请你吃香烟。”

珠凤含笑一点头，她便匆匆地步入房中去了。这里马老二正欲开步动身，忽见耀宗由书房里出来，他把马老二叫住了，问道：

“老二，你到什么地方去?”

“凤小姐叫我到江老太家中去送信，告诉老太太，说她儿子在外面身体很好，叫他不要挂念的。”

“这小妮子真不要脸，还是恋恋在他的身上。”

耀宗听了这话，脸上顿时显现怨恨的样子，咬牙切齿地说。马老二向他愕住了一会儿，忽然转了转眼珠，问道：

“宗少爷，那么我去还是不去呢?只要你少爷吩咐一句话，我当然可以不听凤小姐的命令。”

耀宗觉得马老二很会拍自己马屁，遂沉吟了一会儿，忽然计上心来，遂附了马老二的耳朵，低低地诉说了一阵，又叮嘱道：

“我的意思，你明白吗?”

“我完全明白，准定照办，照办!”

马老二一面点头，一面便匆匆作别走了。耀宗握紧了拳头，脸上浮现了狰狞的笑。

院子里的斜阳，已经呈现黯淡的颜色了。

第八回

望穿秋水慈亲欲断魂

一阵微微的呻吟之声，在黄昏暮色的空气中流动。屋内的光线是暗沉沉的，因此更加添了几许凄凉的意味。王跛子从房内一拐一拐地走到客堂里去，他已经深凹进去的眼眶子里还贮满了无数悲酸的眼泪。他想不到江老太的病会剧变得这样快速，因此他更想到以后的自己，是只有形单影只过着孤零零地生活了。

“王跛子，王跛子，你一个人在这里打盹吗?”

“哦，哪里在打盹？小狗子，你来得正好，可怜老太太的病忽然厉害起来了，这……这……可怎么办呢?”

小狗子从院子外匆匆地奔进来，只见王跛子坐在椅上呆呆地出神，因为是骤然地跨入客堂，所以看不清楚地问。王跛子因为在无人可以商量之下，此刻见了小狗子，便好像见了亲戚一样，站起身子，皱了眉毛，向他急急地告诉。小狗子听了这个消息，心头也是别别地一跳，低低地问道：

“前天不是好得多了吗？你说胃口也开了，怎么今天又会沉重起来呢?”

“唉，你不知道，昨天晚上受了一点儿凉，今天早晨就腹中泻起来，一上午就泻了十多次，年老人挡不住，而且身上有了热度，她一整天没有吃过东西，你想，这病势还不像排山倒海一样地凶恶吗?”

“那么……她的神志还觉得清楚吗？唉，深秋的天气，泻的毛病可不是玩的。王跛子，我不是怪你，你也服侍得太不小心一点儿了。”

“其实我把她被都盖得好好的，大概在半夜里她受了凉，这叫我如何照顾得到呢？下午一点钟的时候，凤小姐倒来望过老太太，那时候却没有泻，我向凤小姐告诉了，凤小姐说明天再请大夫来诊治，可是凤小姐走后，老太太的病竟越发厉害起来了。”

王跛子听他向自己埋怨，一时更急得愁眉不展地向他低低地辩解。小狗子暗想：这也怨不了王跛子。遂口里念了一句这便怎么好，他匆匆地走到卧房里来。一脚跨入，就听江老太自言自语地说道：

“上燕，我的孩子！你再不回来的话，我恐怕是等不及的了。唉，这个年头做人，本来比鸡犬都不如，早死早安乐，可是我念念不忘的，就是我的儿子，他在外面不知真的安康吗？可怜他是我江家一支香，要如遭了不幸的话，唉，天哪，你也太残忍的了。”

小狗子听到这里，又听她雪雪索索地哭泣起来，一时觉得母爱的伟大，母爱的崇高，真是叫人感动。心中一阵子悲酸，眼泪也落下了两颊，遂轻轻地步了上去，走到床边，低低地叫道：

“江老太，你怎么又会泻起来了？”

“啊？你是谁？”

“我是小狗子，江老太，你不认识我了吗？”

“小狗子，我认识你的，你……好几天不上我家来了，你……在忙些什么呢？上燕到底有回家的消息没有？我想托你写封信给他，叫他见字就回来，因为我这个病已到不可救的地步了，说不定明天……唉！小狗子，我是等不到再见光明到来的时候了。”

小狗子听她这样嘱咐着，一时把手抬上去抓了抓头皮，暗想：糟了，她叫我写信给校长先生，可是校长先生上次来信中也没有详细的地址，这叫我写到什么地方去好呢？但表面上也只好敷衍她说道：

“老太太，你不要说这些使人伤心的话，叫我小狗子听了不是难过吗？我想你这个病是不要紧的。至于校长先生的信我在昨天就写出去了，叫他见信就回来，我说老太太很想念他。”

“小狗子，你真好，你真有义气，我不知该怎么样来谢谢你才好。”

“老太太，你不要客气。”

小狗子虽然这样回答，但他心头却感到有些说谎的惭愧。就在这时，王跛子悄悄地进来，向小狗子道：

“青郎、红郎来找你了，他们说和你约好在这儿谈话吗？”

“哦，他们来了，为什么不进来望望老太太？又不是外头人，难道还避陌生吗？”

“不，因为除了他们兄弟两人，还有两个陌生人，我也不熟悉的。”

小狗子听了，点点头，遂匆匆地走出来。见果然是吴忠诚和刘思勉两个人，于是悄悄地招呼了，一面皱了眉毛，向青郎很忧愁地告诉道：

“江老太忽然得了泻症，病势好像沉重了许多，这……便怎么好呢？”

“王跛子刚才也和我说起过，这倒是一件很讨厌的事。我想明天一早给她请个大夫来瞧瞧吧，不管她病势怎么样，我们总得尽我们责任，要如校长先生回来的话，我们也好有了交代。”

“不错，但是明天早晨，只怕邬先生也会请了医生来的。青郎，你此刻进去看望看望她老人家吧，可怜她老人家真病得不像人的了。”

“是的，我就进去看看她。小狗子和红郎陪着两位同志，把我们宣传工作的成绩给他们做一个报告，可是别大声地说话。”

青郎一面向小狗子叮嘱，一面便轻步地跨入了房中。只见江老太正在向王跛子问话，好像说外面是谁来了，青郎不待王跛子回答，便走近上去，低低地说道：

“老太太，是我，是青郎。”

“哦，青郎，你好久不来了，我……我……也许是快要离开人世的了。”

江老太向他逗了一瞥凄凉的目光，这目光已经是带了涣散的成分。在她向青郎说这两句话的时候，已经是断断续续地有了气喘的成分。青郎的心中好像有一枚梅子放着一样酸楚，眼皮一红，他已忍不住涌上一颗晶莹莹的眼泪来，低低地说道：

“老太太，你别说这些话，吉人天相，你的病是会好起来的。”

“谢谢你的安慰，不过我自己知道已经是难好的了。青郎，你时常在外面跑跑，不知道可打听出上燕的消息吗？他的生死不知怎么样？唉，这孩子抛了我两年光景，我真为他想都想死了。”

“老太太，校长先生信中不是说他在汉口吗？我想这一定是真实的，他不是一个含糊的人，随机应变，哪里会遭到意外的变故呢？所以我劝老太太是只管放心好了。”

“这次要如他在我床边的话，我就是死了也很瞑目的了。”

江老太一面说，一面又深深地叹了一口气。不料正在这个时候，忽听外面有人在互相争吵，只听小狗子怒气冲冲地说道：

“他妈的！叫你不要大声乱嚷，你偏乱嚷，里面老太太病得很厉害，你难道不知道吗？”

“好好好，我是一片热心前来告诉他们，你倒开口骂人，我可没有说半句谎话，陈七爷刚从汉口回来，他亲眼看见校长先生被日本兵杀了！”

“啊！他妈的！你和我作对，还要大嚷？我打死你这个狗王八！”

青郎一听情形不对，遂三脚两步地赶了出来。只见小狗子和马老二扭作一堆打架着，各人的口里还是乱骂乱嚷。青郎连忙和吴、刘二同志将他们拉开身子，连声说道：

“小狗子，小狗子，你这人太糊涂了，老太太在房中病得这个样子，还禁得起你们在外面这一阵子打架吗？”

“青郎，你来说句公平话，我来报告校长先生已经死了的消息，这可不能怪我的错呀！”

马老二听老太太果然病重，他灵机一动，遂又故意这么地告诉。说到“死”字的时候，语气是特别地放响。小狗子见他还是这个样子，气得伸手把马老二衣襟一把抓住，便奔出院子外去了。青郎知道小狗子是拉了他到外面去打架的意思，正欲追出去阻止，不料王跛子气急败坏地奔出来，跳脚道：

“不好了，不好了，谁在说校长先生被日本兵杀死了？可怜老太太心中一急，昏厥过去了。”

“唉！这该死的马老二，简直来送老太太的命了！”

青郎听了，把要奔到外面去的脚又缩了回来，一面恨恨地骂，一面便向房中奔进去。只见老太太真的气厥在床上，连手脚都凉的了。王跛子拿了一杯开水，要想灌到老太太的嘴里去，可是却没有办法，因此只有连声地哭喊。青郎急忙把她胸口一阵子揉搓，老太太方才悠然醒转。王跛子给她喝茶，她却摇摇头，虽然是痛苦到了极点，但欲哭无泪，喑哑了喉咙，泣道：

“我的上燕死了，我这条老命还有什么滋味活在这个世界上呢？青郎，这是谁来报告的？快叫他进来，让我亲自问问他，可怜上燕临死的时候，不知道还有什么言语交付吗？”

“老太太，你不要把这件消息当作真的，马老二这小子不是好东西，他是惯会说谎的。这狗贼现在镇上维持会里做走狗，一定受了什么人的指使，故意来急急老太太的，所以我说老太太千万不要中了他们的圈套。我相信校长先生不会死，他不久一定会回来的！”

青郎是竭力地拿话去给她解释，可是老太太怎么肯相信呢？她是忍不住呜呜咽咽地哭，可是眼泪却哭不出，因为她早晚盼儿，望穿秋水，已经是“眼枯见骨难为泪”了。青郎要劝她，可是劝她不住，正在束手无策，忽见红郎在房门口向青郎招手。青郎不知为什么，急忙走出房外，问道：

“什么事情?”

“快把小狗子去劝开了，他们两人扭作一堆，再打下去，恐怕连人命案子都打出来了。”

青郎一听，连忙三脚两步地奔出院子，见吴、刘两同志把他们拉劝却劝不开。他们两人的衣服都已扯破，马老二满口都是牙齿血。青郎急忙用力把他们分开，马老二不管什么人，还举拳向青郎头顶上猛击。青郎连忙伸手接住，把他向前一耸，马老二站脚不住，身子就仰天跌了出去。小狗子正欲赶上去痛打，却被青郎拉住了，说道：

“小狗子，忍耐一点儿，别为了小事，闯了大祸!”

“好！好！你们几个人打一个人，我今天吃亏不要紧，明天，哼！哼！叫你们一个都活不成!”

马老二挣扎着从地上爬起，却指了指众人，一面骂，一面摸着屁股，便一拐一拐地逃跑了。青郎这回却追上去把他抓住了，马老二回头一见青郎，因为领教过他的气力，所以急得脸无人色地跪了下来，连喊救命。青郎见了这种丑态，倒又忍不住感到好笑，便连忙把他扶起，和颜悦色地说道：

“马老二，你要把头脑子弄得清楚一点儿，我是给你们打圆场的人，你怎么反而咬我一口呢？假使存心要打死你的话，我也不来拉开你们，众人一齐动手，你纵然是钢筋铁骨，也叫你皮破骨折了。所以你要说我们这许多人打你一个人，这是你冤枉了我，你看我们谁在帮着小狗子动手？至于我，这是你自己太不光棍，你要一拳打过来，我也无非表示自卫的意思。马老二，算了吧，说起来你和小狗子是亲戚关系，打打白相相，算得了什么？你要计较在心里，倒不像是自己人了。其实你报告消息，原也怪不了你，都是小狗子火气太大，所以闯了这个乱子。我给你们拉拉场，不要再吵下去了，免得大家都弄得不开心。”

“不错，不错，算我晦气。”

马老二口里虽然这么地说，但从他的态度上看起来，显然还有十分怨恨的样子。青郎于是也不和他多说，便放着他走了。小狗子愤愤地说道：

“这狗王八蛋，照我的意思，索性一拳打死了他，免生后患!”

“青郎，小狗子，不得了，不得了，老太太咽气了。”

青郎还没回答，王跛子匆匆出来报告，他的语气是已经要哭出来的样子。青郎、小狗子一听，连忙又向屋子里奔了。这里吴、刘二人同声把红郎叫住了，说道：

“你们的工作，我们已约略知道了一点儿，成绩还算不错，我们别的也没有什么事情讨论，所以我们也不打扰你们，过几天再见了。”

“这样也好，为了老太太的病，我们还是改天再谈吧。”

红郎连连点头回答，于是和他们握了握手作别。刘思勉说令兄处代为转言，方才和吴忠诚匆匆地走了。这里红郎走进老太太的卧房，只见小狗子、青郎、王跛子三人都在暗暗地哭泣，看老太太的情形已经是奄奄一息的了。这时天色已晚，窗外全黑，王跛子上了灯，室内是静悄悄死沉沉的，添上了这一盏豆火样的孤灯，当然更有一层无限凄凉的成分。

“王跛子，天晚了，院子门怎么开着？妈！妈!”

这是做梦也意想不到的事情，大家正在无限悲痛的时候，忽听一阵熟悉的说话之声响入了众人的耳鼓。就是连床上垂死的老太太，也震惊得恢复过一点儿知觉来。大家回身去望，谁知房外已步入一个身穿灰色长袍的青年来，他手里提了一只挈匣，正是江上燕。众人不约而同地抢步上前，叫道：

“校长先生，你回来了!”

“什么？我妈她……她……”

“是的，少爷，老太太已经等不及你回来了。”

江上燕本来脸上含了微笑，但见到众人的脸上竟带了丝丝泪痕的时候，他的心中大吃了一惊。听到王跛子的告诉之后，他的心都碎了，猛可丢了手中的皮箱，奔到床边，不禁放声大哭起来。江老太想不到还能够和爱儿作最后的一面，她是十分满足了，已经低垂了的眼皮又微微地睁了开来，在上燕脸上逗了那么一瞥之后，她又慢慢地合上了。虽然她脸上是含了一丝苦笑，但她眼角旁却涌上一颗晶莹莹的眼泪来。上燕摇撼了她的身子，连连叫喊了两声妈，可是老太太再不会答应他了，她一缕幽魂已永远脱离这黑暗世界了。上燕在一阵子剧痛之下，他的身子也向后昏倒了。

夜，静静地降临了大地，四周虽然是笼上了黑暗，但明月已从浮云堆里钻出来了。它柔和的光芒圣洁光辉地映照着整个的宇宙，大地上的万物已经有着一点儿光明的气息了。

《民族魂》因急于出版，公诸同好，所以先出上册，然读者诸君必以未窥全豹为憾，故下册《热血花》亦正在编著中，不日当可显于诸君之眼帘下也。

热 血 花

第一回

死别生离　伤心人别有怀抱

一线曙光从黑漫漫的长夜里破晓了，天空中已透了鱼肚白的颜色。是因为深秋天气的缘故，清晨的风是很有些凄凉的成分，虽然是钟鸣了八下了，但依然不见朝阳的上升。老天始终是忧郁着那副颓伤的脸，好像在他的心坎里有件什么心事的样子，愁眉不展的，一点儿也不能拨开他一丝笑意来。

在一阵微微的秋风的动荡中，播送着叮叮咚咚还夹杂了喃喃的念经的声音。这就见江上燕家里的草堂上，昨晚与世长逝的江老太已停尸在草堂，还陈设了个孝帏。外面两张八仙桌，桌旁坐了四个带发的专门给人家诵经的老婆子，她们手里敲着，嘴里念着，草堂内虽然是充满了热闹的气氛，但这热闹的声音好像在人们的感觉上有点儿异样，至少是带了点儿悲悲切切的意思。尤其在敲声停止，纯粹的那一种念经的声音，如怨如歌，如泣如诉，真会令人感到有些心酸。

这时，江上燕呆呆地站在灵前，眼望着那一对闪烁烁的烛火，他的脸上是展现了晶莹的泪水，心眼儿上沉痛的悲哀，像江潮似的澎湃，泣血的伤心，像山瀑般地倾泻。他在回忆两年前离别家乡时的一幕，母亲含了热泪，颤抖了声音，她一程一程地送着我，依依不舍地叮嘱我。她说我这一次离开了她，因为她的年纪老了，不知是否还有见面的日子。她说我在外面千万要小心，免得她在家中日夜不安。唉！至尊无上的母爱，天地虽大，怎么能及得她的慈祥？日月虽高，怎么能及得她的伟大？但这次回来，却仅仅只有见了她老人家最后一面，连半句话都没有和她说过。唉！老天何忍残酷至此，而使上燕时感不孝之罪，终生不能释然于怀也。想到这里，伤心已极，他步入孝帏，忍不住又抚尸大哭。

江上燕的痛哭，一半固然是母子天性，一旦骨肉分离，永无相见之日，其悲痛之情，亦属理所当然。但还有一半的哭却是河山破碎，敌骑纵横，国家有累卵之危，民族无生存之望，英雄无用武之地，固伤心别有怀抱也。上燕痛哭了一会儿，也无非是出了胸中一股子郁勃之气。不料正在这时候，忽听一个女子的声音自外大哭而入，拜倒在灵座之前，一时里爬不起身子来，其哭声之哀，犹若巫峡啼猿，令人酸鼻。上燕暗自奇怪，正在猜疑不知何人，只见小狗子奔进来，推了推上燕，急急地说道：

“校长先生，你快不要哭了，外面邬先生来了。她是请了医生给老太太来治病的，谁知老太太已经等不及了。唉！”

“哦？是珠凤小姐来了吗？”

江上燕听了，方才收束了泪痕，步出孝帏，见珠凤跪在灵前，兀是哀声直号地痛哭，一时心中颇为感动，遂连忙把她扶起，含泪叫道：

“凤小姐，你快息息吧，你快息息吧！”

“江先生，昨天我还来望过老太太，想不到今天……唉！我怎么意料得到呢？”

珠凤见了上燕，她低低地招呼了一声，一面眼泪又直滚落下来。上燕也不免含了眼泪，长长地叹了一口气，说道：

“我昨天晚上赶到家里，不料母亲正在咽气，虽然是总算见到了最后一面，但却没有说上一句话。唉！这真是叫我太痛心了。凤小姐，我真感谢你，你今天是请医生给我母亲来看病的吗？这位医生呢，不是叫他空跑一趟了吗？”

“没有关系，我在院子门口就遇见小狗子，他告诉我说你已经回来了，可是老太太在你刚回来的时候却咽气了。所以我给了医生车钱，已叫他回去了。江先生，老太太的病真快，我想不到昨天分手，今天来会见不到她一面，这……实在是太叫人伤心了。”

珠凤一面告诉，一面泪水又夺眶而出。这时，王跛子拧了手巾上来，他一面给少爷和珠凤揩面，一面叫声“凤小姐，我真没想到……”以下的话没说出口，他也忍不住长吁短叹起来。珠凤说道：

“让我见见老太太的遗容。”

“凤小姐，你息一会儿再见吧。”

上燕预料她见了母亲遗尸必定又要痛哭一番，遂向她低低地劝阻。珠凤不依，上燕遂陪她进孝幃，揭开了老太太脸上的面巾。珠凤见江老太端端整整地躺在床板上，面目枯黄，形容憔悴，一时想到自己从小没有娘亲，老太太在日对待自己的亲热，所以更觉悲痛，忍不住又放声大哭。上燕被她一哭，在旁边也陪落了不少眼泪。这时，小狗子匆匆又来报告道：

“邬先生不要哭了。校长先生，你快到院子里去看看，青郎、红郎已把老太太的衣衾棺椁都买来了，请你到外面去看看吧。”

“凤小姐，你不要悲伤了，我们一同到外面去看看吧。”

上燕趁此劝住了珠凤，大家收束眼泪，一同步到院子，看青郎、红郎正在向脚夫们付钱，一见珠凤，便上前招呼了，并向上燕说道：

“校长先生，你看看这具棺材还好吗？八百五十元钱，因为和老板有点儿相熟，所以还打了个八折。”

“嗯，很好，很好，对不起，叫两位兄弟奔波忙碌，真是辛苦了你们。”

“校长先生，你这是什么话呢？还闹这些客套干吗？邬先生，你刚来吗？老太太想不到这么快，唉，真叫人伤心。”

“可不是？昨天下午我还和老太太谈了许多的话呢。”

珠凤拭了拭眼皮，感叹地回答。这时，小狗子在旁边听了，便显出愤愤不平的神情，向青郎带着埋怨的口吻，怒目切齿地说道：

“他妈的，马老二这小子真不是人养的，不知他是受了谁的指使，所以昨天匆匆跑来大声地告诉，说校长先生在汉口被鬼子兵杀了，是陈七爷在汉口亲眼看见的。老太太听了这话，心中一急，便厥了过去，所以老太太完全是被马老二急死的。我本来要把这小子结果了性命，省得他再仗了鬼子兵的势力耀武扬威，都是青郎叫我放走了他，此刻想起来，实在太气人了。”

“我想一定有人和校长先生过不去，所以故意差马老二来送这个凶信。他妈的，这指使人真没有心肝，一定要断子绝孙，永远不得好死的！”

红郎听了小狗子的话，也附和着愤愤地回答。这时，珠凤的芳心里，好像有千万枚的针在刺一般地疼痛，她垂下了粉脸，不由暗暗地沉思了一会儿，觉得这件事情就透着有些奇怪。马老二原是我差了来的，不过我叫他是来安慰老太太，叫她不要忧急，说上燕在汉口好好儿的，并没有什么。谁知道马老二来报告的完全相了反，难道他听错了吗？不过这是绝不会的事情，当然，除了哥哥想得出这样的毒计，此外当然是再也没有第二个人了。珠凤在这样沉思之下，可怜她的芳心除了无限沉痛之余，更有说不出的歉疚和悔恨。早知马老二这么无赖，他是和哥哥一只袜筒里的，那我怎么还会叫他来报告呢？现在老太太的死，从间接而言，岂不是死在我的手中吗？想到这里，真使她羞愧得抬不起头来。江上燕见了珠凤的神情，因为昨天夜里已经听青郎兄弟和小狗子有过一番告诉，说邬振雄父子在镇上组织维持会的事情，所以他猜测马老二来谎报这个消息，一定是邬耀宗想的毒计，也许珠凤此刻已经有些知道，所以她会显出这样痛苦的意态。为了不忍使她过分感到难堪起见，遂向小狗子和红郎丢了一个眼风，是叫他们不要再说到这个问题的意思。青郎会意，便拉了小狗子和弟弟，自管走开料理别的事情去了。这里江上燕向珠凤低低地说道：

“凤小姐，为了我母亲的病，使你这样老远地来去奔波劳苦，在这两年之中，你确实是代我已做了儿子的责任，所以你这一番恩德，使我是没齿不忘的。”

“江先生，你为什么要说这些话呢？假使你今天回来了，老太太能够健健康康地和你团圆在一起，这样我当然觉得十分高兴。现在老太太还是逃不了一个死，我纵然曾经出了十分的力，也是一无效用，所以你说这些话，似乎反而增加我内心的痛苦。”

珠凤听他这样说，抬起满沾了泪痕的粉脸，秋波盈盈地逗了他一瞥哀怨的目光，痛苦万分地回答。江上燕摇摇头，安慰她说道：

“凤小姐，你说这话好像我妈的生死应该完全由你负责的样子，其实我无论不明事理到怎样的地步，也绝不会来怪到你的身上。一个做医生的说，他是只能医人病，而不能救人命，可知一个人犯了真的病，就是华佗再世，卢扁复生，恐怕亦难以起死回生。何况凤小姐不是医生，你能有办法来挽救我母亲不死吗？所以你千万不必说这些话，我觉得你能够为我尽了这样的责任，我们的交谊上实在已经是很够朋友的了。”

“江先生……”

上燕这一番话听到珠凤的耳朵里，她的芳心里是感动得很难形容的，向他低低地叫了一声，却是说不上什么话，只有两行热泪来代表她满腹难以倾吐的衷肠了。上燕见她欲语还停的样子，也知道她有她的苦心，遂轻声说道：

“凤小姐，我们到里面去息一会儿吧。”

随了上燕这句话，两人便走进上燕旧日的书房。大概经过王跛子一番收拾之后，所以窗明几净，还算很清洁。两人相对，默视良久，各人的脑海里都在憧憬着过去花晨月下的柔情如水、蜜意如云。照理他们一对恋人，在今日久别重逢之下，应该是多么兴奋，多么快慰，但现在上燕为了母亲的死，珠凤为了家庭的黑暗，因此流泪眼观流泪眼，伤心人对伤心人，大家好像泥塑木雕地默无一语。最后，珠凤低声叹了一口气，哀怨而又悔恨地说道：

“江先生，我觉得我是个最庸俗而没有智慧、没有勇气的姑娘，所以我觉得真是十二万分的惭愧。”

“凤小姐，你好好儿的为什么要说这些话？那真叫我有些不懂。”

江上燕不等她说下去，就故作茫然无头绪的样子，皱了眉尖，低低地问。珠凤并不理睬他，自管自地接下去说道：

“记得你临走的时候，再三再四地劝我一同走。当时我虽然也有这个意思，不过为了太懦弱、太胆小的缘故，到底鼓不起这个勇气。我知道你当初很失望，很怨恨，这是怪不了你，因为现在我觉得很懊悔，我已失却了一个踏上光明大道的好机会了……”

“但我以为这也不尽然，因为机会是失不完的，只要你有勇气，时候还不算迟呀。珠凤，我们两年不见了，我相信，在这两年中，你一定有相当的进步。”

江上燕见她说话的表情，好像是悔恨得什么似的，这就摇了摇头，一面向她低低地安慰，一面又向她鼓励，在上燕的意思，当然是要把她从黑暗绝望的环境中而拯救出来。珠凤听他这样，脸微微一红，苦笑着道：

“进步？唉！在这环境之下，不随俗浮沉，已经是上上大吉，哪里还谈得到‘进步’两个字？江先生，你怎么又回家来了？”

“我回家是望望母亲来的，谁知母亲在我到的一天就死了，这难道也是注定的劫数吗？”

江上燕因为已经知道她父兄的所作所为，当时对她不免有了一种顾忌，绝不像以前一样可以对她倾心相吐，至少要带着三分的虚假。但珠凤却很关怀的神情，代为忧愁说道：

“江先生，假使你单是为了看望老太太而回家的话，那我就代你感到很可惜，因为你好容易地逃到了外面，为什么又要陷身到这个暗无天日的故乡来呢？”

“哦，怎么啦？难道张家村最近也有什么变化吗？”

“江先生，你何必还假惺惺地装作不知道呢？难道小狗子、青郎他们会不告诉你？”

“真的，他们并没有说什么，我昨晚一回家，母亲就咽了气，处理丧事还来不及，哪有工夫再谈这些村中的事情呢？我真的不知道呀。”

珠凤认为他是假装含糊，所以心中又怨恨又羞惭，眼皮有些发红。上燕觉得在已经说了谎之后，那么索性装得更像一点儿，遂用了一本正经的口吻低低地回答。珠凤有点儿将信将疑，凝眸含颦地望了他一会儿，说道：

“你真的不知道？”

“当然真的，那还有假的吗？这儿沦陷之后，鬼子兵时常来残害老百姓吗？”

“这是免不了的事情，俎上之肉，任剐任割，还有什么可说呢？”

“唉，当然啰，在这里村民也可说是尝到亡国奴的痛苦了。”

江上燕见她咬着嘴唇皮子，表示无限沉痛的样子，一时轻轻地叹了一口气，也忧愤地说。珠凤沉吟了一会儿，才不得已地告诉道：

“不过镇上已组织了维持会……”

“哦？不知是谁出来主持一切？”

江上燕不等她再说，就故意迫不及待地问下去。珠凤的脸涨得像玫瑰花朵般血红，支吾了一会儿后，才惶恐十分地告诉道：

“江先生，请你不要生气，是我爸爸跟哥哥还有花三爷等一班在主持一切。不过爸爸对我说，他有不得已的苦衷所以才出面的，他说绝不是为了贪图富贵，要抱出风头主义才干这一种事。况且他自己已经六十多岁了，能有几年再在世界上做人？好好儿流芳百世不要，难道倒喜欢遗臭万年吗？不过自从沦陷之后，地方上混乱得不成样子，假使爸爸不出来组织维持会，镇上不能开市，人民不能生活，满街的虎豹豺狼，这样下去，地方上更要糜烂得不堪设想。为了人民，为了大众，爸爸不得不牺牲一切，遭人家的唾骂，来维持这个混乱的局面。这也是所谓我不入地狱，谁入地狱。江先生，所以你听了我这些话，不知道也能够原谅我爸爸的苦衷吗？”

珠凤这一篇话说得非常委婉动听，在表面上听来，觉得邬振雄之所以出此下策，确实是为了大众的生计而牺牲自己名誉。总而言之，一个人的私心是免不了，何况他们是父女之情，说起来也是珠凤的一点子孝心。对于这一点，江上燕表示无限的同情，不过珠凤这些错误的思想，当然是不能尽让她错误到底的，所以他微微地一笑，用了很缓和的语气说道：

“凤小姐，你这些话很有道理，我也知道你父亲的本心原不坏，也许确实是为了人民的生计而出面组织维持会的。不过所可惜的就是你们只知其一，却不知其二。我且不问凤小姐是否有无这一点点普通的知识，但为了父女之情而不免有了这一点偏见，这在我想来总还觉得情有可原。”

江上燕说到末了的时候，他的脸是相当静寂。珠凤是个聪明的姑娘，她觉得上燕话中有刺，全身一阵子热燥，涨红了两颊，因此也不免怔怔地愕住了。但上燕又低低地说道：

“组织维持会确实是为了解决人民生活的痛苦，这我不否认，但中国和日本已经展开了全面抗战，为了整个的国家前途光明、民族生存而着想，那就大错而特错了。要知道，维持会的组织虽然能使人民做一点儿生意，但让敌人所得的好处更是不胜便利。因为日本在每打到一个中国的地方，他可以说根本没有兵力来管理地方上的事情，假使没有人给他利用，他恐怕就得不到一些好处。因为有了维持会，他就可以向维持会说话，让维持会来代他工作一切，换句话说，他让中国人来捉弄中国人。我有一个比方，日本人像厂主人，维持会是压榨机，中国人民是被压榨的原料，日本人只要想到需要一样什么东西，他就可以利用压榨机来得到他们的欲望。假使没有这部压榨机，他要东西，向谁去要呢？我再比方说一句，日本人有个命令，叫维持会向民间每家每户捐铁五两，试问维持会是否有抵拒的能力？那么日本人在中国民间就可以积少成多地得到大量的铁，他们制造了枪炮再来侵略中国，攻打中国。我试问维持会的成立，究竟是救民的佛氏，还是亡国的帮凶？国亡人民绝。凤小姐，你觉得你的见解对，还是我的见解对呢？”

江上燕也滔滔地说出了这一大篇的话，末了这两句，问得珠凤面红耳赤，双泪交流，一时无话可对，因此由不得掩面而泣起来。珠凤这一哭，使上燕愣住了，他觉得珠凤生长在这一个黑暗家庭里，当然也并非是她欢喜的事，一时倒起了爱怜之情，遂又放低了喉咙，温和地安慰她道：

“珠凤，你不要哭呀。我并非是说你不爱国，因为在过去我们创办学校的时候，你跟着我带了学生到处去宣传，我知道你是一个热血的姑娘，不过为了父女关系，我不是早对你说吗，对于你这一点子孝心，总还觉得情有可原。”

“江先生，你很明了我，我觉得非常感激你，但是我生不逢辰，竟会到这一个时候这一个家庭里来做人，使我抱恨终身，耻见社会。唉！与其是生而苦，何不死而乐？既不能忠于国，又不能孝于父，老太太阴魂不远，珠凤和你老人家相会之期近矣！”

珠凤泪眼盈盈地望了他一眼，表示无限感激而又无限羞愧的样子，说完了这几句话，忍不住痛到心头，放声大哭起来。江上燕听她竟有厌世之念，这就急得了不得，连忙拍着她的肩胛，低低地说道：

“凤小姐，你说这些话，那又何苦？要知道一个人在太平时做人和乱世做人显有不同，太平时做人，身子乃父母所有，乱世时做人，身子乃国家所有。常言道，死有重于泰山轻于鸿毛之差别。假使毫无意义、毫无价值而死，那不但得不到外界的同情，而且除了本身对不住国家之外，还要留给后世人唾骂。凤小姐，你是一个很有智慧而聪明的姑娘，还得请你三思而行才好。”

“那么……我还能够做一个清清白白的中国人吗？”

江上燕这番话是很有力量的，使珠凤顿开茅塞，她若有所悟地猛可回转身子来，向他急急地问。上燕听她这样说，又见她这份楚楚可怜的情景，他有些爱惜，遂握住了她的纤手，紧紧地摇撼了一阵，说道：

“凤小姐，你本来就是一个清清白白的中国人呀！只要你有勇气，你有坚毅的精神，正义的理智，你……还可以替祖国出一点儿力呀!”

“是的，爸爸和哥哥的事情，跟我本来就毫不相干，我没有做过伤天害理的事情，我没有得过为非作歹的钱财，我当然还是一个清白的人。但是……江先生会不会因我有这个可耻的家而看轻我呢?”

珠凤心中非常感动，她点了点头，秋波脉脉含情地向他逗了那么一瞥，红晕了粉颊低低地问。上燕微微地一笑，说道：

“假使我要看轻你的话，那么我也不会这样地跟你说了。”

“那么你是不是还能像过去一样地爱护我?”

“当然啦，我一定不改变我从前对你这一番心。只要你也能够和以前一样朴实和真挚，我相信，我们还可以站在一条阵线上工作的。”

江上燕见她那种求人乞怜的样子，自觉令人可爱又复可怜，遂点了点头，向她诚恳地回答。珠凤含了眼泪，也嫣然地笑了，她偎在上燕的怀内，柔顺得像一头驯服的绵羊，赧赧然地说道：

“真也奇怪，自从你离开故乡之后，我觉得偌大的一个故乡会像荒冢一样死沉和寂寞。不管在郧镇、在张家村里，我觉得找不到一个像你那样情投意合的人，我的心里老是觉得空洞洞的。现在你回来了，我又和你在一块儿了，不知怎么的，我在心里又感到了充实的安慰，好像已枯的草木逢到了春天来临似的温情，好像乌云四聚中显现了明月那么光明。江先生，从今以后，我们两人再不要分离吧!”

“凤小姐，我真有点儿不解了，你刚才对于我这次回故乡来不是感到一种可惜吗？怎么你此刻又叫我不要离开你呢？难道你叫我在这黑暗的环境中糊涂一辈子吗？”

江上燕听她竟然说出这两句话来，可见她的情感是冲动得太厉害的缘故，虽然在爱情上感到有些蜜甜，不过他在表面上却又故作不明白的神气，向她低低地问。珠凤被他问得非常难为情，她的颊上不期然地又是飞过了一朵桃花，抖动地说道：

“刚才我是为了一种正义的理智所克服，我觉得像你这么的一个人才，是不应该再回到暗无天日的故乡来。但此刻我是被一种浓烈的情感所冲动，我觉得我不能一日没有你，有了你在一起，我就什么都不怕。江先生，女子多少总有些私心的，只要我们不分开，我觉得这个世界便都是我俩所有的了。”

“凤小姐，我很感激你这些话，那么我假使这次再走的时候，为了你不能离开我，我问你，你是否愿意跟我走？”

珠凤到底是个软弱的姑娘，她始终在矛盾的心理之下，听了上燕这样地问，她那颗芳心又忐忑地乱跳起来，皱了眉毛，秋波凝视了他，低低地问道：

“江先生，你还预备走到什么地方去呢？”

“你瞧我妈又死了，既然你说这故乡是黑暗的，当然无事可做，难道叫我待在这儿等死吗？我想到上海做生意去。”

“是不是要我跟你一块儿去？”

江上燕因为心中有了一点儿顾忌，所以对珠凤说的在真话之中不免带了三分假。珠凤有点儿委决不下的神情，遂又这么地重问了一遍。上燕知道她又胆小起来，便微微地一笑，却俏皮地说道：

“我觉得你以上的话要如真从心眼儿上对我发出来的，那你当然会跟着我在一起，因为你不是一日不能没有我吗？况且，你再也不能失却这次踏上光明之路的机会。”

“是的，我完全没有假话，要如带了一点儿虚伪，我没有好死。”

珠凤觉得上燕说话很尖酸，她心中一急，眼泪忍不住又急出来了，红了脸，急急地发咒。江上燕忙把手向她嘴上一按，低低地说道：

“只要你对我确实有真心，何苦要说这些死活的话？那么你当然能够决心跟我一块儿走了？”

“不过……”珠凤的犹豫不决，正显出她是一个忠厚、柔弱、胆小的可怜女子。

“不过什么？难道你还舍不得这个黑暗卑鄙的家？”上燕有些讽刺的成分说。

“并不，因为……”珠凤自己也知道自己有些反复无常，但是她有她的痛苦。

“因为是舍不得你的好哥哥？”上燕并不放松地逼问。

“不，不，我和哥哥是冤家对头，他和我反对，我也和他合不来。”

“那么是为了舍不得你的爸爸了？”

珠凤被他问到这里，她没有什么再否认的表示了，一股子悲酸，眼泪就向上涌，但她还有点儿怕上燕，不敢抬头向他望，垂了粉脸，默不作答。江上燕忍不住轻轻地叹了一口气，他伸手抬起珠凤的下巴，温情地说道：

“当然，为人子女的应该要孝顺父母，这是谁都不能加以否认的。凤小姐，并不是我太自私，好像我自己心中有母亲，叫你心中就忘记了父亲。不过，在这里事情也有一个分别，我以为无论什么事情，应该权衡其轻重，假使你父亲是个爱国的长者，那你当然不能忍心离开他。现在他是做了汉奸，认贼作父，残害祖国，难道你一个聪明的姑娘就不知道有大义灭亲这一回事吗？”

“啊？你叫我杀我爸爸？”

珠凤的神经有些脆弱，她情不自禁吃惊地问。江上燕微微地一笑，并不作答是否，但他很正义的表情，徐徐地说道：

“世界上有三种人：一种是上贤，一种是中庸，一种是下愚。假使以上这每一种人的父兄干出叛逆祖国或不法的行为来，这三种人就有三个不同的举动。上贤者，他有正义的理智，他有果决的精神，为了国，可以忘了家。当然，他一定会干出‘大义灭亲’这四个字来，话虽这么地说，不过这到底不是一件容易的事情。至于中庸者，他必定抛弃这个家，认清了目标，向应该走的那条路上走，因为这样，既可忠于国，而又可尽于孝，对本身更可以不会连累，所以这是一件最妥当的办法。除了中庸之道外，就是下愚者了，因为他仗了父兄之势，狐假虎威，随心所欲地作恶作歹，可以享一时之威福，但经过了这一个时期，马上就要被正法服罪，永远遭了污点儿，臭名流传人间。你想，这是多么笨呀！所以，我对你的希望，不想叫你做上贤者，也不想要你做下愚者，只要你能保持中庸之道，我已经是很欢喜的了。凤小姐，事关你终身幸福，我不敢作哓哓多舌，一切还希你自己定夺吧。”

江上燕向她解释了这许多话，在无论是爱情上、友谊上，都可以说是至矣尽矣的了。珠凤不是一个真正愚笨的女子，她哪里会不明事理，这就扑向他的肩胛上，忍不住又呜咽地哭泣起来。上燕对于她这一哭，倒不免有点儿茫然，遂拍了拍她的肩胛，低低地问道：

“凤小姐，你怎么又哭起来了？”

“我被你实在感动得太厉害了。江先生，我决定了，你到东，我到东，你到西，我也到西，我就不管一切地跟着你走吧！”

珠凤这几句话听到上燕的耳里，自然十分欢喜和安慰，遂给她拭了眼泪，又温和地安慰了她几句。

这时，外面金鹭水、金大嫂、小玲子姑娘、秦四婆婆等都买了香烛锡箔来吊祭。上燕遂匆匆出外去答谢他们，叫小狗子、青郎、红郎招待众人。不多一会儿，时已中午，王跛子在厨下已开上饭菜。上燕在灵前拜祭一番，众人也一一拜过，金大嫂、小玲子、秦四婆婆等一班女的伏在灵前还呜呜咽咽地哭了一场。珠凤因心中有了种种不如意，所以哭得更加伤心。一时啼哭之声充满室中，悲惨之情令人心酸。青郎、红郎、小狗子等挥泪如雨，上燕当然是哽咽啜泣。哭了一会儿，大家收束眼泪，匆匆吃饭。等到下午三时光景，江老太便要入殓了，在入殓的时候，因为生离死别，从此再无见面之日，所以上燕和珠凤哭泣得愈为伤心。众人对于珠凤的哭大为赞叹，都说活像是个媳妇，老太太魂兮有知，当亦安慰九泉了。老太太的坟是早已做好的，而且就在附近，所以入殓完毕，即行安葬。等一切舒齐之后，时已入夜。秦四婆婆等都散去回家，这里珠凤、青郎、红郎、小狗子都回上燕家中来休息。不料这时候，镇上的邬寿因小姐整日未回，振雄大不放心，便叫邬寿来江家找寻了。

第二回

义结金兰　为救亡义无反顾

江上燕、珠凤、小狗子、青郎兄弟和王跛子送了江老太进穴安葬回来，天色已经黑了上来。因为大家经过了一番忙碌，而且兼之痛哭了一场之后，所以都觉得十分疲倦。在上燕的家中也忘了珠凤是住在镇上的，所以天色夜了，也忘记了催她回去。就是连珠凤自己的心里，也忘记了自己是该回镇上去的。不料正在这时，邬寿急急地奔进院子里来，他一路喊着小姐，一路跨进草堂。只见里面亮了一盏豆火般的油灯，在油灯光芒下瞧到众人都哭丧着脸。因为第一个瞥见了上燕，他不禁“啊”了一声，接着又瞥见到小姐，他更显出慌慌张张的神情，高声地叫道：

“啊！小姐，你……你怎么会这样糊涂呀！从早晨出外，一直到现在天色快黑下来了，还不回家里去？老爷是急得了不得，几乎敲着脚炉盖子要到满街去找寻了。我若这里再寻不着，老爷一定要报告司令部里去，总算天老爷保佑，被我在这里找到了。小姐，你快回去，快回去吧！”

“你这狗奴才，你对我敢这么的态度，你简直是忘记了你自己的身份了。我不是三岁小孩子，我会被什么人拐走吗？要你瞎起劲？”

邬寿再也想不到自己一番讨好的意思，却反而挨了小姐一顿大骂，一时把脸涨得血喷猪头似的，跳了跳脚，又急急地辩白道：

“小姐，你……你看我奔得满头大汗，人家肚肠也几乎奔断了，谁知道你还说得那么笃定泰山的。难道你不知道皇军老爷的脾气吗？他们见了女人色眯眯，倘然动手动脚地动起来，你小姐是个娇娇滴滴的身体，你吃得消他们的侮辱吗？唉！小姐，你也太不知道好歹了！”

“好，好，你这奴才！你的胆子可不小，你竟敢向我教训起来吗？我打你这个无耻的东西，你满嘴里还在胡嚼点儿什么屁话？”

珠凤听邬寿这样地说，觉得在他的话中至少包含了一点儿轻薄的意思，一时心中痛恨极了，她猛可地奔上去，撩起手来，啪的一声，就很干脆地量了他一记耳光。邬寿被打，真是有苦说不出，手按住了面颊，怔怔地愕住了。珠凤却还不肯罢休，连说：“奴才欺侮我，我若见了爸爸，不把你抽筋剥皮地痛打一顿，誓不为人。”邬寿听小姐这样说，急得屁尿直滚，连忙趴在地上，叩头不已，苦苦哀求道：

“小姐，你千万不要恼怒，千错万错，是我邬寿的错。但奴才纵然有什么错处，大人不记小人之过，要打要骂，小人绝无怨言，只是不能告诉老爷，那么小姐就是奴才的重生父母了。”

“贵管家，你请起来吧。事情是这样的，因为我母亲在昨天晚上死了，今天入殓安葬。你们小姐刚巧今天到来，故而帮了一整天忙。大家糊里糊涂的，也忘记你们小姐是住在镇上的了，害得你家老爷心中放不下，差人四处乱找，说来都是我们不好，所以我的心里殊觉抱歉，请你回家向你们老爷代为说一声吧。”

邬寿跪在地上苦苦地哀求，珠凤别转了身子，却是理也不理他。上燕觉得这样子那就未免叫邬寿弄得没有了落场势，所以走了上来，一面叫他起来，一面又向他婉和地解释原因。邬寿趁势连忙站起身子，向上燕望了一眼，含笑叫道：

“你这位莫非就是江上燕少爷吗？记得两年前，你曾经到镇上来过一次，一忽儿不觉两年了。唉，可惜得很，原来老太太昨夜仙逝了吗？这就无怪小姐要在这里帮一整天的忙了。其实这是应该的事，江少爷何必这样客气呢？好在不知者不罪，请江少爷原谅小子才好。”

“哪里哪里，我说贵管家原没什么错处，况且累你跑来跑去地奔波，真是非常辛苦。王跛子、王跛子，你快倒杯茶来，让邬寿老人家息息力吧。”

邬寿是个很会鉴貌辨色的狡猾刁奴，他知道小姐和江少爷一向是很要好的，所以他竭力地奉承上燕，就是使小姐可以减少对自己的生气。江上燕也是一个聪明人，他不愿跟小人结怨，所以含了满面的微笑，表示殷殷招待的意思。邬寿想不到上燕对自己这般客气，因此连说不敢当。珠凤也是一个刁钻的姑娘，她不待邬寿喝茶，就向邬寿娇声斥道：

“你到院子外去等着我，我马上就出来跟你回家去。”

“是是是。”

邬寿低了头，连说了三个“是”字，便悄悄地向后退出去了。江上燕望着珠凤的粉脸，似乎还有薄怒娇嗔的神气，遂对她微微地笑道：

“凤小姐，今天确实是很累苦了你，你也应该早点儿回家去休息了。本当留你便饭，现在我就不和你闹客气了。”

“本来嘛，你还和我闹客气?”

珠凤一撩眼皮，逗了他一个媚眼，一面微笑着说，一面已向院子里走。江上燕从后面送她出来，站在院子中心，珠凤不见小狗子、青郎等众人跟在后面，遂回身握住了上燕的手，温情蜜意地说道：

“江先生，生老病死，这是每一个人必经的途程，况且人生五十非为夭，今老太太年将花甲，其寿也不能说不长，既已骑鹤西归，固非人力所能挽回。虽云母子情深，其悲痛自不必言，但死者已矣，还希顺变节哀，擅自珍摄贵体，使老太太在天之灵，亦能稍慰胸怀也。”

“承蒙你殷殷关切，热爱之情，我是感铭肺腑的，但刚才我对你说的话，也希望你不要忘记才好。”

珠凤频频点头，尚欲有所语，忽听院子外邬寿又在高声叫道：

“小姐，天色越弄越黑下来了，这里离开镇上也有十多里路程，再迟些，恐怕路上很不方便吧!”

“凤小姐，那么再见了。”

“邬先生，你路上走好，我们不送你了。”

随了江上燕这句话，只见小狗子、青郎、红郎从草堂里钻出身子来，三个人齐口同声地说。从而可知他们躲在里面偷窥着上燕和珠凤的行动，幸亏两人还并没有说出比较亲热的话。珠凤有点儿难为情，遂向他们一招手，说声再见，便匆匆地奔出院子外去了。待上燕赶着出来，见珠凤和邬寿的身影已在暮色苍茫的空气中而模糊细小，而终于消失了。他轻轻地叹了一口气，方才回身进内。这时，王跛子又在老太太灵前上了晚饭，由上燕拜祭过了。想起从前，朝夕与母亲见面，现在是只剩了三尺新碑，一盅麦饭，欲呼娘亲，不知何处，痛定思痛，泪又如雨。青郎在旁边竭力安慰道：

“校长先生，人死不能复生，还希顺变节哀，你不是已经答应过邬先生了，怎么忽儿又伤心起来了呢?”

“不错，校长先生，我们应该以国事为前提。我记得老太太在日，她一听鬼子兵杀进村来，虽然病在床褥，但她却穿舒齐了袄裙，挣扎起床，说鬼子兵进村后倘有残酷的行为，她老人家便先投井自寻，以免侮辱。可见她身为中华民国之国民，绝不甘心遭倭奴之残杀，而情愿殉难以保持清白。老太太既然爱国若是，故校长先生更应努力国事，以慰老太太在天之灵才是。”

红郎听哥哥这样劝慰上燕，遂在旁边也插嘴劝解。上燕点了点头，把手擦干了眼泪，若有所悟的神气，大声地说道：

“你们兄弟两人的话说得对极了，从今以后，我绝不再流一点儿眼泪，以眼泪来纪念母亲，这到底是件可耻的举动。我将用我的血肉，来干些为国效劳的工作，那么使泉下的母亲也能够含笑瞑目了。”

“对，对，校长先生，这些话真是对极了。现在这个世界，好像眼泪是不值一文钱了，我们何必要哭呢？因为哭是弱者的表示，我们应该等待机会，替老太太报仇雪恨。因为我认为老太太的死，至少是死在马老二谎报凶信的手里。你们说，我这话可不是？”

小狗子很兴奋地回答，他说到后面，对于马老二的可恶，大有恨不得把他咬几口的意思。青郎皱了眉尖，沉吟了一会儿，说道：

“我们第一要调查这指使的凶犯是哪一个。因为马老二和校长本无冤无仇，他无非做人家的走狗，被人家利用罢了。”

“指使的人不用猜想，我可以肯定地说，当然是珠凤的哥哥耀宗这个小子，他和我好像七世冤仇，处处地方都和我作对，这在两年前就是这个样子了。我为了凤小姐的缘故，一切总是忍耐着，不过他要如对我再这样地下去，这似乎在逼着我和他要算一下子总账了。”

江上燕严肃了脸，咬着牙齿，握紧了拳头，他的心中也是因为恨极了的缘故，所以愤愤地说。这时，王跛子开上晚饭，四个人挨次地坐下，一面吃饭，一面便谈起国事来。小狗子第一个先开口说道：

“为了老太太的归天，料理着一切的后事，我们没有空闲工夫来问问校长先生外面的局势，不知究竟是弄得怎个模样了？”

“说起现在的局势，唉，真是一言难尽。哎哎，小狗子，你以后不要叫我校长先生，我现在又不开学校了，这称呼是已经成为过去了。你们干脆地就叫我名字吧。”

江上燕深长地叹了一口气，表示无限心痛的样子，忽然他想到了似的，又“哎”了两声，向小狗子低低地劝阻。青郎不待小狗子说话，就接口说道：

“叫名字这打从哪里说起？我出个主意，还是叫江少爷吧。”

“不行不行，什么少爷老爷？我最恨的就是这些阶级制度的称呼。”

“那么我想还是叫江先生吧，这是最普通的称呼了。”

“‘先生’两字也不很妥当，这样吧，我觉得我们四人倒像同胞手足，算我虚长了你们几位几岁年纪，你们就叫我一声大哥，这是所谓‘四海之内皆兄弟’的一句话，不知各位意下如何?”

“承蒙校长先生看得起，那还有什么话说，不过我们太不够资格了。”

青郎听上燕这样说，似乎感到意外的惊喜，便笑起来回答。上燕连说没有关系，你们要闹客气，这就是看不起我。三个人这就呆住了，连忙站起身子，恭恭敬敬地向上燕行了三鞠躬，而且口里还呼着大哥。上燕十分欢喜，按年龄而派，青郎该是老二，红郎老三，小狗子最小，挨了老四。江上燕心中一高兴，遂叫王跛子弄点儿酒来，让大家痛饮几杯。在喝下了两杯酒后，青郎又开口问道：

“大哥，你不是从汉口回来吗? 汉口那边到底有没有鬼子兵呀?”

“汉口那边还是我们军队的地方，要如那边也有了鬼子兵，这还当了得。”

“不错，我想日本人是个小小三岛的国度，他们到底有多少的本领? 难道我们大中国竟会打不过他们吗?”

小狗子听江上燕这样说，遂点了点头，表示十分不服气的样子回答。红郎比较时常喜欢到外面去活动活动，所以他的消息也灵通一点儿，便插嘴说道：

“可是说来有点儿心痛，镇上我听有人在说，南京都给他们抢去了，这消息不知究竟确不确实?”

“是的，南京确实已经丢了。”

江上燕的脸上是呈现了惨淡的颜色，他点了点头，颓伤地显然是话声包含了无限凄凉的成分。青郎等三个人不约而同地把手中酒杯沉重地放到桌上，“啊呀”了一声，重复地问道：

“南京真的丢了?”

“丢了，这还有假的吗？不过南京尽管丢了，我们还是要打下去。无论什么事情，只要有坚毅的精神，沉着应战到底，那么我相信一定还有最后胜利的希望。有许多人以为我们打了这许多日子的仗，丢了这么多的地方，与其是节节败退，那倒还不如早点儿讲了和，可以保得住这半壁江山。假使真的实行这个主意，我且不先说别处，单拿郧镇张家村来说，恐怕我们就一辈子做东洋鬼的奴隶了。不但是我们，就是我们的子子孙孙、世世代代都要过着活地狱的非人生活。所以说这种言语的人，简直是毫无知识，而且是丧失心肝，好像没有灵魂的木偶差不多了。”

但江上燕见了他们颓伤的精神，他立刻又振奋起来，用了很忠诚而勇敢的口吻，向大家激昂地鼓励，表示一点儿也不用忧愁的意思。青郎点了点头，表示很相信而且很有把握的样子说道：

“大哥这话很有道理，这样子打下去，日本兵尽管打进中国里面来，他们国家小，到中国来的兵，只有死，没有活，要想生还，很少希望。好在我们中国就是人多，只要多打几年仗，还不把他们的人数都要打完了吗？所以我们尽管和他们拖下去，总有一天会叫他们拖得喊救命，情愿自动地不要打了。”

“嗯，对了，青郎，我觉得你在这两年的日子中真是进步了不少。”

“不过就怕日本人动脑筋动到我们中国人的头上来。大哥，你还没知道有这一个消息，听说他们要挨家挨户地抽壮丁，抽了壮丁，把我们训练了再去打中国人。你想，这计策不是太狠毒了吗？”

红郎的腹内也有一点儿货色，他觉得日本人就怕他没有这样呆笨，遂把这个消息告诉了上燕，表示事情当然没有这样简单。江上燕皱了眉尖，沉吟了一会儿，很感慨而又沉痛地说道：

“所以我说，组织维持会的人就简直是杀不可赦的，假使没有什么维持会的话，日本人自己就根本没有闲工夫来办理这一件事。不过这消息虽然传了出来，但据我看来，能够实现不实现，这似乎还是一个问题。”

“大哥，你这话是怎么解释的？我真有些听不懂。”

小狗子在旁边听了这话，有点儿不大明白地问。江上燕喝了一口酒，夹了一筷子菜吃，然后慢慢地说道：

“抽壮丁不过是一句话，抽来的壮丁，也不是立刻就可以打仗的。再说这一班被抽的壮丁到底不是死人，难道连好歹都会不分了吗？万一把这班训练好的壮丁开到了前线，大家人心一变，掉转枪头，那也说不定的事情。所以，矮子也不是糊涂人，他们一时之间还不至于实行到这个政策。要等他们国内的兵力打得差不多了，才会实行这个绝法子呢。”

“大哥这话虽然有理，不过我们总不能等着他们到来抽我们的时候再想躲避的法子，在未抽之前，我们不是应该有所准备吗？”

红郎迫不及待地问，他的血液因酒的关系，已经有些沸腾。江上燕暗暗地点了一下子头，他心中虽然是很欢喜，不过表面上还故作为难的样子说道：

“预先准备也没有用，再说用什么方法来准备好呢？”

“大哥，你……”

三人对于上燕这两句话不免都有些感到失望，大家都不约而同地叫了一声大哥，却又愣住了。小狗子很快地站起，他把草堂的门关上了，又坐到桌边，方才低低地问道：

“大哥，你离开故乡的时候，你不是说上黄埔军官学校里去吗？那么在这两年的日子中，难道你一点儿本领都没有学会吗？我们朝等你回来，晚等你回来，就是要你来给我们想个办法，大家可以不受日本鬼的亏，你……你……怎么还来问我们方法呢？”

“小狗子，你这人岂有此理，对大哥说话不能太没有礼貌呀！”

青郎听小狗子对上燕说得简直是包含了责问的口气，一时便向他瞪了一眼，大有恼怒的意思。江上燕连连地摇手，微微地一笑，说道：

“青郎，你别埋怨他，我觉得小狗子问得相当有理，不过我并非绝对没有一个办法，这是要看你们有没有这个胆量。”

“哪怕是出生入死，赴汤蹈火，只要大哥吩咐一句，我小狗子万死不辞。”

小狗子一听这话，知道上燕也许是故意试试我们有没有爱国思想的意思，这就跳起身子来，拍了拍胸脯，表示那份的忠勇。江上燕笑道：

“小狗子，你别忙啦，我说你安静一点儿，可是还改不了以前那样急躁的脾气。”

“大哥，不过我们受了鬼子兵的欺侮，实在已经有些忍熬不住了。可怜我已眼看着李大哥和曹麻皮活活地被鬼子兵打死，李大娘死得更惨，鬼子兵不把我们当作人类看待，他们把我们当作畜生都不如，所以我们情愿死得痛快一点儿，再也不愿给鬼子兵当作牛羊一般地宰割了。只要大哥做我们领导，我们拼了性命，什么都干。”

青郎这会子倒又代为小狗子解释急躁的原因，他向江上燕是包含了苦求的成分。江上燕很兴奋地笑了起来，向三个人望了一眼，说道：

“我不相信，你们从前都是安分守己的老实人，看见田主人凶了一点儿就感到吓丝丝的害怕，难道两年不见你们，你们真的连死都不怕了吗？”

“谁还骗大哥？我们要如怕死的话，嘿嘿，也不会把东洋鬼杀了两个……”

红郎被江上燕一激，他便情不自禁地说出这两句话来。青郎和小狗子听了，都不觉眉飞色舞地显出得意的样子，同声笑道：

“对啦，对啦！其实东洋鬼根本没有什么屁用，白刀子进红刀子出，比杀一头猪还容易。他妈的，只要人心齐，不怕死，东洋鬼若打不退，我就不姓萧。”

“哎，你们在说些什么？”

江上燕一时倒茫无头绪起来，遂向他们三个人怔怔地愣住了问。小狗子第一起劲的神情四面张望了一下，方才低低地说道：

“大哥，你不知道，小丘山脚下杀死两个鬼子兵，这就是我们三个人干的。”

“什么？是你们三人干的？没有说谎？”

“这可不是开玩笑的事，我们怎么敢说谎呢？真的，而且我们还救了两个爱国志士。”

青郎见上燕似有不信之意，遂显出一本正经的态度，向他认真地告诉。江上燕把手在桌上一击，“嘿”了一声，出乎意料似的笑道：

“想不到你们三人有这样的胆量，佩服！佩服！”

“大哥，你别这么地说，倒叫我们有点儿不好意思。”

“那么你们有了怎样的动机，才干出这一件事情来呢？”

“就是为了李大娘被传到镇上司令部里去，红郎时常到镇上去打听消息。这天回来，说李大娘死了，不过她真有烈心，一个换一个，并不蚀本。但又得了一个消息，说镇上捉到了两个爱国志士，明天一早要解送到县里去，从镇到县，小丘山是必经的路途。所以我们要救两个爱国志士，而且又想给李大娘报仇，于是就各藏了杀牛的刀，去完成了这一件痛快的事情。”

青郎滔滔不绝地向上燕告诉，因为这是一件痛快的事，所以神态是非常惬意。上燕一面连连点头，一面又含笑问杀死鬼子兵的经过情形。红郎、小狗子听了，大家都抢着告诉，你一句我一句，绘声绘色，真够劲儿的。江上燕听他们说到肚子饿瘪的时候，倒忍不住哈哈地笑了一阵，把大拇指一竖，向三人笑道：

“从这一点子看来，可见我们中华民族的人民是有魂灵和血肉的，你们真不愧是个民族英雄。来来来，我给你们敬一杯！”

“这可有点儿不敢当吧！”

三人见上燕举起杯子，那种兴奋的神情，大家迟疑地都表示有点儿不好意思。上燕连连地相催，三人才一饮而干，略欠了身子，表示谢谢。上燕又含笑问道：

“不知道这两个爱国志士是哪一部分的工作人员？你们可曾请教过他们的姓名？”

“一个叫刘思勉，一个叫吴忠诚，他们是中央方面的间谍。干哪一部分工作，他们自然不肯告诉我们，不过他们愿意跟我们合作，叫我们到处去暗暗宣传，能够把一班身强力壮的青年去多拉拢些人数来，他会帮助我们组织游击队。”

上燕听青郎这样地告诉，方才有些恍然，暗想：原来他们已经有了联络的人，这就无怪他们思想益发进步了。遂点头说道：

“嗯，这样很好，你们既然已经有了这个计划，为什么还要我来给你们想法子呢？”

“啊，大哥，不是这样地说，我们跑来跑去地做点儿事情那不算怎么稀奇，但我们需要的是个领导。虽然刘、吴两位同志会帮我们的忙，但是他们有点儿神出鬼没，假使有什么困难，到哪里去找他们呢？所以我们的意思，要大哥给我们做个头脑，我们跟在你身后干事，哪怕刀斧架在颈上，我们也得硬拼一下子。”

小狗子此刻喝了几杯酒，好像浑身都是胆量，他那种说话的表情就有点儿生死置之度外的样子。江上燕微微地一笑，方才向大家告诉道：

“不瞒你们说，这次我回到故乡来，原是负了重大的使命。我先到宜兴的山里，那里有我们江南地方自卫军总司令部，司令是我黄埔军校的长官，我和他们接洽好了，才动身回家的。上面不成问题，只要下面组织有方，司令肯源源地接济我们，所以你们假使有了相当眉目，我就可以向上面去报告，领枪械下来成立正式游击支队。起初我还有点儿忧愁，怕你们还没有这样进步，现在我知道你们早已有了相当的基础，那就省却我许多的麻烦和心血了。”

“好极了，好极了，那么我们从此有了领导，一切进行事务，好像胆子会放大了不少。菜要趁热吃的，事情要趁快干的，那么我们不要喝酒了，快吃完了饭，分头再去进行工作。”

青郎、红郎一齐很欢喜地说，上燕赞成说好，于是大家停杯不饮，匆匆地吃完了饭，大家也不需要洗面，把嘴抹了一抹，就预备走的神气。江上燕又叫住了他们，低低地吩咐道：

“三位兄弟，你们做事，千万要小心才好。不要以为你们的责任好像都在我的身上。其实干部人员的工作不但繁重，而且重要性甚至有关于整个事情的计划。所以你们要胆大心细，切不可太鲁莽，万一事情还没有成功，而已经传到日本人的耳朵里，那就可糟了。”

“是的是的，我们全都记得。”

“大哥，你昨夜没有合过眼，今晚该早点儿睡吧。”

“大哥，我们明天见。”

青郎等三人各自说了一句，便匆匆地走了。江上燕便叫王跛子去关上了院子的门，他取出日记簿来，又拿了一支钢笔，不知在上面记下了一些什么字。就在这时，王跛子由院子外颓然地进来，他皱了两条眉尖，向上燕望了一会儿，低低地叫了一声“少爷”，上燕自管写字，随口地回答道：

“王跛子，你把筷碗收拾了，也好吃晚饭去了。”

“是，少爷。”

“干吗？你有什么话对我说吗？”

江上燕见王跛子应了一声，却并不走开，还依然向自己叫着，好像欲语还停的样子，这就抬起头来，望着他满显皱纹苍黄的脸，奇怪地问。王跛子小心翼翼的，他低低地问道：

“少爷，你真预备……跟他们……”

“怎么啦？王跛子，你说话干吗吞吞吐吐的？我想你忙了一整天，累了吧，你去吃了饭，休息休息吧。”

“不，少爷，我倒一点儿都不累。我想，我想老太太是过世了……”

王跛子要开口说话，但又不敢。瞧在上燕的眼里，他有些不放在心上似的，一面说，一面自管地又低头在日记簿里写字。但此刻又听王跛子这样地说，遂把日记簿藏入怀内，抬头望着他，反问道：

“是的，我妈死了，怎么样？”

“唉！老太爷死得还要早，那时候你少爷的年纪还很小。现在……江家就只剩了你少爷这一点儿骨血了，所以我劝少爷还是别干这么太冒危险的事情了吧。”

江上燕听他说这几句话的声音，是颤抖得厉害，几乎有了哽咽的成分，一时感到他年纪衰老得可怜，便沉默了一会儿，方才微微地问道：

“王跛子，是不是你担心我会死在东洋鬼的手里？”

“不，不，我倒没有想到这样不愿想的事情上去。我说你为了江家门中只有你这一支香烟，你还是别干吧。”

“王跛子，你这话就显见得有些矛盾。”

“是吗？我心中也这样奇怪着，不知为什么缘故，我要有这样矛盾的思想呢？”

“其实我倒很明白你的缘故。王跛子，你大概还不明白现在这个年头儿究竟是什么世界，我告诉你，中国已经到了最危险的关头了，假使再不起来图个最后的挣扎，恐怕我们就永远没有翻身的日子了。不是像你，已经活到六十多岁了，受苦也受不到几年了。但是，你不要太自私，你要替世世代代的中华民族的子孙做打算。最后我告诉你，我这个身子不是什么江家门中的专有品，我的身子已完全是贡献给祖国了。王跛子，我很感激你，不过你不必为我担心，假使你怕吃不起这个苦，我心中明白，我给你点儿钱，你自己找个安全的去处吧。”

王跛子听少爷这样说，心中一阵悲酸，那两行眼泪就扑簌簌地直滚落下来，他颤抖了声音说道：

“不，少爷，你不要误会了我的意思，我并不是为了我自己而感到忧愁和害怕，我实在是为了你。但是我听了少爷的话，我知道了，我明白了，少爷是个英雄，我陈旧的思想阻挡不了你。少爷，说到我自己，我快老了，我快进坟墓了，我还怕什么呢……”

“是的，你这样老了，尚且不怕，那何况是我们年轻力壮的呢?”

江上燕见他悲伤的样子，心中有些不忍，因为王跛子实是个忠心的老家人，所以不待他再说下去，就用了温情的口吻插嘴回答。王跛子似乎还没有说完他心中要说的话，遂又低低地说道：

“少爷，我的心中是早已打定好了，只要我还有一口气，我总跟在你的身旁，我吃得起苦，我也挨得了饿。想我在江家已过了这么许多的年头儿，我怎么就能忍心离开少爷?你尽管放心，我老虽老，但我手里还有几十斤的气力，枪放不来，搬搬东西，服侍服侍你，我还能够做吧。少爷，你不要生气，就让我永远地跟着你吧。”

“不，我并没有生气。王跛子，我很需要你，只要你不怕苦。”

“不怕，我死都不怕，我还怕苦?”

“很好，那么你别在这里和我多说话，我要静一静脑，你到厨下吃饭去吧。”

“知道，少爷，你早点儿到房内休息去吧，唉!”

江上燕点了点头，因为一夜未睡，真的觉得十分疲倦，伸手在嘴上按着打了一个呵欠，便自管步入卧房里去了。

一宵无话，到了次日，江上燕正在房里暗自计划着所要进行的工作，忽听王跛子在外面叫道：

“少爷，邬珠凤小姐差人送信来了。”

江上燕一听珠凤有信给自己，因为彼此已经相聚在一起了，有什么话不可以面谈，偏偏写了一封信来，从这一点子猜想，可见事情就显得有些花样了。上燕在这么沉思之下，他那颗心也不期然地会忐忑地跳跃起来了。

第三回

激昂慷慨　英雄偏逃美人关

珠凤由邬寿一路陪伴着回家。这时，邬振雄等候在家里，急得像热锅上的蚂蚁一样，在室中来回团团地踱圈子，一见珠凤回来了，心头这才落下了一块大石。不过他皱了两条稀疏的眉毛，用了埋怨的口吻向珠凤说道：

"唉！珠凤，你这孩子怎么会糊涂得这个样子？整整地走出了一整天，难道你就不想回家来了吗？这个年头儿可比不了太平日子，你在外面不回来，叫爸爸心中是多么焦急哪！邬寿，你把小姐在什么地方找回来的？"

"哦，老爷，在江老太家里找到的，江上燕已经回到家里了。"

邬寿听振雄这样问自己，也就趁此机会地告诉。振雄一听上燕真的回来了，不知怎么的，心头倒是跳了一跳，遂向珠凤埋怨道：

"珠凤，我屡次问你江上燕的消息，你总是推说不知道。原来上燕早已回家来了，那你为什么要瞒着我呢？我真觉得有些不懂了。"

"爸爸，你老人家也不要糊里糊涂地就来埋怨人家，事情也得先问一问清楚才是。根本我也还只有今天才知道。至于我在他家去了一整日，那当然也有一个缘故。因为江老太已经在昨晚死了，我既然已经到了人家那儿，我能袖手旁观不帮着人家一同料理料理后事吗？我也真不明白爸爸到底疼我还是恨我，你就不该差这样刁恶的奴才以鸡毛当令箭般地来欺侮我。"

珠凤一面告诉，一面十分地怨恨，说完了这儿句话，她便忍不住哭了起来，同时别转身子，向房内匆匆地奔进去了。振雄被女儿一哭，倒又爱怜她受了委屈，便向邬寿瞪了一眼，大喝道：

“你这该死的奴才，我叫你去找寻小姐，可是我并没有叫你去欺侮小姐呀！你怎么样委屈了她？快对我老实地告诉。否则，我就送你到司令部去，要了你的狗命。”

“啊！老爷，你千万不能听了一面之词来冤枉我呀！我这奴才长了几颗脑袋敢欺侮小姐呢？小姐她自己心中不如意，在我身上已打了两个耳刮子。老爷，你……你……就仔细想一想吧！”

邬寿想不到自己巴巴结结地费了很多的工夫和气力把小姐找了回来，满以为在老爷那儿可以讨一点儿好处，谁知被小姐这么轻轻地说了一句，老爷就要把自己送到司令部里去重办，这真是没苦吃讨苦吃，一时又急又恨，早已跪在地上，连连地叩头，同时还苦苦地哀求，无非是希望老爷明鉴之意。振雄听他这样说，仔细想了一想，也觉得邬寿断断没有这个胆量敢欺侮小姐的，于是叫他起来，又向他细细地问道：

“你真的看见了江上燕这个人吗？那么江老太是不是真的死了呢？”

“江上燕的确回来了，他家里帮忙的人很多，江老太恐怕是真的死了。”

振雄点点头，他伸手摸着自己人中上留着花白的胡须，一面又向他挥了挥手，是叫他出去的意思，一面却来回地踱着方步，一会儿抓着头皮，一会儿望着天花板吸烟，似乎呆呆地若有所思的样子。经过了好一会儿的沉思，他便悄悄地走到女儿的卧房来。只见珠凤躺在床上想心事，丫头柳五儿在灯下做活针，见了老爷进来，连忙起身相迎，叫了一声老爷，还送上了一杯茶。振雄在桌旁坐下，望了珠凤一眼，低低地说道：

“珠凤，这奴才已被我大骂了一顿，你不要生气了，回头快要吃晚饭了，你吃过了晚饭再躺吧。”

“不，我有些头痛，吃不下饭，还是让我早点儿休息的好。”

珠凤在江老太灵前哭了一整天，此刻躺在床上，确实有些头昏脑涨，所以摇摇头，低声地回答。振雄微微地叹了一口气，望着她的粉脸说道：

“你在江家哭得很厉害吧？唉，你是一个娇弱的身子，自己也应该要保重点儿才好。哎，珠凤，江上燕回来了，我心里觉得非常欢喜。”

“爸爸，你欢喜什么呢？”

振雄那种喜滋滋很高兴的神气，叫珠凤感到有些奇怪，这就在床栏上靠起身子，秋波斜乜了他一眼低低地问。振雄兀是得意地说道：

“江上燕这孩子我向来就欢喜他，第一人生得英俊，完全有大丈夫的气概；第二学问好不要说，而且做事能干。这样好的人才，在张家村，不，在郐镇也找不到第二个的。珠凤，你觉得他的人才怎么样呢？”

“我年纪轻，不知道好坏，所以不敢瞎批评人家。”

珠凤也不知道爸爸是什么作用，却在自己面前竭力称赞上燕，而且还向自己探问。她是一个很聪明的姑娘，所以回答的话也是不着边际的。振雄以为女儿害羞，便笑了起来，说道：

“在自己爸爸面前说说没有关系，难道你还怕难为情不成？”

“谁怕难为情？”

珠凤口中虽然这么地回答，但她粉颊上已飞起了一朵娇艳的桃花，这媚人的意态，却真的已经有了三分羞意了。振雄笑了一笑，呷了一口茶，然后又低低地说道：

“你们在学校里从前是同事，我知道你们的感情很不错，所以我的意思，最好明天你写封信叫人送去，请他到我家里来谈谈，假使他心中喜欢的话，我的意思倒有玉成你们一对美满的姻缘。珠凤，你到底有没有爱他的真心呢?”

“老爷，小姐也许和江少爷很有一点儿意思，但少爷对江少爷却像七世冤家似的，那也不是一回事呀!”

振雄是老奸巨猾，他先用一种甜蜜的果汁似的话去打动女儿的心，然后慢慢地达到他所需要的目的。珠凤想不到爸爸会对自己说出这个话来，一时心头别别地跳动了一下，不过自己一个女孩儿家，总不好意思直接地答复爸爸，所以低了头，兀是默不作答。站在旁边的柳五儿却插嘴轻声地说。邬振雄听了，连忙说道：

“小姐的婚姻大事，当然由我老爷做主，这和少爷有什么相干?只要我答应，少爷敢放一声屁吗?珠凤，你不要怕难为情，你应该对爸爸老实地说。要知道爸爸只养你一个女儿，我把你视作掌上明珠一样，我爱你比爱我自己这条老命更要深刻一点儿。孩子，你爸爸已经是个六十多岁的人了，平日没有别的希望，因为你哥哥已经娶了妻子，那么剩下的这一桩心事当然就是你嫁夫婿了。我的意思，最好你跟夫婿永远伴在我的身旁，其实这也并不是久长的日子。我六十多岁活着了，总不见得再有六十多岁好活，只要等我眼一闭，你们飞到东也好，奔到西也好，反正我是没有知觉地已经脱离世界了，不过在我没有断气之前，总希望给我一点儿安慰。珠凤，你只要能够劝上燕也跟在我的身边，让人家知道我有这么一个能干的好女婿，那么我就是死了也瞑目的了。”

珠凤听父亲这样说，一时心头又被父女的情感所迷糊了，觉得父亲这话也说得很是，他现在是六十多岁了，难道还有六十多岁好活吗?那么我何不再把这一番苦心向上燕解释呢?倘然能够得到他的同情，那么我们就可以不受一点儿阻碍地堂而皇之结婚了。因为爸爸做的主意，哥哥纵然心中反对，恐怕他嘴上也不敢放一声屁。珠凤这么一想，她便从床上坐起身子，赧赧然地说道：

“爸爸，我信只管给你写，至于他来不来，我可不负责的。”

“那当然，只要你有信写去，照我猜测，十成之中倒有八成他是会来的。珠凤，你此刻肯大笔一挥的话，那么就劳你的神了。”

振雄见女儿会从床上坐起来，心中就知道她有马上写信的意思，可见女儿对上燕的痴爱是到了怎一份样的程度。既然女儿的心已飞到上燕的身上，那么做父亲的也就乐得放一个交情玉成了她。一方面使女儿可以没有向外的野心，一方面还可以使上燕给我做一个帮手，这也未始不是一个美人计。振雄在这样计划之下，所以含了满面的笑容，对女儿说得特别客气。珠凤因为刚才自己还在说很疲倦需要休息，假使此刻为了写一封信给心爱的人就毫不吃力地动手写了，那到底是太不好意思。所以，对于爸爸这后面两句话包含了恳求成分的话感到很高兴，方才点了点头，表示很有一股子孝心的意思，走到桌旁来坐下写信了。

珠凤写信的时候，振雄是很得意地坐在旁边，他口里吸着雪茄，心内只管想着心事。江上燕这家伙虽然是个激烈分子，不过有我珠凤向他温情蜜意地一迷恋，哼！英雄难逃美人关，还怕他不答应下来吗？假使他在我手下帮了忙，镇上就可以开设教授日本文的学校，山村队长心中一欢喜，那不是我的功劳吗？振雄在这么呆想之下，珠凤把信写好，交给振雄看了一遍，振雄连说：“很好！”珠凤又写了信封，把信笺放入信封内。振雄说：“今天来不及，明天一早叫人送去。”一面又向珠凤说道：

“江上燕明天来了，你要好好儿地劝导他。好在你哥哥今天下午上城里陪伴你的嫂子去了，说不定明天不会回来，你哥哥不在这里，那事情就觉得好办了许多。只要江上燕肯留在我的身边，那件婚姻就不成问题。我们说定之后，就是你哥哥回来知道，也就无可奈何的了。珠凤，其实江上燕的妈又死了，他的身世也很可怜，有你陪伴他在这里享福，其实这也是一件求之不得的事情。你只要向他说得委婉多情一点儿，我想他到底不是鲁男子，难道会不拜倒在你的旗袍角下吗？”

“这也难说，他肯答应，当然顶好，要如不答应，我也没有办法。”

珠凤红了粉脸低低地回答。正在这时，仆妇来报告，外面开了晚饭，请老爷、小姐到外面用饭去了。

第二天早晨，振雄叫人把这封信送到江上燕的家里，由王跛子把信交到上燕的手里。当时上燕接了这封信，心头倒不免别别地乱跳，暗想：珠凤怎么会写信给我？难道又闹出了什么新鲜花样精来了吗？当下把信急急地拆开，抽出信笺，展开来念道：

上燕先生青及：

唉！老天真也太残酷了，你刚回家来，你的妈便抛下了你向另一个世界走了，使你心中感到泣血的悲痛，留下了终身的遗恨。这在母子情深，那当然是人皆难免，所以我是非常同情，也不禁为你痛哭一场。不过死者已矣，绝非人力所能挽回，还希望你顺变节哀，保重身体为要。否则，伯母大人在天之灵，恐怕也要很不安心了。

昨天我回到家里，因为身疲力倦，略有不适，致不能起床，本当今日再来慰问，现在恐怕不能如愿了。刚才爸爸和我谈起了你，他很敬佩你的人才，所以希望你到舍间来谈谈，假使承蒙你答应驾临，那就使我十分感激你了。不多说了，祝你健康！

邬珠凤敬上

十月三日

江上燕念完了这一封信，不由呆呆地愕住了一会儿，心中暗想：珠凤的爸爸叫我去谈谈，谈些什么事情呢？这里就觉得很有研究的必要。这时，王跛子在旁边见少爷出神的样子，遂忍不住低低地问道：

“少爷，是哪一个写来的？”

“是凤小姐写给我的，她叫我到她家中去一次，因为她的爸爸很敬佩我，说要和我谈谈，我正在考虑去还是不去呢。”

“少爷，这信上的字你可认得出是凤小姐写的吗？”

“我认得出来的，完全是凤小姐写的。她说昨天在这里辛苦了一整日，她还有些不舒服呢。”

王跛子听少爷这样说，同时见他的表情至少还有点儿放心不下的神气，这就沉吟了一会儿，似乎也代为少爷委决不下的模样，说道：

“凤小姐为了老太太的事情生了病，照理少爷原该去望望她，不过就怕她的哥哥这个坏蛋不是好东西，况且和少爷又合不来，所以我担心少爷去了，会受了他的委屈。我说少爷也写封信去吧，说老太太刚过世，不便到人家那里来，就在信中望望凤小姐得了。少爷，你写好了信，我王跛子给你送了去。”

“你这是多余的考虑，其实我并不是为了凤小姐的病才要到他们家里去，我是因为趁此去看看那边情形，可以给我多一个参考。王跛子，你好生看守在家，青郎等来了，你告诉他们，说我到镇上邬振雄家里去好了。”

上燕虽然感激王跛子有这一份忠心对主人，但自己另有作用，所以毫不顾忌地就关照了王跛子几句，他就单身往镇上去了。

邬振雄在家里一听上燕果然到来，早已喜滋滋地从里面出来迎接，当下和上燕寒暄了一番，又慰劝了老太太过世的不幸和沉痛。邬寿送茶敬烟毕，上燕便低低地问道：

“辱承雄老爷下召，不知有何见教？”

“江先生，你这次回来，我心中非常欢喜，因为你是一个才子，学贯中西，若和老朽相较，真是及不上万分之一。只恨暴日横行，弄得国破家残，老百姓都在受着痛苦，真是惨不忍睹。我是为了镇上的民生问题，才出面维持这地方上的治安，使人民都能安居乐业，忘了一切的痛苦，这也是我一片救民的苦旨。不过我年纪老了，什么都觉得不中用，比不得你们年轻人，精神好、才学好，所以我并非跟你讲客气话，在我无非是打打锣鼓闹闹开场，一切还待你们年轻名角来上台。这些日子虽然维持过去，跟山村队长也能敷衍敷衍，不过为难的地方也很多，这就要靠大家来帮忙了。我感到我们最吃亏的地方就是不会讲东洋话，其实这也难怪，本来像你这样年轻小伙子会说得一口好流利的东洋话，天下就能有几个人呢？”

江上燕听他滔滔不绝地说出了这一番话来，一时觉得邬振雄这样的人也不能说他是下愚，在他好像还以为是一个聪明的人，不过所可惜的还是利令智昏的缘故。也许他这些话也是勾引我入彀的一种香饵，所以淡淡地一笑，很谦虚地说道：

“雄老爷，你这样地夸奖我，那就使我羞愧无地了。自从离开这里之后，两年工夫，在外面为了谋点儿蝇头薄利，所以这些东洋话早已忘得干干净净的了。”

“江先生，你何必客气呢？上次陈七爷从汉口回来，他说江先生在外面很得意，我心里就很高兴，但愿你早点儿回到家乡，可以给老百姓谋点儿幸福。现在你真的回来了，那是巧极了。我告诉你一点儿镇上的消息，总算镇上秩序已恢复过来，照常可以做生意的做生意，种田的种田，跟打仗以前一样。只有镇上那个学校还未开门，倒是美中不足，并非没有做校长的人，但我总觉得不大满足，何以呢？因为这班人的资格太浅，学识不够，比不得你江先生在从前早就做过校长，所以经验丰富。不是我捧你的话，我看来看去，哈哈，若非江先生，恐怕难以当此重任。”

振雄不愧是个老奸巨猾的人，他说到末了，还打了一个哈哈，表示一百二十分器重上燕大才的意思。江上燕听了，方才恍然大悟，原来他是利用女儿来引诱我做他的帮手。一时暗暗怨恨珠凤，怎么一转背就把主意又改变了呢？于是沉静了脸，很认真地说道：

“多承雄老爷厚爱，抬举小侄，但是才疏学浅，实在不堪当此重任。第一，日本话已经忘记干净；第二，有孝在身；第三，这次回家原来探望母亲，外面的生意还没有告一段落，所以不久我仍旧要回到外面去的。”

“我以为你不必客气，在外面奔波也是很辛苦，倒不如在故乡为教育服务比较有意义。从前做教员最清苦，现在我可以设法给你呈请，保证你收入丰富。再说，珠凤和你又可以一同教书，倘蒙不嫌粗俗，我还很希望你们成功一对。江先生，你千万考虑考虑，切不要错过这种良机才好。”

江上燕听他已有把珠凤许配给自己的意思，一时心中倒是跳动了一下。但仔细一想，他完全用的是美人计，我不能为了一女子，而失了终身的前程。正在沉吟之间，马老二匆匆进来，说花三爷和陈七爷请雄老爷过去，商量票子的事情到底怎么解决。振雄听说，遂回答马上就来，一面又向上燕说道：

“江先生，对不起，我有事出去一次，一会儿就回来的，你可以考虑一下。耀宗上城里接眷去了，我叫珠凤出来陪你谈一会儿吧。”

“雄老爷有事情，只管自便。”

江上燕欠了身子回答。振雄向里面叫了两声珠凤，说江先生来了，他便和马老二自管地去了。不多一会儿，珠凤从房内走出，见了上燕，便握手言欢。上燕向她脸打量了一下，低低地问道：

“凤小姐，你信中不是说有些不舒服吗？”

“是的，但今天起来已经好一点儿了。江先生，你和我爸爸见过面吗？”

珠凤秋波斜乜了他一眼，一面回答，一面和他在椅子上坐了下来。上燕点了点头，他微微地一笑，先开口告诉着说道：

“见过了，而且你爸爸还和我谈了许多的话。”

“哦？谈些什么话呢？”

“我想你不见得会不知道吧，何必故意还来问我？”

珠凤被他这么一说，粉脸便飞过了一层娇红，雪白的牙齿微咬了她殷红的嘴唇皮子，沉吟了一会儿，然后秋波逗了他一瞥羞意的媚眼，低声含笑问道：

“那么你答应了爸爸没有？”

“不，我没有答应。”

“啊？你没有答应？”

珠凤听他这样坚决地回答，她心中一阵剧痛，脸由娇红而变成惨白，泪水也几乎从眸珠里滚了下来。但上燕看了，却弄得莫名其妙的神气，向她愕住了一会子，方低低地问道：

“我真不明白你这是什么意思，为什么你要显出这样伤痛的样子？难道你希望我堕入永远没有翻身日子的苦海里？”

“什么？你说什么？我爸爸跟你说些什么呀？”

上燕这两句问话听到珠凤的耳里，方才感觉到事情有些误会了。假使他是为了拒绝婚姻而不答应，他后面这几句话好像是用不大到的。所以她立刻抬起了头，用了惊奇的口吻，连问了三个什么。上燕也有点儿明白事情缠错了，于是详细地告诉她说道：

“你爸爸要我做学校里的校长，是教授一班中国儿童读日本书。你想，我应该答应还是应该拒绝呢？”

“哦，原来是这个事情，那你当然应该予以拒绝。不过他还有什么话跟你说过吗？”

“别的没有说过什么。”

“这就奇怪了，昨晚上爸爸亲口对我说的，他怎么会不对你提起呢？那就真叫人不明白了。”

珠凤微蹙了眉尖，显然是很有怀疑的意思。上燕也在旁边呆呆地思索了一会儿，觉得委实并没有说起过什么，这就向她低低地问道：

“凤小姐，那么你爸爸昨晚跟你说些什么？你能告诉我知道一点儿吗？”

“哦，哦，他说……他说你的人才不错，所以非常敬爱你。”

“这个他对我也曾经这样地说过……那么他还说了些什么没有？”

上燕点了点头，接连不断地追问下去。这使珠凤的脸倒不禁又红晕起来，她娇羞万状的意态瞟了他一眼，低低地说道：

“爸爸说，只要我们不离开他老人家，他情愿给我们马上结婚。因为他已是一个六十多岁的人了，能有几年再在世界上做人？他要给人家知道有一个很能干的女婿在他的身旁。我想你妈死了，身世也是非常孤苦，只要不给他帮忙维持会的事，就在他身边住着也不要紧。因为我们能够很顺利地达到结婚的目的，这比情奔私逃这些名目总要好听得多，况且爸爸是六十多岁的人，他到底活不上一百岁的，那么待他过世之后，我们不是仍可以远走高飞的吗？所以这样子我以为很好，在我可以略尽孝道，在你可以不负祖国，同时我们的婚姻又可以如愿以偿。为了这样，我才写信给你的，谁知爸爸没有跟你说起这个问题吗？”

“你爸爸对我说并不是这个条件，他要我给中国儿童去实行奴化教育，然后愿意把你许给我。”

“那么你没有答应？”

“当然，我若答应了，你一定也会反对我这样做的。”

珠凤听了，也明白爸爸对自己说的不是真心话，其目的还是需要上燕来帮助他向敌人献媚，虽然对上燕寄以无限同情，但为了婚姻的受阻，不免又感到无限的失望和哀怨。但上燕是个会说话的人，他预先向珠凤这么地说，就是说明珠凤是个爱国的女儿，这叫珠凤有苦说不出，因此垂了粉脸，忍不住默默地垂下泪水来了。过了一会儿，上燕拍拍她的肩胛，低低地说道：

“凤小姐，我觉得你爸爸完全是在利用你和我这两个人。他表面上是包含了无限的父女之情，而实际上却要陷害我们都做个叛逆的罪人，他自己遭了污点儿，他不肯再让你女儿做一个清清白白的人。所以，我觉得你假使是个聪慧的姑娘，你一定不会忘记我昨天对你说的这一番话。”

“虽然我也和你有同样的感觉，不过，他到底是我的爸爸。唉！”

珠凤知道上燕的意思，他无非是叫自己抛弃这个黑暗的家庭，跟着他一同去步上光明的大道。虽然自己也恨这个家，但为了父女的情分，她好像总感觉到有些不忍，遂微微地叹了一口气。上燕向四周望了一望，见并没有一个人，遂向珠凤做最后的忠告，说道：

“凤小姐，我并不是叫你不孝，不过你应该为你的名誉和终身做打算。这在昨天我已向你说得再明白也没有了，现在我根本不需要再向你哓哓多舌，你认为一定以家为重，以国为轻，那么我们就此分手了吧。”

“不，上燕，你不能忍心抛了我！”

珠凤听他说完了这些话，见上燕愤愤欲走的样子，一时急得双泪交流，她一把拉住上燕的身子，悲哀地说。这似乎出乎上燕的意料之外，回身向她怔住了一会子，微微笑道：

“珠凤，你不要冤枉我，这并不是我忍心抛弃你，原是你忍心抛弃我呀！你要明白地想一想，你应该跟我步上光明之路，我总不该跟你踏进黑暗之门呀！”

“你这话不错，但是你应该原谅我是一个心田软弱的姑娘，我恨我自己没有决心，我恨我自己偏重情感。上燕，那么你预备叫我走到哪里去呢？”

“当然你跟着我走，我到东，你也到东；我到西，你也到西。假使你真的把我当作是你生命之中的一盏明灯，你应该不要害怕，不要顾虑，不要可惜。我老实地告诉你，我这次回来，是预备组织游击队和日本人拼命的。珠凤，我现在把我的秘密都告诉了你，你快点儿给我决定吧，我觉得你现在有两条路可以走……”

江上燕这几句话越说越快，越说越严肃，他没有一丝笑容的脸，使珠凤情不自禁地会感觉一种威严。她紧张了粉颊，颤抖了口吻，低低地问道：

“哪两条路可以走？”

“一条，不顾一切地跟我走，抛弃你虚浮的荣华富贵，找寻你真正自由的灵魂。”

“还有哪一条咱可以走？”

“报告你的爸爸，说我是个游击队，将我捉到日本司令部里去领赏。”

珠凤听他说到这里，心中又怨又恨，又急又悲，这就忍不住哇的一声哭了起来。上燕急得连忙伸手把她扪住了嘴，红了脸说道：

“珠凤，你这一哭，根本就是要我这一条命。”

“不，我绝对不哭。上燕，但是你把我看得太以不值一文钱了，你以为我就是这样一个没有心肝的女子吗？”

珠凤被他这么一说，她立刻停止了哭声，口里虽然说不哭，但她眼泪却像雨点儿一般地滚了下来。上燕知道她是痛苦到了极点的意思，不过他还不肯放松地冷笑了一声，说道：

“一个没有决心的人，说不定会这样糊里糊涂起来的。”

“上燕，你……太看轻我了，我告诉你，小丘山脚下这件案子的凶手是什么人，我全都知道，假使我果然这样心狠，我为什么直到现在都藏在肚子里？连青郎、红郎、小狗子三个人我都这么地爱护，何况是你？上燕，假使你果然认为我是个这样不知廉耻、丧心病狂的女子，那么请你立刻就走，让我死了痛快！”

江上燕见她说到这里，大有一头向壁上撞的意思，急得把她连忙抱住了，用了央求的口吻，低低地说道：

“珠凤，我冤枉了你，我错了。你是一个不平凡的女性，你是一个爱国的好女儿，我始终相信你，你是我们队伍中的热血同志。请你原谅我，原谅我说话太过分一点儿了。”

“不，上燕，我并不怨恨你……”

“我知道你不会恨我，因为我们的友谊不是和普通的可比。珠凤，但是我请你决定，你到底走不走？”

“上燕，我……决……心……跟你……走……了。”

珠凤终于投入上燕的怀抱，一面颤抖地说，一面却闷声哭了起来。江上燕抱着她的身子，偎着她的粉脸，他却相反地浮现了一丝胜利的微笑。不料就在这个当儿，忽听外面有人嚷着进来，说宗少爷在城里伴了宗少奶奶回来了。珠凤和上燕一听耀宗回家了，他们立刻分开了身子，不知为什么缘故，各人的心头便像小鹿般地乱撞起来了。

第四回

丧失心肝　媚敌岂管老百姓

珠凤抱住了上燕正在表示情愿跟着他一同走的时候，忽然听得外面报告，说宗少爷在城里陪伴宗少奶奶回来了。当时两人听了，立刻分开了身子，站过一旁。就在这当儿，只见马老二一手提了小皮箱，一手拎了大网篮，匆匆地领着头入内。后面跟着耀宗和他妻子胡雪琴，雪琴虽然也不过只有二十几岁的人，但到底是个嫁了人的女子，所以总不脱是个少妇的风韵。她一见了珠凤，便含笑叫声“凤姑娘”，走上去握住了她的手，表示久不见面，所以显出一种特别亲热的神气。这时，耀宗一眼瞥见了江上燕，他心头不觉别别地一跳，好像见了什么仇敌一般地眼都红了，冷冷地说道：

“呀！原来你是已经回到故乡来了？”

“是的，我还只有刚从昨天夜里回家。”

“恐怕不见得，我早已猜到，你是来得很多日子了。”

“不，确实还只有昨天晚上刚到，我何必要骗人？邬先生，你近来很得意？”

耀宗心里想起了小丘山脚下那件案子，所以他很有把握地猜测着上燕是早已回来了。但上燕却摇了摇头，表示很认真的样子回答，接着又微微地一笑，他后面这句话至少是问得包含了一点儿俏皮的成分。大凡一个作恶的人，他的心中少不得是担了一点儿虚心，所以被上燕这样地一问，他的脸立刻浮上了一层猪肝色，严肃地说道：

“江上燕，你是做什么来的？我老实地警告你，你把自己的行为检点一下，别让人家抓到了什么把柄，这就叫你好看了！”

“哥哥，你不要这么地对待客人，要知道江先生今天是爸爸特地请他来的。”

珠凤见哥哥声色俱厉地对待上燕，明明是使他感到难堪，因为生恐上燕恼怒，彼此要发生冲突，所以立刻走上来向耀宗先急急地解释。耀宗听妹妹这些话，根本就有庇护上燕的意思，这就冷笑了一声，因为马老二并不把行李拿进屋子去，遂向他喝声：“待在这儿干什么？还不快拿进屋子里去！”马老二听了，便不敢哼一声地拔脚就走进里面去。这里耀宗因为见雪琴还要和珠凤说些什么似的，便又瞪着眼睛说道：

“回家来了，就该先到房中去收拾收拾，唠唠叨叨地又有什么多说？”

“哟！我看你这个人哪，还是那副暴躁的老脾气，跟凤姑娘说两句话又怕怎么了？屋子我慢慢地自然会去收拾的，你不要以为做了官就神气活现了。你也得想想你这个官是靠谁去弄上来的，真是气人！”

雪琴倒也是个顶头货，她并不表示服帖，遂拉开了话匣子，还滔滔不绝地说了一大套。幸而耀宗没有听见，他先愤愤地走进去了，否则至少又得吵一场。珠凤因催嫂子快点儿进去，免得大家多口角。雪琴还说了一句“我真不怕他”，一面便也跟着走进屋子里去了。珠凤见兄嫂进房去了，遂向上燕望了一眼，很抱歉的样子，低低地说道：

“上燕，你看在我的面子上，请你千万不要生气。”

“我倒并不生气，那么你就决定脱离这个万恶的家了？”

“当然，我已下了决心了。”

“那么你此刻就跟我走。”

“不，此刻跟你走太不方便了，今天晚上我悄悄地会来的。”

上燕和她握了握手，又这么叮嘱了一句，便匆匆地走了。珠凤还有些依依不舍的样子，送到院子里，眼望着上燕没有了影子，低了头，不免暗暗地想了一会儿心事。就在这时，振雄和陈七爷、花三爷从外面进来，他见女儿一个人在院子里徘徊，这就“咦”了一声，低低地问道：

“珠凤，江上燕呢？”

“他走了，哥哥刚才回来就让人家生气。”

珠凤鼓着脸腮子，表示很不高兴的样子回答。振雄“哎”了一声，一面和大家走进大厅，一面埋怨地说道：

“耀宗这孩子什么事情就太以任性了。”

“爸爸，咦？江上燕这家伙到哪里去了？”

就在这时候，耀宗又从房内匆匆地出来，他见了振雄，先叫了一声，接着发现了没有江上燕这个人，他便急急地问。珠凤向他白了一眼，却理也不理他，自管回进卧房去了。振雄向耀宗说道：

“凤儿告诉我，是你得罪了他，所以他走了。你这孩子，我不是埋怨你，你也给我改一点儿脾气吧，上燕是我请他来的，我心中有计划，你偏来从中捣蛋。”

“捣蛋？爸爸，你不要太糊涂，这家伙不是好东西。小丘山脚下的案子还不是他干的吗？哼！我就一点儿没有猜错，这种害群之马，爸爸为什么不把他送到山村队长那里去严办？竟然还要把他当作上客看待。明天要如受了这小子的亏，我看你就懊悔都来不及的了。”

振雄听儿子反而向自己教训起来，这就瞪着眼睛，显出长辈的威严模样，冷笑道：

“我活了这么大的年纪，难道还是你懂得多吗？你说小丘山脚下案子是他干的，到底没有什么真凭实据呀！况且人家的母亲在昨天晚上死了，上燕也只有昨晚刚刚赶到，你妹妹亲眼目睹，这话当然不会假的。所以凭空地冤枉好人，那也不是一个道理。再说上燕是个厉害的角色，张家村里的村民谁都相信他，把他当作一个大好老。

你若无缘无故地害死了他，假使犯了众怒，那也不是一件玩笑的事。你不知道事情好歹，就只知道硬干，多少事情都给你弄僵的，你还给我在这里胡闹!”

“宗少爷，你爸爸的话不错，这种人我们只能拉拢他，不能得罪他的。老实地说，在本地方，他一个人，也不怕他捣乱。”

陈七爷见振雄大有愤怒的样子，遂也从中低低地说，他是含了打圆场的性质。耀宗虽然很不服气，但这回却没有再说什么。振雄又说道：

“况且他刚才对我说，他过两天还要到上海去做生意的。”

“做生意？哼！谁相信他的鬼话?”

“不管他是真是假，七爷的话就有道理，你何必把他这一个人看得这样严重呢？就是他要捣乱，他也逃不到天边去，一句话，把他抓来也不是一件难事，何必这么地冒昧从事呢？我的意思，就是最好能够拉拢他，给我们出力做事，这就是最上乘的计策了。”

“雄老爷这话对极了，最好能拉他到我们会里来一同出力，那么我们不但少却许多麻烦，而且还可以得到很多的方便呢。”

花三爷也连连地点头，认为振雄的计谋不错。气得耀宗涨红了脸，坐在一旁，只是冷笑。此时陈七爷又开口讨论别的事情说道：

“花三爷，关于票子的事情，究竟怎么地解决好呢?”

“这件事情，我也想不出一个妥当的解决办法，好在宗少爷回来了，他是个大学生，脑子里比我们清楚，腹中的学识又比我们广博，我想和宗少爷商量商量，他一定有个好主意的。”

耀宗坐在一旁，正感到闷闷不乐，想不到此刻花三爷又会把自己看重起来，一时他又十分高兴。正要想问他，不料振雄向自己丢了一个眼风，表示叫自己不要插嘴的意思，他很不悦地先说道：

“这种事情原应该大家讨论，你们也太乖觉了，难处都推在我们一家去当。耀宗年纪轻，他懂得什么？我的意思，你们两位也多少给我负点儿责任，赶快地大家决定了，到明天缴不出那笔大数目，我以为大家面子上都很不好看的。”

“爸爸，你不要以为我年纪轻就管不了事，其实我就觉得天大的事情，只要肯干，是绝没有什么为难的。陈爷叔、花爷叔，你们快告诉我，到底是件什么为难的事情呀？”

耀宗是个最爱出风头称好汉的人，今听爸爸处处地方都给自己受拘束，一时心中气不过，便不以为然地自管向他们两人探问。陈七爷并不回答什么，只把一个纸包打开，交给耀宗看。耀宗接来一看，“啊呀”了一声，说道：

“哪儿来这许多军用票呀？都是日本军队里用的，怎么会落在你们的手中？”

“是山村队长刚才交过来的，限定明天要换三万元中国钞票，缴付到司令部去。耀宗少爷，这笔数目太大了，再说这些日本军用票谁能相信呢？所以我们真没有办法，还是你来出个主意吧。”

耀宗听了，皱了眉尖，也觉得真有些为难，遂默默地沉吟了一会儿。振雄不等耀宗开口，便先急急地说道：

“照我看来，还是依我刚才出的主意，照字号摊派，我们不过经一经手，这边进，那边出，只要说是皇军的命令，乡下人谁敢不通用？万一用不出去，我们大家公摊，吃亏我们几个人顶。这是最最公正的办法，我是并没有一点儿自私的意见。”

“雄老爷这办法虽然很好，不过要照字号摊派，我认为也应该分一个等级。比方说，宝号跟我那家小店虽然同样是个米行，但论到生意的进出那就有天壤之差别。宝号范围大、营业广，一天最起码有几千几百进出，我们不过几十块几百元的往来，混混开销尚且很感困难，实在吃亏不起，所以这个还要请雄老爷多多张罗才好。”

花三爷用了一张愁苦的脸皮，有点儿哭里带笑的样子，低低地解释。陈七爷因为自己也有几爿小店开放，这是有关本身的利害问题，所以对于花三爷的话表示十分同情，遂也说道：

“三爷的话也是入情入理。比方说我那几家小店，生意也十分清淡，开销又大，所以平日生活也很感到困难，怎么还能够再吃进这些不值一文钱的军用票呢？假使用到那些乡下人的身上去，真比石子里榨油还要不容易。他们不是傻子，当然不肯收用这种纸票子，再说就是硬用了出去，乡下人明天再把这些票子来还我们的账，这就等于蜻蜓咬尾巴，自己吃自己。所以，我的意思，还是偏劳你们贤乔梓，明天再向山村队长去说说情，哪怕我们大家凑上八百一千去孝敬孝敬他也就是了。”

“我说你们大家逢到难处，就只会你推我不管。老实地说，山村队长假使只要五百一千的话，就是我上典当去押了来，也一个人负担一下，绝不再向你们来商量了。就是因为他指定要三万元数目，你想，我怎么能担负得了？大家也得想想从前组织这个维持会的时候，你也叫我上场，他也叫我登台，说有什么困难的事情，大家帮忙。好了，现在大家有了生意做，便死人也勿管，只管叫我一家人当头阵，难道叫我这一爿米行都去换那些军用票吗？这也太以欺人的了！”

邬振雄说完了这几句话，忍不住气愤愤的样子，站起身子来，走到厅门口去站住了，望着院子外的天空出神。陈七爷看事情有点儿陷入了尴尬的局面，这就望了耀宗一眼，说道：

“宗少爷，你到底可有什么较好的办法吗？我起先跟令尊是这样地说，因为队长既然有了命令，那是绝没有违抗的可能。不过我的意思，请你们府上先分派半数，其余半数，再让我们几个人去分派。这里我以为也有几层道理。你听我说，第一，你们是镇上首富，就是全吃了亏，这一点儿小数目，在你们也好像是九牛一毛，绝不在乎；第二，未必就会完全落水，一则雄老爷是会长，再则宗少爷是会里秘书长，况且……况且……不久就要做区长了。”

“呃……但愿应了你的金口才好。”

耀宗一听他祈祷自己做区长，心中先欢喜起来，遂笑了一笑，插嘴回答。陈七爷知道有点儿效力，遂又笑嘻嘻地说下去道：

“所以我说你的面子大，只要开声口，谁敢说声不？三则，宝号的营业，三爷说得好，每天有几千几百的进出，这些数目，用不到几天工夫，悉数可以推销出去。所以我代你们着想，也无非暂时垫一垫性质。耀宗少爷，你听我这些话说得可也有理？”

“爸爸，我说七爷的话也有道理，反正不是叫我们把这些军票在家中藏起来，随时随地都可以流通过去，那就绝对不会有什么多大的损失。我看准定就是我们多负担一点儿，在山村队长面前也好见一个情，那么这件事也可以顺利地解决了。”

耀宗被陈七爷一奉承，他就自作主意地答应下来。陈七爷一听，心中十分喜欢，便向花三爷望了一眼，故意又连连奉承说道：

“我说的话不错吧？宗少爷是个胆大做大官的人，他什么事情一言而决，真有做区长的资格。”

“不错，不错，那么我们快把这一包军票分开半数来吧！”

花三爷趁此也就附和着回答，于是他们两人便连忙点数钞票了。振雄本来是面向院子而立，表示很生气并不赞同这个办法的意思。现在一听他们自说自话地算当作议决定了般的，这就连忙回过身子，急急地说道：

“哎哎哎！到底怎么一个解决办法呀？没有经过我同意，事情是不生效力的。”

“爸爸，既然我们这样地解决，那么也就算了吧，反正推销这一点儿数目，也并不为难。爸爸，你放心好了。”

“什么？你答应了你去负责，我一切都不管，你有本领，这些钱你去想法子。”

“要我负责，就我负责。那也没有什么大不了，我不见得会被你难倒了。”

耀宗听父亲这样说，觉得事情有些弄僵了，但自己到底是个秘书长的职位，虽说父子关系，但在公事方面，似乎也下不了这个面子，所以也很生气地回答。振雄这就急了起来，忍不住睁大了眼睛，发起急来说道：

“耀宗，你这孩子，你是不知道的……”

“爸爸，我知道，我早知道，你自己倒是不知道，这是一个巴结山村队长的好机会，顺水人情乐得做，明天我去见他，就说一半数目是我家个人名下垫的，他听了岂不是很高兴吗？”

“你只管他高兴，那么这笔钱怎么办哪？”

邬振雄气得有些发抖，恨恨地白了他一眼，一味地把钱去刁难他。耀宗微微地一笑，他伸手把金丝边的眼镜架向上一抬，说道：

“爸爸，你不用刁难我，这是我的事，也是你的事，你做了会长，这些小事情都办不好，明天队长要翻下脸皮来，嘿嘿，管叫你这个会长做不成，而且……而且还要治罪。我的意思，你不用着急，钱算得什么？况且无非是暂垫性质，我明天就马上可以推销出去的。关照米行经理，交代他明天凡是来粜米的，一概用军票，哪个敢说不用的话，马上枪毙！他妈的，大家还不服服帖帖地拿回家去吗？爸爸，我老实地告诉你，我老丈人对我说，我要做区长，第一要跟山村队长联络感情。这里一区的区长，将来归他推荐的。我想这是一个千载一时的好机会，岂能失却？等我做了区长，哈哈，不要说三万元这数目，弄上三十万也不算困难。”

“宗少爷，恭喜你，原来你区长这一职位已经发表了吗？真是可贺可贺！”

陈七爷和花三爷两人一面数着军票，一面也不管听没听清楚地就向耀宗连连地道贺。耀宗摇了摇头，说道：

“七爷，那到底还没有这样地快，不过十成之中已经有了六七成的希望，明天我想去专诚地拜访他，有机会还望七爷叔多多地吹嘘，这就叫我不胜感激的了。”

“哪里的话？我从汉口回来，早就对你们说，原是临时帮忙的性质，不过有机会我当然给你竭力地鼓吹。”

陈七爷一面说，一面已数齐了一半军票，交到耀宗的手里，一半和花三爷带回去，预备到镇上各店家挨户摊派负担。他们站起身子，向雄老爷拱了拱手，似乎完了一件大心事的样子，说道：

“谢天谢地，总算是圆满解决了。雄老爷，那么我和三爷趁时候尚早就快点儿去赶办了，凑足了数目，可以缴到司令部里去。再会，再会！”

“哦！陈爷叔，花爷叔！你们慢一点儿走，今天县里托我带了一件紧要的公事交给我们会里来办，我要请大家一同商量商量。”

陈七爷和花三爷一听这个话，他们的心中就会忐忑地跳跃起来，皱了眉尖，表示有些恐慌的神情，急急地说道：

“这个就请会长和秘书长做主好了，该怎么办就怎么办，我们是根本没有什么意见发表。”

“不错，不错，好在秘书长是大才，我花某无不同意！”

“唉，你们两位爷叔何必怕得这一份样呢？这一件公事，并不十分难办。我已经胸有成竹，只要大家通过，归我一个人负责办理好了，那是绝对没有问题的。”

“通过，通过，我早就通过！”

“没有问题，当然一致通过！”

“哎，没有知道是件什么公事，你们怎的就可以说通过了呢？万一又要你们担负募捐十万元的爱国损费，你们真的也都说通过吗？”

耀宗见他们两人这样胆小不肯负责，一时倒不由暗暗地好笑，遂故意这么地引逗他们着急回答。果然，花、陈两人听了这两句话，急得脸色灰白，几乎有点儿颤抖的成分，口吃地说道：

“这……这……宗少爷，你千万不要跟我们开玩笑，这……到底是一件什么的公事呢？你快说出来大家听听吧！”

“喏，是大丰纱厂招收三十名女工，供膳宿，每月工资五十元。”

耀宗这才在公事皮包内拿出一卷招贴的广告纸来，交给大家看。振雄在旁边愕住了多时，此刻便插嘴问道：

“咦，这……是干什么的？大丰纱厂招女工，关我们什么事？”

“爸爸，你不知道，这是县维持会给我们的公文，你倒看一看。”

“哦，原来并不是真的去做女工，目的在招收了去慰劳皇军的寂寞，那么总要生得年轻漂亮的不可啰。但这一件公事在我们手里办起来，就未免觉得有些伤阴骘。”

振雄在看完了公文之后，才沉吟了一会儿，觉得不大忍心的样子回答。耀宗听了，笑了一笑，脸上浮了死人也不关的样子，说道：

“爸爸，你假使要讲究这一点，我劝你还是马上地下台来得爽快。”

“宗少爷，那么几时要的呢？”

“限期十天，不过最好能够快一点儿。”

“可是这也要花费一点儿呀。”

“你说经费吗？公文上已经说明了，先由镇上的维持会暂垫，将来再从田赋项下扣除……”

陈七爷听了，向花三爷望了一眼，不禁伸了一伸舌头，表示棘手的意思。振雄当初虽然把公文已经看了一遍，但是心不在焉地却根本没有看清楚，此刻一听耀宗这么地告诉，这就也急道：

“耀宗，你怎么向城里跑了一趟，弄了这么一个好差使来呢？”

“爸爸，你们又害怕了，这件公事其实并不困难。照我的预测，是只要五六天就可以办妥当了。乡下人个个贪图小利的，五十元钱一月工资，先发二十五元零用钱，这么一个好差使，哪儿去找？不要说三十名小数目，就是三百名也完全不成问题。所以我老丈人说，县里发出这件公文到四乡去，含有比赛性质，哪个地方选得好选得快，就会传令嘉奖。我想这又是一个机会，机会到了手里，是切不能让它轻易地逃去的。你们说，我这话可不是？”

耀宗滔滔不绝地说着，表示这又是升官发财的一个好良机。在他当然是只知道向敌献媚，而再不顾自己的同胞让豺狼一般的敌人去蹂躏。陈七爷和花三爷面面相觑，他们觉得根本没有什么话好发表，所以默默地愣住了一会儿。倒是振雄又发表着意见说道：

“其实嘉奖不嘉奖倒还在其次，我就只是为了将来怎么对乡下人交代，所以心中感觉到忧愁。你的意思，就是只顾眼前，不顾将来。俗语道，‘门背后撒痾，不图天亮’。眼前用这香饵去叫乡下人上钩，那当然也不是一件难事情，就只怕事情弄穿了，那便怎么好？”

“我说爸爸又要顾前顾后了，其实这就根本不成问题，我早已跟老丈人细细地研究过了。乡下人在当初糊里糊涂的，他们只知赚钱，就根本不会想到这一层，只要他们肯上钩，事情就毫无忧愁。至于几个月之后，我们可以把这批旧的放回来，再另招新的换进去。要知道女人家都知道羞涩，就是受了委屈，回家之后也未必会告诉家里的人，我觉得这是一个最完备的办法，万一有什么人走了风声，叫山村队长把走漏风声的乡下人捉来枪毙，那么谁还敢放一声臭屁呢？”

耀宗听了，却大不以为然的神气，又说出了这一番丧失心肝的话来。陈七爷和花三爷觉得这件事和他们本身利害并无多大的关系，大家松了一口气，说道：

“宗少爷这个办法甚妙。”

“我想就准定这个样子，就请宗少爷全权办理好了。”

“七爷，三爷，虽然说已决定了这个办法，不过既然是会里的公事，就不该归一个人包办，无论如何，还是要用会里的名义，我们四个人一同负责办理，你们说是不是？”

振雄听他们两人又推卸责任那么似的说，心中有点儿不舒服，遂偏这样地补充说。陈七爷和花三爷没有办法，也只好口里答应了两个“是，是”，他们便匆匆忙忙地告别走了。振雄待两人走后，便向耀宗逗了一瞥怨恨的白眼，叹息道：

“耀宗，你看你这个人真是太喜欢出风头了，不管天大的事情都揽在身上一肩挑。你的年纪还轻，往后事情有的干呢，何必偏要这么好胜呢？遇事不问青红皂白，照单全收，总有一天吃亏的时候，才知道你爸爸的话不错哩！”

“爸爸，你说的话固然是很不错。不过一个人做事，不管在商业上、在政治上，总应该要有权柄，集权总比分权的好。历代的皇帝用专制手段和现在的希特勒实行独裁，全都是看准了这一点。所以七爷和三爷肯处处地方让权，这当然又是我们专权的一个好机会。将来我们有权力到手的时候，他们当然也是没有份的了。”

耀宗这些话，表示他很有一点儿政治手腕，扬着眉毛，却认为非常得意。振雄叹了一口气，他很痛苦的样子回答道：

“但你是想错了，这个环境里做人，觉得我们的地位最难坐。假使我们真正有实权的话，那倒又好办了，现在对日本人固然不敢违抗，然而对老百姓又不能加以过分压迫。譬如说，刚才这件招女工的事情，我就觉得很对不起良心，比方那么地说一句，你的妻子和你妹妹也同样地遭到了这样的情景，那么你的心中又作何感想呢?”

“这个……爸爸，我以为我们的身份和他们这些乡下人是不可同日而语的。大凡来投考报名的女工，总是穷苦的较多，老实说，家里没有饭吃，把身体去掉换掉换，那也算不了什么稀奇的事呀。对于这件事情，我是完全地计划好了。这次招女工在三十名之外，另外再添招十名，这十名是专为了送给山村队长去解闷的，我想这么一来，山村队长一定很高兴，以后在什么事情方面，当然也会多多地帮我忙，万一事情拆穿了，乡下人对我们有什么暴动的行为，要跟我们捣乱，那时我就可以请出山村队长来镇压，他既然有了份，当然也不好意思推辞了。爸爸，你说好不好?”

“唉！事到如此，你既然已经担任了下来，除了这样之外，还有什么办法呢?”

振雄虽然有点儿不忍心，但是也没有可以阻止儿子不要这么干的可能。他深深地叹了一口气，似乎有点儿悔恨上台的样子。过了一会儿，耀宗眸珠一转，他忽然又想到了什么似的，低低问道：

“哦，爸爸，我倒想着了，凤妹的年纪也不算小了，她的亲事……”

“哦，你说凤儿的婚事吗？我心中原有一个计划，所以刚才请了江上燕到来，也就是为了这一件事……”

“什么？爸爸，难道你把凤妹要嫁给这个姓江的小子吗？”

“是的，你倒不要小觑了江上燕，他倒是一个好人才。况且你妹妹对他也很有这个意思，所以我认为他们倒是一对郎才女貌。”

耀宗听父亲这样说，显然是答应了江上燕的亲事了，这就涨红了脸，他并非是为了妹妹的终身幸福而着想，他完全是存心从中捣乱，说道：

“爸爸，什么郎才女貌？简直是彩凤随乌鸦，一世都没有出息的。”

“你看你看，我的话还没有说完，你又吵闹起来了。我的意思，也无非借此可以拉拔他。假使他肯答应我的话，那么在我们不但是除了一个心腹之患，而且还可以得到一个很有力量的帮手。谁知我正在叫你妹妹用美人计的时候，却又被你捣散了他们，你不见刚才珠凤向你怨恨的情形吗？也可知你妹妹对他是很有一番痴心的了。”

“唉！妹妹真是瞎了眼睛，才会看上了这么一个没出息的东西。老实地说，这小子我最看不上眼，所谓成事不足，败事有余。爸爸，你千万把头脑子弄清楚一点儿，妹妹这个人的心向外了，也有点儿靠不住，不要赔了夫人又折兵，到那时候就知道我儿子的眼光不错了。”

“好了好了，你不要在这里多说废话了，这是你妹妹的终身大事，究竟和你没有多大的关系，要你瞎起劲做什么呢？况且我还没有问过你妹妹，江上燕心中到底赞成不赞成，这也还是一个问题。”

振雄对于儿子今天有越权的行为，心中表示很不快乐，所以对于珠凤这一头亲事，他是竭力地予以抢白。就在这个时候，马老二匆匆地出来，说：“宗少爷，奶奶叫你进屋子里去看看，这样子陈设好不好？”耀宗遂不再说什么，暗暗地含了痛恨到房里去了。

这里振雄悄悄地走到珠凤的卧房里，只见珠凤和柳五儿主婢两人好像在整理皮箱，见了自己进来，当即放下不再整理，在她们的形色上至少有点儿慌张的成分。珠凤叫了一声爸爸，柳五儿急忙倒了一杯茶。振雄一时却想不到这许多，但是口里却低低地问道：

“珠凤，怎么啦？在整理衣服吗？”

“是的，老爷，因为天气渐渐地冷起来，把棉衣服理一理，要穿起来的时候，拿取可以便当一点儿。”

柳五儿见小姐的神情，好像急得有点儿回答不出来的样子，于是一撩眼皮，她很灵巧地先代替回答。振雄点点头，在桌旁坐下了，吸了一会儿烟，然后咳嗽了一阵，方才徐徐地说道：

“珠凤，你刚才和江先生到底提起过我的意思没有？”

“提起过了。”

“他怎么地说呢？不知道答应了你没有？”

珠凤心中是别别地跳动得厉害，两颊也浮现了一丝娇艳的红晕，低垂了粉颊，却默不作答。振雄奇怪地说道：

“咦？为什么不回答我呢？你告诉我，他到底说些什么呢？”

“因为哥哥对他的印象并不十分好，不但是不好，而且简直是恶劣到透顶，所以他觉得一时里难以委决，因为他怕高攀了这一门亲事，将来会发生十分的麻烦。”

珠凤蹙了两条细长的眉毛，她故意拿这些话怨恨到哥哥的头上去。邬振雄听了，表示十分怒气冲冲的样子，说道：

“你哥哥这孩子确实是太不讲道理了，是你的婚姻大事，要他多管什么闲事呢？刚才我也曾经向他埋怨了一顿。珠凤，你放心，只要江先生肯依我这个条件，我可以给你做主，成全你们一对。”

“爸爸，我想这一件事慢慢地再谈吧，反正女儿的年纪还轻，又何必急急于谈婚姻的事情呢？”

珠凤镇静了态度，表示对于婚姻问题并不在乎，所以不放在心上的样子，低低地回答。振雄觉得女儿这话也有道理，遂微微地点了一下头，又向她劝慰了一番，方才退出房外去。珠凤待爸爸走后，想到自己今晚就要出走，不免又激动了一点儿父女天性之悲痛。因此望着老父苍老的身影在眼帘下消失了之后，忍不住把眼泪扑簌簌地滚落下来了。柳五儿见了，遂拧了一把手巾给她拭泪，一面又向她竭力地劝慰。珠凤方收了泪眼，不再悲伤了。

是晚上八点光景，天空是黑漆漆的，一丝月色和星光都没有，只有片片的浮云在毫无自主地因风力的吹动而来回不停地驶行。珠凤和柳五儿各人提了皮箱，悄悄地蹑手蹑脚从房内走出来。珠凤的手是很凉的，她两腿有些瑟瑟地抖动。柳五儿跟在后面，只管轻轻地叫着小姐走好。不料在走到院子里的时候，忽然树蓬内走出一个人来，急急地问道：

"是谁？是谁？啊！是珠凤和柳五儿！"

珠凤一听这个声音，心头的跳跃仿佛像小鹿般地乱撞起来。她想躲避，但是哪里来得及，这个说话的人已经拦到她们前面来了。仔细一看，原来不是别人，却是爸爸。那时邬振雄也已发觉了她们主婢两人手里还拿了皮箱，他心中这一吃惊，不免"呀"了一声叫起来，又急急问道：

"什么？什么？珠凤，你……你……拿了皮箱，预备到什么地方去呀？"

"爸爸……"

"珠凤，你……唉！我也明白了。"

振雄见女儿只喊了一声爸爸，却垂了头并不作声，一时他深深地叹了一口气，只说了一声"我明白了"。他心中一阵子悲酸，眼泪便涌了上来，接着说道：

"想不到我刚才所以眼跳心惊，原来还是为了你啊！我只道又有什么大祸降在我的头上，所以心里烦闷，到院子里来踱一会儿步，万不料因此而撞见了你们，这岂不是太凑巧的事情了吗？唉，珠凤，你……不要想糊涂心思呀！难道为了你哥哥看轻了江上燕，所以你就不要你的老爹爹，竟然狠心地抛却我走了吗？那你也未免太以忍心一点儿了。纵然你不把我这个苦命老骨头放在眼睛里，但是你也得想想你已死的妈是只有你一个女儿呀！珠凤，对于江上燕这一头婚事，我做爸爸的并非是不答应，我原是答应你的呀，你为什么偏偏要出此下策呢？要知道我做爸爸的没有待亏你，我不是早跟你说过吗？可怜你爹爹已经是六十多岁的人了，能有再几年活在这个世界上？就是你要出走，也等我死了之后再走，你……假使真的要走，那我也没有办法，只好让我一头撞死在这棵树上，你就去吧！"

振雄滔滔不绝地说完了这许多的话，大有声泪俱堕的样子。珠凤在这个情形之下，真觉得是左右为难极了，她呆呆地愣住了，眼睛里是只管默默地淌着眼泪，她还说什么好呢？因为自己出走，在一个做父亲的心中当然是一件万分心痛的事。做父亲的舍不得一个女儿离开他的身旁，但做女儿的却硬着心肠肯抛弃了年老的父亲，那么细细地想来，父母生了子女又有什么用处呢？我总不能为了一个爱人，而忘记骨肉之情，做一个不孝的女儿呀！这时候的珠凤，她脆弱的心灵又被一阵浓厚的感情所蒙蔽了。她把这次出走的重心点以为是在上燕的身上，假使以"情爱"和"父爱"相较，那么珠凤当然是不应该出走的。但是珠凤忘记了这里还有一层"爱国"和"爱家"的分别，可怜的珠凤，她到底还是一个情感胜过于理智的姑娘，终于含泪说了一声："爸爸，我错了。"她丢下了手中的皮箱，跪在地上，呜呜咽咽地哭泣起来了。

第五回

鱼肉乡民　压迫不尽滚滚来

夜，黑漆漆地已笼罩了整个的宇宙，四周是静悄悄的，在一间暗沉沉的草堂里，闪闪烁烁地亮了一盏豆火似的油灯。从油灯光芒的照映之下，可以见到一张八仙桌旁围坐了七个人。大家的脸上都充溢着一种热的活力，在他们每人的心头更滋长了一种跃跃的生望，血液在周身沸滚，更激动了铁一般的意志，使他们眉宇之间是浮现了一重浓霜般的杀气。

这是江上燕的家里，这七个人除了上燕之外，便是青郎、红郎、小狗子、金鹭水，还有两个人，是吴忠诚和刘思勉。他们由青郎介绍，和江上燕已经有过一番很密切的谈话，大家表示很有联络。上燕认为这是组织游击支队的一个好帮手，所以心里十分欢喜。此刻青郎等已报告过他们宣传的成绩，在各村各地已经招募了不少的人数，大概在三百人左右，而且都有名单，还有各人的手印，表示这三百多人都已下了决心，愿意跟鬼子们拼个他死我活。上燕知道人心不死，中华民族的魂灵到底还没有绝灭，所以感到无限的兴奋。这时，青郎想到了什么似的，遂表示有一种考虑，说道：

“我们的事情，可说已经大有眉目了。在张家村里的村民，不是我夸口，我都有把握抓得住他们，只不过还有一个人，因为时常和邬振雄有接触的机会，况且这个人又是自私自利，保不住会走漏了风声。所以我的意思，最好把他请了来，叫他也加入一分子，那么他就不敢向外面传扬出去了。”

“青郎，你说这个人是谁呢？”

小狗子听青郎并没有把这个人的姓名告诉出来，这就不明白地追问。江上燕笑了一笑，他却早已料到了似的，说道：

“你这一层意思，我也已经考虑过了。所以这个人，我已叫王跛子去请他到来了。”

“你说的是谁呢？”

“还不是村长公公张老实？”

“啊，大哥，我真是佩服极了！”

青郎因为上燕也没有说出这个人的姓名来，遂故意向他这么地问。上燕方才向大家告诉，青郎到此，真佩服得五体投地，他觉得上燕有这样敏捷的思想、机警的头脑、灵活的手腕，确是可以做我们的领导了。就在这个时候，王跛子在院子里叫道：“村长公公来了！”众人一听，大家便都起身相迎，张老实一脚跨进堂屋，就见黑魆魆这许多人，他心头别别一跳，倒是在门口呆呆地愣住了。要想转身退出去，但后面王跛子也跟进来，他以为江上燕要问他借钱，一时急得涨红了脸，正不知如何是好。江上燕一见他这么害怕的神情，遂笑嘻嘻地走上去，说道：

“村长公公，你不要惊慌，我们正等着你一个老人家来共商大事呢！反正都是熟悉的，只有这两位是刘同志和吴同志，他们是帮我们张家村的人民而加入的。村长公公，你们大家见见。”

“哦哦！久仰久仰！江……校长……先……生，那么你们叫小老头儿到来不知有什么贵干呢？”

“村长公公，你千万不用急慌，我们这里上首留着一个位子就等你老人家来坐的。快快坐下来喝口茶，我们好好儿地谈吧。”

江上燕见他口吃了语气，急得话都说不出来的样子，一时忍不住暗暗地好笑，连忙拉他在上首坐下，八个人齐巧一桌子，小狗子很快地在茶杯倒上了一杯茶，恭恭敬敬地送到他面前去。张老实向众人望了望，都是一副很严肃的脸孔，他似乎罪犯见到了法官一样怀了虚心，真有些坐立不安的模样。江上燕咳嗽了一声，方才显出一本正经的样子，低低地说道：

“村长公公，我们请你老人家到来没有别的用意，是要大家商量商量我们村中这些人民的安全问题。在当初我们都以为日本鬼是好良心，现在他们的毒计是一步一步地逼上了，我想村长公公受他们亏的地方也是不少，所以我们既然知道鬼子兵是我们的仇敌，那么我们难道就甘心情愿像鸡犬地被他们牵去宰割吗？因为我们同样是大地上的人类，那么我们总不能受这样的委屈。村长公公，你说该不该我们有个反抗鬼子兵来保全我们全村生命的举动呢？”

“是，是，呃，呃，照道理……当然是该……该……”

张老实听了上燕这一番话，想到前几天福生在镇上丢了一担米，觉得日本人给我们的印象确实是太不好了，所以点了点头，也连连地回答。不过想到日本人有枪有炮这一层问题，他又觉得反抗不是一件容易的事，所以说到后面，却不免又有点儿口吃的成分。江上燕向众人望了一眼，表示非常兴奋的样子，说下去道：

“诸位，你们都听见了没有？我们这村子里的老长辈也这么地说，可见得我们这举动并没有错。本来呀，我们中国人凭空地受东洋鬼的欺侮，如果不起来跟他们拼一下子，来翻一个本，那还算得了是个有血有肉有志气的人了吗？所以我们已下了决心，预备组织游击队和鬼子兵拼死活。”

“啊？组织游击队？”

“是的，村长公公，你不要惊奇，也不要害怕，我们都是年轻的毛头小伙子，有什么事情还及不到你们上了年纪的人有见识，所以我们要请你加入，给我们做一个领导。”

江上燕见张老实听了自己这几句话，先急得“啊”了一声叫起来，这就并不间断地点了点头，是要他加入阵线一同做游击队的意思。张老实这回的着急，由不得额角上的汗点儿都流了下来，他的脸由红变青，由青变白，最后变成了死灰的颜色。他呆住了良久，连连摇手，说道：

“这可不行，这可不行，我这么大的年纪了，差不多快进坟墓的人了，哪儿还有这般勇气干这种危险的事？不瞒你们说，我一听‘游击队’三字，心中先感到害怕，怎么能叫我去做头脑呢？对不起，我真的干不来，我还有别的事，要走了，要走了。”

“村长公公，你别忙，你要走，这可对不起你了。”

小狗子是坐在张老实的旁边，听他站起要走，便伸手抓住了他的肩胛，睁大了眼睛，似乎有一种恶意相害的意思。张老实上次为了李大娘的事情，也和小狗子发生过冲突，所以此刻更感觉害怕，几乎要流下泪来的样子，哭里带笑地说道：

“你们要硬逼我，那还是拿一把刀先来杀死我的好。可怜我是一个上了年纪的人，我……怎么有这样胆量来干这种犯杀头的事情？唉！你们何必要苦苦地害我？我和你们也没有什么七世大冤仇呀！”

“哈哈！村长公公，你何必胆小得这样呢？其实你心中既然感到害怕，我们也绝不和你为难，只是你不必马上急急地就走，你请坐下来，我们还有一句话要问你，就是你以为我们这个举动，在你的心中到底能否表示一点儿同情呢？”

江上燕见他哭丧着脸，一时倒忍不住哈哈地大笑了一阵，一面按着他身子坐下，一面又向他低低地追问。张老实听他并无一定要自己加入的意思，心中方才略为安定了一点儿，遂勉强地又坐下了身子，屁股上好像有千万枚的针在刺一般地局促，遂连连地说道：

“你们年轻的人，当然应该这么地干一下子，所以我觉得十二分的同情。不过我老了，我是一点儿也不中用了，虽然我有加入你们一块儿去干的心，但是我的气力已经是够不到的了，这叫作力不从心，那也是一件没有办法的事情呀！”

“只要村长公公有这几句话，那我们的心中就感到很快乐，因为我们怕有一班势利小人，他对于我们为救亡村民的一股热心，不但不表示同情，而且还去报告司令部，得好处得奖赏，那我们的事情就觉得糟了。”

青郎不待上燕回答，便先插嘴向张老实这么地说，在他的话中显然是包含了放着和尚面前骂贼秃的意思。但小狗子这时也说道：

“村长公公虽然这么地说，但口说无凭，我小狗子第一个先不相信。不做领导原没有关系，名单上是应该写一个上去，至少要做我们其中一个同志，你们说我这话可有道理?”

“小狗子的考虑很对，否则我也有点儿不大相信。”

红郎听了，也附和着回答。张老实这就又涨红了脸，急得发咒念誓，表示绝没有这种人面狗心的意思，说道：

“你们这话也太把我村长看得太不像人了，老实地说，我张老实吃东洋鬼的亏也不少次数了，我心中又何尝不把他们痛恨入骨呢?现在我自己能力不够，所以不能去打东洋鬼，难道我还要去贪图这一笔横财去报告来害自己人吗？人心再坏，也绝不坏到这个地步。你们尽管地可以放心，我也可以对天发誓，张老实绝不私通番邦，我还有后代，犯不着临死还让人家骂我一声奸臣。”

“我常常这么地说，张村长是这地方上最有见识、最有爱国心的长者，他对我们村中的老百姓不但仁爱，而且最讲义气，所以才值得我们做小辈的这么崇仰。现在他老人家既然这么赞成我们这样地干，我们如果不拼命的话，别的撰去不说，就先对不起我们这位老长辈。”

江上燕是一味地奉承张老实，差不多把他要捧到三十三天去了。大家听了，也故意起哄地说了一声“对对”，这时，青郎把名单取出，要张老实签下了一个名字，表示也是一个同志的意思。张老实一看名单上全都是黑黑的字，他心头是跳跃得那么厉害，不过他到底是个名不虚传的老奸巨猾，遂竭力镇静了态度，低低地说道：

“我以为要我签字，这实在大可不必，因为我既不能一同出力，纵然写上一个名字，也徒有虚名，而无实际。再说，我就根本不会写什么字，你们想，这……还不是多此一举吗?”

“不会写字，绝无问题，只要你盖一个手指也就是了。”

江上燕这回却绷住了脸，在眉宇之间浮上了一股子杀气，很严肃地回答。这里小狗子拿上一盒印泥，青郎、红郎拉过张老实的手，不问肯不肯地就强迫地盖了一个手印。张老实在这个环境之下，也没有反抗的勇气，只不过他的脸是涨成了猪肝的颜色，那颗心大有要跳跃得蹦出口腔来的样子。江上燕见这个计划成功了，那么走漏消息的忧愁是可以不必再担在心上了，这就接下去说道：

“现在有了张村长加入了我们的阵线，我觉得胆子是大了不少。所以我的意思，明天就可以到总司令部去报告，接洽妥当，那么就可以领点儿枪弹回来。村长公公，你看意思怎么样呢?”

“我没有什么成见，校长先生以为怎么办，那就怎么办好了。”

“村长公公，我不希望你做一个现成人，好像不负一点儿责任似的。你虽然年纪老了，也许真的开不动枪，不过你的年纪既然比我们老，当然一切资格也都比我们老，所以出个主意的力量，我想是绝不会没有的。所以往后还得请你多多帮忙，否则，好像你是并没有真心来加入我们阵线了。然而你已签了字，不管你有没有真心，你总是游击队一分子，所以你是逃不走的。”

“啊！那……是当然，帮忙……原……也应该，不过……请你们千万保守秘密，‘游击队’三字听到鬼子兵的耳朵里，那……那……我……还有性命了吗?”

张老实的脸色又变成死灰的样子，他是急急地向大家叮嘱着。江上燕听了，认为自己的计划是全部成功，他向在座的诸人望了一眼，大家似乎理会上燕的意思，忍不住报之以会心的微笑。上燕遂又安慰他说道：

“村长公公，你放心，这儿没有一个是傻子，谁会走漏消息去害自己的性命呢？所以你千万不用害怕的，现在我们事情既然决定了，准定明天动身去见总司令。刘同志、吴同志，还得请你们多多指教和帮忙。”

“当然，当然！江同志，你不必客气，假使你明天动身走后，这儿的事情，一切都由我们两人负责。”

“这样好极了，青郎、小狗子明天早晨跟我一同走，红郎留着给两位同志使唤，因为这儿一切情形红郎是极其熟悉的。还有……还有这位金鹭水大哥也是热心人，至于村长公公，那就更不用说了。现在时候不早，你们可以回家休息去了。”

随了上燕这几句话，大家便都悄悄地散去了。这里王跛子跟出去关上了院子的门，他走进堂屋的时候，只见上燕在呆呆地出神。这就猛可想到上午少爷回家来对我说的几句话，于是皱了两条稀疏的眉毛，低低地说道：

“奇怪了，少爷，你说凤小姐今晚到我家来，可是这么晚了，恐怕又不会来的了。”

“也许……是的，不过我想这回大概再不会三心二意，恐怕时候还早吧。”

江上燕口里虽然这么地说着，不过他的心中却也有点儿疑惑不决起来。就在这当儿，外面有人敲院子的门。王跛子说了一声“来了，来了”，他便急急地出去开门。江上燕有点儿迫不及待地立刻跟着出来，但出乎意料之外的，进来的不是珠凤，却是她的丫头柳五儿。上燕这就赶上去问道：

“柳五儿，你小姐呢？”

“江少爷，我小姐恐怕不能来了。”

“为什么？有信叫你拿来吗？”

“没有，小姐心思乱得很，她写不出句子来，叫我来通知江少爷一声，因为她没有办法离开这个家，请江少爷千万原谅。”

“哦，我知道了。”

江上燕听她这样地回答，他心里觉得非常失望，遂回身走进堂屋里去，他这种态度，显然是十二分的不喜悦。柳五儿这就悄悄地跟进来，她哀怨地叫了一声，低低问道：

“你心中恨我小姐吗？”

“不，我何必要恨她，我觉得她很可怜。”

“是的，我小姐是太可怜了。江少爷，我小姐也是为了没有办法，她和我拿了皮箱刚要到你家里来，谁知被我老爷发觉了。老爷他……”

“什么？你老爷发觉了？他知道你们要逃到我这里来吗？”

柳五儿这几句话听到上燕的耳朵里，一时倒忍不住大吃一惊，遂慌张了脸色，向她急急地追问。柳五儿摇摇头，说道：

“老爷并没有追问小姐出走到哪儿去，他只用一种可怜的举动去使小姐心中感到软化，所以，小姐为了父女之情，她到底又屈服了。”

“你小姐是个贤孝的女儿，的确是很难得。不过她这种愚孝，是并不会得到外界的同情，今日执迷不悟，将来悔之莫及。我虽然并不恨你小姐，只不过代她表示很痛惜罢了。柳五儿，你一个女孩儿家，老远地来去，路上太不方便，况且又在夜里，还是快点儿回去吧。”

江上燕很感慨地说着，一面又表示关心她地催促。柳五儿说声“再见”，她便怏怏地回去了。王跛子关上了院子的门，进来低低地说道：

“少爷，你不要难过，无论什么事情是难以勉强的。”

“不，我为什么要难过？王跛子，我明天一早动身，有人问起你，就说我到上海做小生意去好了。时候不早，我们该睡吧。”

江上燕微微地苦笑了一下，他摇摇头，表示儿女之情并不放在心上的意思。一面伸手按着嘴，又打了一个呵欠，他便慢步地跨入卧房里去了。

第二天一清早，小狗子和青郎来约江上燕动身，红郎和鹭水没有一同去，遂在河埠头送他们上船，直待小船没有了影子，方才慢步地离开了河边。在归家的途中，忽然见土地庙的黄墙头上又贴了一张告示，鹭水道：

“红郎，你快去看看，又是什么告示来了？他妈的，东洋鬼花样精最多，一定不是好事情，看我们老百姓又是晦气。”

“哼！这又是什么鬼把戏来了？”

红郎抬头看了一遍之后，便自管冷冷地说着。鹭水就苦在一个字也不认识，所以听了红郎的话，一颗心不由别别地乱跳，急忙问道：

“哎哎哎，红郎，你看了不要一个人自己肚子里明白，你也告诉给我听听呀，到底是件什么事情？”

“这不是告示，是大丰纱厂招女工，我就不相信，这些纱厂都是日本人开的，矮子肚肠疙瘩多，一定又是什么鬼把戏。鹭水，我们回去吧！”

红郎方才向他告诉着说，一面和他一点头，便自管分路回去了。这里鹭水也匆匆地回来，只见自己的女人坐在屋子门口磨粉，她见了鹭水，便把眼睛一白，恨恨地说道：

“我看你呀，大清早不知走到哪儿去了。人家都去赶市，你还只有回家里来，我问你在什么地方？”

“女人家不用啰啰唆唆多说什么闲话，赶市的辰光我早算好了，哪里会不知道吗？”

鹭水表示并不服气，遂到屋子里急急地背了渔篓，匆匆地到镇上去了。金大嫂还叽里咕噜地埋怨着，好像有点儿生气，她静悄悄地一个人只管磨着粉。大约有个把钟头，忽见张明生从桥上匆匆地走过来。张明生是张老实的侄子，平日为人十分戆直，不过戆人有戆福，他却娶了一房很美丽的妻子，所以人家和他说起来，他总是显得十二分得意。金大嫂一见张明生脸含笑容，好像遇到一件什么欢喜的事情，遂向他扇动了两瓣厚嘴唇，招呼道：

“明生叔，你今天怎么回来得这样快呀？做了多少生意？看你笑嘻嘻多得意的!”

“不，金大嫂，我今天不是去赶市的。”

“那你到镇上干什么去?”

“哈哈，这回打仗倒把女人家打好了。真想不到，现在这个年头儿，女人比男人值钱，男人家的饭碗都要被女人抢完了。”

张明生哈哈地笑了一阵，他笑嘻嘻地表示那一份得意的样子，但是在得意之中，似乎也包含了一点儿感叹的成分。金大嫂不懂他说的是什么话，这就急急地问道：

“明生叔，到底是怎么一回事?你快细细地告诉我吧!”

“呀，金大嫂，你还不知道吗?村里镇上都贴了告示，城里大丰纱厂在招收女工，供吃住，每月工钱五十元，录取后还先发半个月零用钱。我女人在家里反正没有事，孩子也没有一个，所以她也愿意去试试，我就陪她去投考，真是老天爷有眼睛，一试就中了，立刻发给二十五元钱，给我带回来。金大嫂，这还能不叫我感到高兴吗?”

“什么?真有这样的事情吗?你不要骗我。”

金大嫂一听这个消息，她那双大眼睛这就更加地张得大了，心中由不得暗想：女人家有这样的好生意，我干吗也要等在家里吃死饭呢?于是急急地追问，在她至少还有点儿不相信的意思。张明生在袋内摸出五元头簇新的五张钞票，向她扬了一扬，笑道：

“你瞧，我女人也送去了，钞票也拿来了，这还有假的吗?”

“哎哟!真的一叠簇新的黄鱼头，不得了，我们谁都可以去试试的吗?”

“当然都可以去投考的，不过到了那边，也不是一定会考中的，因为他们是还要挑选一下的。”

“挑选什么?”

“当然挑选一班年轻的女人，手脚干净，头脸清白，做事快速，假使五六十岁的老太婆去投考，我想这是不要的。”

“那么像我……也不算老，今年三十岁不到。明生叔，你看我挑得上吗?”

金大嫂自说自话地打量着自己，她觉得像自己这样的女人，还不至会十分没有把握，一面抬头望了他一眼，又急急地问。明生见她一双大眼睛、一张厚嘴，看上去也有三分俏，遂笑嘻嘻地说道：

“那我倒难说，不过凭你那张会说话的嘴，一定也有五分希望，反正又不花钱，至多来回跑一趟冤枉路，譬如鬼子兵刚到村里的时候，我们也不是常常地逃难吗?”

“明生叔，你这话对极了。那么今天就得去赶考吗?”

“当然越快越好，回头人家招齐了人数，那就来不及了。”

“不错不错，我马上到城里去赶一趟。矮冬瓜，矮冬瓜!”

张明生说完了话，便匆匆地自管走了。这里金大嫂向屋子内连叫着儿子的名字，她恨不得立刻生长了翅膀可以飞到城内去的样子。矮冬瓜急急奔出来问什么事，金大嫂叫赶快帮着自己把磨和桶等收拾到屋里去。因为明生叔说过，要头脸清白，手脚干净，所以她立刻又倒了一面盆水，对镜涂脂抹粉，还换了一件新衣服，好像是吃喜酒的样子。矮冬瓜见母亲从来也没有这么打扮过，以为她是去游玩的，所以一定要跟了一同去。金大嫂还唠唠叨叨地骂道：

“你这小鬼，你一点儿事情也不知道，我做娘的是赚钞票去，哪里是去游玩呀?在家里还不好好看顾妹妹，我恨不得打碎你的脑袋!”

矮冬瓜被娘这一顿恶狠狠地责骂，挂着眼泪水，就不敢再哼一声。金大嫂一面又骂着：“鹭水这死坯还不回来，去了这许多时候，难道十三斤鱼还没有卖完吗?”在金大嫂本来总预备等丈夫回家了再走，但想到时候迟了，人家招齐了人数，那我岂不是白费心血了吗?所以她再也顾不得一切地叮咛了矮冬瓜几句，便要匆匆地就走。但越是心急，打岔的事情越多，矮冬瓜的妹妹小毛偏偏又拉了一裤子的烂痾，因为还只有周岁，不懂什么便哇哇地哭起来。金大嫂回身一见，鼻子管内先闻到一阵臭味难挡，一时便冒起火来，走上去啪啪两记头顶，又恨声不绝地大骂起来，说：

“你这该死的小鬼，一天到晚就是撒痾拉尿，我要紧关头的时候，你还偏偏不识相，讨债鬼，真是早死一日好一日，我恨不得……”

说到这“恨不得”，偏偏把手在小毛裤子上又沾上一手的烂痾，这就想到明生这句手脚要干净的话，她急得什么似的，把小毛屁股打得一个通红。好容易手忙脚乱地把她换上了裤子，收拾了粪裤子，想到自己这双手万一被纱厂里人闻到了臭气，那便怎么是好？因此把肥皂洗了又洗，擦了又擦，而且把手在自己鼻子上闻了又闻，直到自己认为没有臭气的时候，方才三脚两步地奔出屋子，万不料一脚跨出门口，就和一个人撞了一个满怀。金大嫂冷不防经此一撞，站脚不住，身子就仰天跌倒，两脚翘得高高的，好像是个元宝翻身，一时又痛又恨，仔细一看，原来还是鹭水回来了。这就一面挣扎爬起，一面又连连拍着衣服上灰尘，恨得什么似的，骂道：

“断命的，你这死坯，早不回来晚不回来，偏偏在这个时候撞进来。我……我……这一跤可跌坏了……”

“咦？谁叫你奔得这样快的？啊呀！你今天怎么了？打扮得妖精似的预备到哪儿去？这个年头儿，鬼子兵见了女人家就像蚊子见了血似的。你……你……还打扮得这个样子？是不是……挑我去做只乌龟吗？”

“放你娘的臭狗屁！我……我……是因为家里开销大，所以也做生意赚钱去的。谁知你什么话全都说出来？这真是该死极了。”

“什么？女人家打扮得妖精般地去做生意，那还有什么好生意吗？阿毛娘，你……莫非有了野心吗？”

鹭水听他这样说，一时更加疑心层层起来，遂也向她瞪着眼睛，很生气地责问。金大嫂仔细一想，觉得事情在没有告诉他一个明白之前，这也有点儿难怪他要发生误会的了，因此由不得好笑起来，遂连忙把张明生告诉的话向他说了一遍，并且又说："这样好机会，岂能给它白白地错过？"鹭水听了，却皱了眉毛，连连地摇头，说道：

"不行不行，我这告示老早和红郎一同先看见过了。他妈的，这又是日本鬼在闹什么把戏。红郎说，这种事情根本靠不住，所以你千万不要上当。"

"什么上当不上当呀！我对你说吧，红郎这小子也不是好东西，他自己没有老婆，所以最好人家也不要去发这个财。你说是靠不住的，那我就不服气，明生叔陪了他女人早已到城里去考中了，而且他拿了簇新的钞票回来，我是亲眼看见的。这难道还有假的吗？我看你这个人呀，老是不听我的话，你想想吃了多少亏？但是这一次我可不管，无论怎么地阻拦我，我也得去跑一趟试试。"

金大嫂听丈夫不允许自己去投考，心中一急，便滔滔不绝地又向他说了许多理由充足的话来，表示态度强硬，大有非去不可的样子。鹭水本来就有点儿怕老婆，一时倒弄得没有了办法，遂沉吟了一会儿，说道：

"我说你也不能太以性急，无论什么事情，我们夫妻也总应该商量商量才行。什么说走就走？要如上了当，到哪里去诉冤枉？我就不相信鬼子兵一忽儿会待我们这样好，五十元钱一月工资，还有吃还有住，哪晓得他们葫芦里卖的什么药？老实说，现在这个世界，就不比从前太平时候，你难道忘记了头一次贴告示说开市了？但结果曹麻皮被害了，福生丢了一担米，秦四婆婆送了五十个鸡蛋，就是我……我也丢了十八斤半的鱼，你想，东洋鬼的话还靠得住吗？再说，再说，你去做了生意，家里怎么办？叫我一个人又怎么地办呀？"

"啊呀！你这人真该死了，我们又不是新婚夫妻，什么你一个人怎么办？难道没有我陪在你身边，你就做不了人吗？"

鹭水听妻子还误会了自己的意思，这就急得跳起脚来说道：

“你听你听，你这女人呀，真是越说越花了，我看你准是交上了花运，谁说我是没有了你就做不了人？因为你走了，家里剩下了矮冬瓜和小毛这两个幼小的孩子，一个人保不住小病小痛的，那么你叫我一个男人家还有什么办法好呢？我劝你死了这条心吧，比不得张明生的女人，家中没有孩子，那就不会有什么问题了。再说日本鬼子都是色眯眯的，要如他们一发了兽心，嘿嘿，把你们女工玩玩也不算稀奇，那时候你叫爹不应，叫娘不理，这……这……怎么办呢？假使你喜欢给日本鬼去糟蹋身子，那么你尽管去，我……譬如死了一个女人……”

“我倒不怕，我也不是三岁小孩子，一看路道不对，转身就走，那怕什么？那……怕什么呢？”

金大嫂听鹭水这一番话，一时心中方才有点儿软化起来，不过她口里还表示毫不以为然的样子，很强调地回答。鹭水不知道她心中是什么主意，遂涨红了脸，急问道：

“你一点儿也说不通，真的要去？”

“急什么？让我想一想。”

“还有什么可想的？快点儿把衣服去换掉吧，打扮得像无锡泥人似的，像什么样子？我就一点儿也看不惯！”

“啊呀！你这死坯，难道打量真的会去偷人吗？好了好了，我就不去了。真倒霉，刚才跌了一跤，倒把新衣服都跌脏了。”

金大嫂一肚子火样热的高兴，只好又冰冷了下来，一面咕噜着说，一面便去换掉新衣服了。正在这个时候，忽听外面有嘈杂的人声，鹭水连忙出外去一看，只见张小三挑了两小袋米，还有张阿六背着一只空麻袋。此外是村中人围在一起，好像镇上又发生了什么变化似的，于是急急上去听消息。只见张阿六头上青筋暴露，额角上汗点儿直流，口中兀是骂不绝声地说道：

“他妈的，活了这一把年纪，就没有碰见这一种事情过，你们看，你们看，这是冥票呀，竟也可以在市面上通用了，还不是活见鬼吗？”

“阿六哥，这是什么票子呀？”

鹭水见阿六手中拿的票子从来也没有看见过，遂走上去忍不住奇怪地问。阿六气急败坏地说道：

“是鬼子兵发出来的鬼票！他妈的，你们想，我阿六平常日脚省吃省用，辛辛苦苦积了这五斗米，原想天气冷了粜去了做件棉衣服穿穿，万不料拿进一张假票子，这怎么办？这……这怎么办？”

“阿六哥，你为什么这样老实？不可以去换的吗？”

“换？换他奶奶的！米店里的伙计用了假票子不怕犯法，而且比我火气大，他说什么假票真票，这是皇军老爷用的军用票，以后市面上照常通用，恐怕将来比我们中国票子还值钱。他妈的，我当然不服气就和他吵了半天，他却叫起来，说再要胡说乱道说假票，他便叫皇军老爷捉我到司令部里去枪毙。啊呀，我的天哪！你们想，这还成什么世界呢？”

张阿六听鹭水这样问，遂圆睁了双目，怒气冲冲地告诉着。说到后面，他气得真要哭出来的样子。鹭水向张小三望望，遂又问他说道：

“小三弟，那么你倒没有上当？”

“我总算运道还好，去迟了一步，还没有把米粜去，就碰见了阿六哥，我一听市上竟用假钞票了，于是别转屁股挑回家里了。他妈的，我自己吃吃也有一个月不饿肚子，难道去换一张假票子？”

“那你真是天大的运气！不过我们把鱼卖了，却并没发现一张假票子呀！”

“你们买鱼的人都是镇上的住户人家，他们还没有这种票子，听说各店家就都有这种票子用出来。最倒霉的又是我们村长公公，他和儿子福生挑了十五担米去粜给米店，福生真老实，拿了假票子就走，等村长公公发觉知道了，还来得及吗？十五担米的数目可不小，村长公公急得要上吊，福生是吓得逃走了，刚才还在镇上撞撞颠颠，后来被红郎扶回来了。唉，这样子下去，那可叫我们活不成的了。”

张小三又把张老实的损失也向众人告诉了，大家听了，不免暗暗伸舌，觉得这一下子损失吃亏，也怪不得村长公公要疯起来了。鹭水回头向后一望，见金大嫂也在听热闹，这就向她认真地说道：

“你听见了没有？鬼子兵穷凶极恶连假票子都用出来了，还想去拿他五十元一月的工钱吗？你真是在做梦！”

“好了好了，你不用多埋怨我了，我并没有去呀！”

金大嫂从来也不认输，这会子她赔了笑脸，表示错了意思回答。就在这个时候，秦四婆婆指手画脚地又从那边桥上一路号哭过来，说道：

“天在头上，有眼睛的，这些婊子养的一个个都不会好死的！我一个苦命的老太婆，无依无靠，好容易地又聚了四十个鸡蛋，我想爽爽快快一同都卖给蛋行里吧，谁知道黑心黑肺的给我两张假票子，这……是什么世界啊？这……叫我怎么地活得下去呀？”

“秦四婆婆，你不要伤心了，我们吃了这么大的亏，等我们校……哎！哼哼！这笔账总要和他们算一算的！”

鹭水走上去向她低低地安慰，他说顺了口，几乎把校长先生运了子弹回来的话也要说了出来，但他猛可想到这是一件秘密的事情，所以他立刻又忍熬住了。不过他还冷笑了两声，那态度是显得这一份样的愤怒。秦四婆婆听了，也不知道他说的是什么，遂仍旧一把眼泪一把鼻涕呜呜咽咽地泣道：

“鹭水哥，你不晓得，我刚才已和他们算过了，但是算了大半天，却再也算不清。虽然乡下人不识字，钞票好坏我到底看得明白的。我老太婆究竟不是瞎子，这种不三不四的票子，我会要吗？可是他们偏不肯换，叫我有什么法子呀？我拿到南货店，他们不要。拿到酱园里，他们也不要……再说说，要捉我去枪毙。我犯了什么罪？用假钞票的不枪毙，倒要枪毙我们受骗的老百姓，这……天下还有王法了吗？唉！断子绝孙，没有好结果的，骗我苦命的老太婆，真是太作孽的了……天哪！天哪！”

秦四婆婆说到末了，坐在地上，忍不住哭天哭地地大哭起来。众人听了这悲泣的哭声，又见了这痛心的神情，大家心头又愤怒又难过，因此几个女人家的眼泪也扑簌簌地落满了颊上了。不料就在这个当儿，忽见红郎扶了张老实也从那边桥上走过来，听红郎还劝着说道：

“村长公公，不要发急了，急也没有什么用，将来总可以和他们算账的。他们不赔你，我们大家也都不肯罢休的。”

“红郎，红郎，村长公公怎么了？”

鹭水等见了，便都走上去急急地问。红郎连说：“不得了，不得了！村长公公送掉十五担米，此刻人便糊涂起来，看着是疯了光景。”众人于是七只手八只脚地把张老实扶过了桥，但是他倒在地上，好像晕厥过去了的样子。红郎、鹭水把他连连地推着身子，一面还叫着：“村长公公，快醒醒，快醒醒吧！”张老实被众人一阵子叫唤，方才微微地睁开眼睛来，向大家望了一望，忽然一骨碌爬起身子，却又跪了下来，两手托着鹭水的衣服，连连磕头不已，哭着说道：

“雄老爷，请你千万开开恩吧！我这一笔大数目，如何吃亏得起？我这十五担米，是我多少的心血呀！雄老爷，你做做好事，你总要把票子换给我呀！否则，你把米还给我也好！你千不念万不念，念在我当初你们逃难在舍间招待你们一番的情分上，你就可怜可怜我吧！唉！都是我这个没出息的福生，他是瞎了眼睛，他真瞎了眼睛，没有看清楚，雄老爷，你……喔！我求求你，我求求你！”

张老实一面说，一面又连连叩头，磕在地上砰砰地作响，他却一点儿痛都不觉得。慌得鹭水躲过一旁，被众人望着，说道：

“村长公公真的疯起来了，那可怎么办？那可怎么办哪？”

“快到他家中去叫个人来吧！”

“不错，还是把他赶快送回家里去是正经。”

大家七嘴八舌地说着，这时，秦四婆婆却已停止了哭声，收束了眼泪，并且站起身子来说道：

“不要紧，不要紧，这一定是着了魔了。这两张假钞票留在身边太不吉利，我快把它当作锡箔烧了吧，村长公公一定会好起来的。”

“对，对！秦四婆婆这话有道理，我身上带有火柴，来，来，我们快把它烧了赶赶邪气。”

张阿六因为自己也拿到了几张假票子，恐怕自己也会像村长公公那么疯癫起来，所以听了秦四婆婆的话，大为赞成，连忙取出火柴盒子，划了火把自己几张先烧了。秦四婆婆的几张军用票也凑上来着了火烧化。红郎见他们这种幼稚的举动，一时又觉得十分好笑。不料正在这时候，张老实猛可站起身子，一把抓住了红郎的衣襟，他眼睛里冒出了失常的光芒，顿足捶胸大叫道：

“我从来不曾得罪过你，你……竟这样伤天害理地去奉承东洋鬼，把我当作牺牲品吗？你恩将仇报，要好不会好，你这老贼，我非要你赔还十五担米不可，否则，我这条老命就和你拼了吧！”

“不对，不对，村长公公眼都花了。红郎，你快走开，你快走开，不要碰了晦气。”

“什么晦气不晦气？他完全是受刺激过度的缘故，还是把他扶回家里去静静地躺一会儿，也许会好过来的。”

红郎听大家这样说，却并不以为然地摇摇头，反而给众人解释着回答，一面扶了张老实回去。但张老实不答应，赖着不肯走，还哭喊着道：

“救命呀！救命呀！你们不能把我拉了去枪毙的呀！我没有犯法，我没有犯罪……我一定要你赔，你这老贼，老乌龟，断子绝孙，我绝不和你甘休的！我就是做了鬼，我也要活捉！”

张老实一面哭，一面大骂不止。幸而这时他家里人都来了，于是把他抱的抱、拖的拖，拉着回家。众人也就一哄而散，剩下了红郎一个人，他听了张老实咒的声音渐渐地远去了，望着天空中当头的太阳，显然又是正午了。他很迫切地在盼望着江上燕的回来，觉得总有那么的一天，会展开了一幕痛快的报复。

第六回

利诱小人　透露机密滔滔说

天空暗沉沉的，好像是一个失意人的脸庞，愁云密布，显出那么心事重重的样子。已经是暮秋的天气了，金风送凉，篱外菊绽，院子里的梧桐树已有几瓣枯黄的叶在秋风的吹荡里飘飞。一切的景物都显出那样凄凉的意味。

邬振雄这几天的脸上和天空是显出一样的愁闷。第一，小丘山脚下的案子，直到今天还没有破获；第二，江上燕的行动太以神秘一点儿，令人有点儿捉摸不定的，未免使人疑惑重重。所以这天请了陈七爷、花三爷特地到家里来商讨对付江上燕的办法，他见七爷、三爷呆呆地坐着，好像遇到了会里的事情，他们便会像泥塑木雕的样子，于是自己又不得不开口说道：

“江上燕这人我觉得真有点儿靠不住，前星期听说是到上海做生意去了，可是昨天听马老二报告，说江上燕又回家来了。从这一忽儿去忽儿来的地方猜想，我觉得其中就有研究的必要。这个人虽然不可随便地得罪他，但到底也不能不防他一下。你们两位心中，不知道也认为我这话可对不对?”

“雄老爷这话再对也没有了，的确这个人有几分危险性。不，不但是只有几分，可说完全有危险性，我们要当心他，哎哎，我们要当心他。”

“上次小丘山脚下发生的案子，虽然未必像宗少爷所说，完全肯定是他干的，不过从我目光中看起来，觉得多少总和他有点儿连带关系。他这次鬼鬼祟祟地回来，我们倒是不可大意。”

陈七爷和花三爷方才点了点头，表示不能疏忽的意思，振雄用手指捻了一下人中上的胡须，一面又吸了一口雪茄，沉吟着说道：

“想来想去，这事情非找张老实来帮忙不可，他跟江上燕是住在一个村里的，近水楼台，一有风声，他第一个先知道。所以，江上燕的行动，就逃不了他的耳目。”

“不过我看张老实这人胆小如鼠，平日他就不大爱管闲事。再说上次为了军用票的事情，他对我们的印象恐怕已经不大好了，纵然他知道江上燕的行动，但也绝不肯来告诉我们的。”

陈七爷不等振雄再说下去，便微皱了眉毛，表示在这儿有一点儿问题。振雄笑了一笑，点点头，似乎他早已也料到这一层的样子，说道：

“你这一个问题，我又何尝不想到过？上次他十五担米不是全都拿军用票去的吗？但是我们要利用他，当然只好换还给他，总叫他不吃亏。我知道他脾气，他假使拿到了十五担米的中国钞票，他心里一定会感激我，就不会对我们有仇视的心理了。就是因为他很胆小，我们就可以利用这一点吓吓他、威胁他，他心中一急，保管什么话全都会告诉出来了。”

“办法是很好，但你看准他会说吗？”

“不管他说不说，我们就这样试一试也没有什么关系。”

花三爷还有点儿忧虑地回答。振雄却表示反正不花费什么，无非做一种试验性质，肯说固然好，不肯说还可另想办法，一面又说道：

“我已经派马老二去叫他来了，假使我问他的时候，七爷、三爷在旁边也要向他威吓威吓的。”

“这个当然，那是大家的事情，谁都应该负一点儿责任不可。”

花三爷点头回答，但陈七爷却并不说话，他很调皮，因为他并非是会里基本委员，所以他始终是认为临时帮忙的性质。就在这个时候，忽然见耀宗满脸含笑，欢天喜地地奔了进来，他口里还叫着道：

“哈哈！功德圆满，今日总算功德圆满了！”

“耀宗，你在说什么？干吗这样地高兴？”

“宗少爷，怎么啦？有什么好消息吗？”

振雄和陈七爷都不约而同地问，他们在暗暗地奇怪着，难道小丘山脚下的案子已经有眉目了吗？耀宗还是那么扬眉得意的神气，唾沫横飞地说道：

“我今天到司令部里去见山村队长，队长看见我连忙握握手，我真觉得有点儿出乎意料之外的惊喜。因为每次去见队长，他那副脸总很像盖上了浓霜的样子，一点儿笑容都没有，今天会和我握手，这种亲热的态度，实在还只有破题儿第一遭。”

“这是什么缘故呢？”

“爸爸，你不要性急呀！”

耀宗见爸爸迫不及待的神气，遂笑嘻嘻地说了一声，一面在桌子上端起茶杯，喝了两口，一面方才又兴奋地接下去说道：

“他对我说，我真能干，会给他办到了这十个年轻漂亮的女工，真是叫他欢喜极了。虽然头两天，这班女工不大肯听话，老是哭哭啼啼，十分倔强，后来禁不住队长软做硬做，也终于慢慢地屈服了。我听了也很欢喜，说将来这十个女工玩厌了，还可以换上十个新鲜的玩玩。同时，我趁此机会，就向队长提出三件事情……”

“三件事情？你有这么大的胆量？”

振雄一听儿子居然向队长提出条件，这还了得，不由吃了一惊，心头便忐忑地跳跃起来。耀宗未免有点儿丑态毕露的样子，拍拍自己的胸部，笑起来说道：

“为什么不敢？队长当时很客气地叫我说出来。我说第一件，小丘山脚下的案子，我们会里已经想尽方法在各处密查，虽然至今还没有下落，但相信不久就可以破获，所以请队长再宽限几时。爸爸，你猜队长怎么地回答？”

“他怎么说？”

“哎哎，宗少爷，你别叫我们猜了，他说什么呢？”

花三爷伸长了脖子，眼睛不眨一眨地向他追问。耀宗笑了一笑，他伸手又抬了抬眼镜架子，然后方才说道：

“队长说，查不出来，就慢慢地查吧。我看他的神气，把这件案子大有这样不了而了的光景。”

“喔！居然他不再追究了？想不到十个女工的力量有这么大，可见什么事情还是女人值几个钱！”

振雄也不免喜出望外，他后面这句话就包含了一点儿感叹的成分。陈七爷和花三爷伸手拍拍额角，那种表情显然是放下了一块大石的意思。振雄此刻向花、陈两人望了一眼，笑嘻嘻地说道：

“你们瞧，后生可畏，年轻的人到底比我们噱头大得多了。”

“可不是，我早就说过，宗少爷起码就有个区长的资格。”

“凭他那种才干，一个区长其实还委屈的，就是弄上一个县长，将来也不是一件困难的事。”

“爸爸和两位爷叔现在就瞎捧我了，记得我从城里回来的时候，你们一听我带来这件公文，大家就急得了不得，还说我城里跑一趟，就弄来这么一个好差使。其实要不如这件好差使，哼！队长对于小丘山这件案子，恐怕就不肯轻易地放过去吧！”

耀宗听大家居然向自己大拍马屁，一时更加十分得意，他这几句话在讥讽的成分中大有骄傲的态度。振雄等也只好由他说得嘴响，还连连地点头。这时，振雄忽然又想到了还有两个条件，这就忙又急急地问道：

“耀宗，那么还有第二、第三呢？你说吧，你说吧！”

“第二件，我请队长明天到我家来吃夜饭，他居然也答应了。我想彼此联络感情，那是最要紧的事情。”

“嗯嗯，你的面子真大，那也不容易。七爷、三爷明天给我们做个陪客。其实……其实和山村队长能常在一处吃饭，这是一件挺有面子的事情。”

“当然，当然，我们一定奉陪。宗少爷，那么还有第三件是……”

“第三件，哈哈，我告诉你们，我已经得到队长的同意，说不定明后天我就是一个区长了。”

“喔！宗少爷真的要荣任区长了，真是恭喜恭喜！雄老爷，我说那一半还是你给他名字取得好，耀宗，那不是光耀祖宗吗？哈哈！”

陈七爷对于拍马的功夫倒很不错，遂竭力地奉承。他居然奉承得面不改色，还哈哈地大笑了一阵。耀宗听了，不免喜形于色，更加地得意，遂笑嘻嘻地说道：

“老实地说，这次请求的条件有这么顺利，完全靠十个女工的力量。爸爸，你现在总该知道无论什么事情不能畏首畏尾、推三阻四，要干的地方总得干上去，可不是吗？”

“对，对，宗少爷这些都是经验之谈。”

振雄有点儿语塞，所以默不作答。但花三爷却不肯错过这拍马的机会，他是连连地点头。耀宗笑道：

“队长说我这件事情真是杰作，可惜张明生的女人倔强一点儿，但是容貌却生得顶漂亮。他说没有办法，只好硬上，把她脱得一丝不挂，四肢缚在床的四柱上，我被他说得真好笑。”

“现在这十个女人都送进司令部里去了吗？”

“不，队长说在司令部里不大方便，所以这十个女人全关在我们邬家的祠堂后面，那边设了一张床铺，队长在晚上高兴和谁玩一会儿就和谁玩一会儿。反正日夜有人把守，万无一失，一个人也逃不走的。”

“我想这风声千万别传出去，假使被那些乡下人知道了，那可不得了。”

“不要紧，这事情除了我们会里四个人知道外，马老二也不大详细，所以绝不会走漏风声的，你们尽管可以放心好了。”

耀宗听他们三个人你一句他一句地问着，遂向他们一一地解释，表示毫无问题的意思。大家正在感到全身轻松的时候，忽听马老二在外面高声叫着：“张老实来了！”振雄一听，连忙起身相迎，只见张老实已跨步入内，于是拱了拱手，说道：

“老实兄，好久不见，你近来可得意？”

“雄老爷，你怎么称兄道弟起来？那可不是要折死了我吗？”

“哪里哪里，我做过你的房客，彼此不必拘束，请坐，请坐。”

“不敢，不敢，雄老爷不知唤乡下人到来有何吩咐？假使没有什么大事情，对不起，这两天我身子不大好，马上要回家了。”

张老实的脸色并不十分好看，他觉得这种人面兽心的人是没有什么交情好说的，所以他表示这次到来，原是十分勉强被马老二硬拖来的意思。振雄当然很明白张老实所以这样冷淡的缘故，遂笑了一笑，说道：

“老实兄，我看你心中有点儿不如意，而且还有一点儿怨恨我，是不是？”

“不、不，绝对没有这个意思，我为什么要恨雄老爷呢？”

张老实被他这么一点穿了，一时倒又害怕起来，遂涨红了脸，连连地摇头，竭力地加以否认。振雄咳了一声，一本正经的态度说道：

“你不用辩白，其实我心里很明白，不过我并没有见怪你，因为你们乡下人确实很苦恼，这一点我倒表示十分同情。”

“雄老爷，你在说些什么？我简直有点儿莫名其妙。”

振雄见张老实还假装含糊的样子，不由哈哈地笑了起来，一面取出皮夹子，一面摸出厚厚的一叠钞票，数了一数，说道：

“老实兄，你这人可说名副其实，果然是很老实，对于这一点，我倒觉得很敬佩。因为你的气量很大，很会熬得住吃亏的痛苦，那实在是很不容易的。不过我上回是有心跟你闹着玩的，其实我怎么肯叫你老朋友受这么的委屈？无非试试你的心会不会肉痛。现在我给你簇新的真票子吧，你心里大概总不至于再会恨我了吧？”

“雄老爷，你……说的什么？我真的一点儿也听不懂。”

张老实见了一叠簇新的钞票，心中虽然是那么惊喜欲狂，但他表面上还是一味地装着含糊。振雄“咦”了一声，问道：

“十五担米钱，你拿去的是日本军用票，怎么真的忘了吗？”

“哦！是这一笔钱吗？我想既然是皇军老爷叫雄老爷代发出来的，那也不能叫雄老爷自己吃赔账呀。”

“老实兄，我说你好，你实在是真好，你丢了这雪白十五担米不管，还来管我，可见你是天下第一忠厚人，愈是忠厚人，我愈不肯给他受一点儿委屈的。老实兄，你快拿去吧，我知道你不会恨我，因为我们到底是有交情的老朋友。”

“不错，老实兄，雄老爷叫你收下，你就不必客气了。”

陈七爷在旁边也向他低低地怂恿。张老实是个老奸巨猾的人，他起初还怕振雄又有什么陷害的诡计，所以始终装了一个不承认。现在听七爷也这么地劝自己收下，这就放大胆子，把钞票藏入袋内，含笑弯了弯腰，行了一个鞠躬礼，说道：

“雄老爷，你真是太好了，呃，太好了，我说不出拿什么话来感激你才好。是的，我相信你这样好的人，将来一定是多子多孙的。”

“哈哈，好说好说，只要你不记恨我，我心里已经是够欢喜了。哎哎哎，老实兄，你看近来地方上怎么样？”

张老实这时已忘记了那天骂他绝子绝孙的话，他的思想因钞票而早又改变了方针。振雄忍不住又笑了一阵，接着他又平静了脸色，把话锋又掉了转来，他是慢慢地谈到主要的题目上来。张老实有点儿支支吾吾的样子，他想起江上燕组织游击队的事情，心头几乎忐忑得像小鹿般地乱撞了。但他到底是个老屁眼，竭力镇静了态度，点点头说道：

“哦哦，很太平，很太平!”

“是吗？很太平？这都是靠皇军老爷的力量，所以我们才有这样好日子过。假使有人不安分，皇军老爷当然要对他们不客气，非但要满门抄斩，而且家产还要全部充公。最近皇军马上要调动大批军队到来，还有许多飞机、大炮，专门来打那些不安分的人。”

“喔，喔！有这样的事？反正我们是安分守己的老百姓，所以一点儿也不用担心。”

张老实想到自己在游击队的名单上曾经打了一个手印，一时又急又害怕，虽然他口里是这么地说，但他全身几乎要瑟瑟地发起抖来。振雄当然不知道他心中是在想些什么，还以为他就是一个最胆小的朋友，因为他的胆小，自己就可以利用这一点了，遂接下去问道：

“江上燕这家伙在前星期不是到上海做生意去了吗?”

“不错不错，我曾经听他家里王跛子这样对我说过的。”

张老实竭力装作和江上燕很疏远的意见，点头回答，他用间接的方式，一切表示并不十分肯定。耀宗在旁边呆呆地坐着，起初见父亲把钞票交还给张老实，他还莫名其妙地不知是为了什么缘故，意欲出言而阻止，但仔细一想，父亲也不是一个向来含糊的人，那么其中当然是有个道理的。此刻听父亲又问起江上燕的消息来，心中这才恍然大悟，暗想：原来父亲和张老实联络感情，是为了向他探听消息的目的。这就迫不及待的神气，在他好像一提起了上燕这个人，火星就会向上冒出来似的，说道：

“张老实，那么听说昨天这个坏蛋忽然又回来了，这个消息不知可准确吗？我想你们住在一个村子里，那么多少总该有点儿知道的。”

“这个……”

耀宗这几句话听到张老实的耳朵里，他说了“这个”两字，便说不下去，一颗心就再度像小鹿般地乱撞起来，全身每个细胞都感到无限的紧张，接下去又说道：

“这个……这个……雄老爷、宗少爷，我一点儿也不知道。”

“什么？你不知道？我听人家说，你和江上燕昨天还在一起说话哩！”

振雄突然变色，把笑容收起了，像毛皮畜生似的立刻变了一张很可怕的脸，显然，他完全是用一种威胁的方法去套他心中所知道的真情。张老实心里这一焦急，那真是非同小可，遂口吃了语气，急急地说道：

“哎呀，雄老爷，那你千万不要冤枉我，我几时和江上燕在一起说过什么话？不过听村中人说起，好像他真的又回来了。”

“哦？那么这小子是真的回来了？一忽儿去，一忽儿来，我听说他在动不大好的脑筋，老实兄，你心中大概也有点儿知道吧？”

振雄是一步一步地逼问着他，张老实觉得自己这好像在法庭上被法官在录口供的样子，说得一个不小心，那就有犯罪杀头的可能。所以他绝不含糊地拿定了一个主意，摇了摇头，说道：

“对于这一点儿问题我委实没有知道，我想江上燕不至于有这么大的胆量吧！”

“老实兄，这里没有外头人，你老实说说也不要紧。其实，哪个不安分？哪个想造反？我们各处都有密探报告消息，所以我们心中是老早很清楚的，你又何必瞒骗着呢？”

陈七爷在旁边也用一种方法去哄他说出实情来，但这方法是很幼稚，并不十分高明。一个老奸巨猾的张老实，自然不会上他的圈套，心中暗想：既然老早很清楚，还来问我做什么呢？所以，他始终守口如瓶地摇摇头说道：

“陈七爷，我实实在在地不知道，假使知道的话，老实说，我也不会叫你们来问我，我自己也很会来报告你们了。因为这种危险的事情在村子里发生了，到底要杀头充军的。你想，谁犯得上去干这种玩意儿？”

“嗯，也许你真的不知道吧?”

“爸爸，你不要给他瞒过了，我说他一定知道的。因为他的话中已经是露出马脚来了。”

“什么？宗少爷，你……说的什么？我根本没有露什么马脚，哦，不不，我根本没有什么马脚好露呀！宗少爷，你把我这个老头子急糊涂了，明天准会生心脏病。”

耀宗见他急得血喷猪头那么的脸，好像要哭出来的样子，心中暗想：这家伙也不是好东西。这就冷冷地笑道：

“哼、哼！你不必装得那么急的样子，我问你，你既然不知江上燕在干些什么，那么你从何而知说出‘这种危险的事……’这‘危险’两字是指点哪一事而言的？我觉得你明明是知道得很详细的，还敢再抵赖吗?”

“啊呀，宗少爷，我这句危险的话，是根据陈七爷说的‘造反’两字才说的呀！‘造反’这两字难道还不算危险吗？唉！你千万不要冤枉好人，我张老实生来就是个老老实实的人，从小活到现在六十多年以来就没有说过一句谎话。”

耀宗虽然狡猾，但到底还狡猾不过张老实，他在一急之下，究竟急中生智地说出了这几句话。这把耀宗又说得目定口呆，抓不住他的错头，因此不觉默然，但是心中自然不大甘心，凭了他的势力，所以竭力虎起了面孔，圆睁了三角眼，冷笑道：

“不管你说谎不说谎，总而言之，你是村长，一村里的事情，你该负完全的责任。假使明天村子里有什么暴动的事情发生，我们就要向你问话的。”

“不但要向你问话，而且还要你把这些造反的人交出来。你该知道，你是村长，司令部里有你的名字，造反的人固然要杀头，就是你做村长的头恐怕也要靠不住了。”

振雄也知道张老实这人胆子虽小，但他的表面上很会有几分假痴假呆的做作，所以也沉着脸孔，继续地说下去。他是用尽方法地去威胁他、恐吓他，使他可以吐露出一点儿真情来。但张老实的心中早有一个打算，就是要报告他们，今天也断断不能说出来，因为被他们一恐吓而吐露实情，那么在自己就多少有点儿涉及嫌疑犯了。所以他故作骇极的模样，惶恐地跪倒在地，叩头就拜，急急地说道：

“雄老爷救命！我不做村长了，我不做村长了！”

“哎哎哎！你是村长，你怎么能不做村长呢？快起来，不要害怕，我知道你是一个安分守己的好百姓，王法不会来冤枉你好人的。其实在你也并不觉得十分困难，只要你随时留心，假使江上燕这小子果然不安分，想造反，你打听清楚了，早点儿来报告我们，那在你非但一点儿不受连累，而且还有重赏。所以你不必太傻，去庇护一个犯罪的人，害自己吃亏，那你犯得着吗？”

振雄见他急得这个样子，心中倒有相信他是的确不知道了，遂连忙把他扶起身子，不过他还竭力地以利害向他剖解，其目的还在希望他能来报告江上燕造反的消息。张老实听他说要自己下次来报告，这就正中下怀，因为下一次来报告，自己可以完全地卸脱干系，当下连连抱拳说：“知道了，知道了。”这时，耀宗又心生一计，遂在袋内摸出钞票二十元，交给张老实，很缓和而且客气地说道：

“张老实，这二十元钱给你买点儿鞋袜穿。假使一有什么消息，马上要来报告我的。”

“雄老爷，宗少爷，你们待我太好了，谢谢你们，我回去马上就到村子里去打听，一有风声，我立刻就来报告雄老爷。”

张老实一见二十元钱，觉得有担把的米钱，那么上次福生丢了一担米的损失不是可以补回来了吗？一个自私的小人到底会见钱眼开，他连忙接过钞票，千恩万谢地谢个不了，便欢天喜地地匆匆地告别走了。

这天晚上，张老实差不多一夜没有睡着。因为他回到村里之后，听到消息，江上燕不但运了许多枪弹回来，而且还有几个雄赳赳、气昂昂的中国兵带了一同来，目的是在训练这一班游击队如何作战的方法。所以他心惊肉跳地整整地考虑了一夜，还是去报告，还是隐瞒着呢？觉得这件事情实在太以左右为难了。假使去报告吧，那也不对，因为在游击队的名单上我也是其中的一个，这不是和我自己在捣蛋？况且我向他们发咒念誓，表示绝不走漏风声，现在若去报告了，这对于自己的良心问题那未免有点儿交代不过去。但是隐瞒着吧，这也是一件尴尬的事情。皇军的势力到底比游击队大上万倍，假使中国军队厉害，日本人也不会打进中国来了。从这一点子看来，什么游击队屁击队，这都是卖卖野人头的，要如皇军真的开了大批军队来攻打，还不是死无葬身之地吗？张老实在这样一想之下，为了避免玉石俱焚起见，他觉得还是去报告了比较妥当。第一，先可以保全生命；第二，还可以保全家产，说不定因功得赏，反而有了意外的好处也未可知。这个年头儿和太平时代不同了，假使要靠良心吃饭的话，那么是只好硬挺挺地和江上燕等一块儿等死了，算来算去，这不是一件合算的办法。为了自私的心胜过了博爱的心，为了贪生怕死而不顾全大众的生命，张老实到底是个最卑鄙可耻的小人，但在这战事中，这种丧失心肝的禽兽又何止张老实一个人呢？

第二天下午四点钟光景，张老实在坚决了意志之后，便匆匆地赶到镇上去报告消息了。到了邬振雄家里，已经是月上柳梢，在门房间里一问，马老二从里面走出来，说道：

“张老实，你这么晚了匆匆地又赶来做什么？”

“我是找雄老爷说话的，雄老爷此刻在家里没有？”

“哦，雄老爷正在花厅里招待山村队长吃夜饭，你有什么事情你还是明天再来吧。”

“那不行，我来来去去二十里路光景，再跑一趟可有点儿吃不消了。老二兄，你能不能给我去通报一声，让我和雄老爷说几句话就走。”

“张老实，你说这几句话，你真的没有拿面镜子照照吧！你不要以为你是村长，可是在这里呀，不是我说大话，比我马老二还不及。

今天山村队长到这儿吃饭，那不是一件容易的事情，雄老爷自己忙着招待还来不及，哪里有空闲的工夫来跟你说话呢？正经的，你还是在这儿等一会儿吧！要如你怕麻烦的话，明天再来，爽爽快快两句话，何必在这里啰里啰唆呢？”

张老实见马老二神气活现的样子，几乎目中无人，一时暗想：俗语说“大王好见，小鬼难挡”，这句话就真不错。像雄老爷见了我，还客客气气地称兄道弟，谁知他们开口张老实闭口张老实，好像是我老长辈的模样，仔细想起来，真有点儿气人。要想抢白他几句，一时又觉得犯不着和他这种小人闹意见，因此也只好忍了一肚子的怨气，在门房间里静静地等待着。

好容易直等到九点敲过，才见宗少爷扶了一个日本兵醉醺醺地走出来，还听宗少爷含笑连说：“好的好的，包在我的身上，队长放心是了。”张老实暗想：这个东洋鬼准是什么山村队长了。眼望着宗少爷把他送上汽车走后，自己方才走过去，对耀宗叫声“宗少爷”，耀宗回头一见老实，便愣了一愣，问道：

“张老实，你莫非有什么消息报告吗？”

“是的，我要见见雄老爷和宗少爷。”

“那么请到里面坐着谈吧。”

这回耀宗更展开了一丝笑容，很客气地回答。张老实随了耀宗向甬道上进去，只见振雄在大厅门口石级上送着陈七爷和花三爷两个人。耀宗便忙问道：

“三爷、七爷也回去了吗？”

“是的是的，我们明天见，明天见！”

“谢谢，谢谢！”

陈七爷、花三爷连连拱手，又连声道谢，相继而去。这里振雄一见张老实，心头先别别地一跳，遂急急问道：

“老实兄，是不是有消息报告吗？江上燕这小子难道真预备造反了？”

“还不是嘛！起初我委实不知道，而且也并不注意他们有这一种不法的行为。自从昨天回家之后，我从各方面细细一打听，啊呀，我的老天哪！他真有胆量，原来这次回乡是预备组织游击队的。你想，这还得了？我做村长的哪儿担当得起这个杀头罪名？所以我是不管天色已夜，就急急地前来报告了。”

“什么？组织游击队？”

“这……这……真是反了！那么小丘山脚下的案子也是他干的了？”

振雄和耀宗两人听了这个消息，仿佛是晴天中起了一声霹雳，一时大惊失色，不由都急急地这么问着说。张老实说了一声“对呀”，却被耀宗拉到大厅里面去细细地谈了。说起来事情真凑巧，在他们三人说话的时候，却被柳五儿听见了。原来柳五儿提了一勺子开水，正预备走到小姐卧房里去，突然听到了这个消息，她芳心也不免别别地乱跳，这就三脚两步地走到小姐房内，但是却见宗少奶奶和小姐在房中聊天，一时又不能告诉出来，也只好暂时镇静了态度，自管地把开水冲到热水瓶内去。这时，她耳朵里却听宗少奶奶雪琴向小姐笑嘻嘻地说道：

“凤姑娘，我们刚才在酒席上见到这个山村队长一面孔威风凛凛，不知怎么的，叫人看了真有点儿吓丝丝寒噤噤的。不知你心里也有这么的感觉吗？”

“如何没有这种感觉？我不是埋怨哥哥和爸爸，他们请客吃饭，叫我们女人家偏偏也要陪在一处，你想这成什么样子呢？我见这个东洋鬼一面孔杀气腾腾，将来总要死在枪弹下的。”

珠凤听嫂嫂这么说，遂鼓着红红的脸腮子，表示十二分怨恨地咒骂着。雪琴“呀”了一声，明眸逗了她一瞥媚眼，却笑着说道：

“凤姑娘，你无缘无故地咒骂人家做什么？我看他虽然生得那么威风凛凛，不过对你却老是目不转睛地呆望，好像很多情的样子，我说他呀……”

“嫂嫂，请你不要随随便便跟我说这种开玩笑的话，我可要恼的!”

雪琴这种风骚的态度，和那些神秘的语气，珠凤就知道她狗嘴里长不出象牙来，这就薄怒娇嗔的神情瞅了她一眼，不许她再往下说。雪琴笑了一笑，遂不说什么，因为坐着没有什么滋味，她便道声晚安走出房外去了。等雪琴一走，柳五儿便即关上房门。珠凤见她神色慌张，一时心中奇怪，遂忙问道：

“柳五儿，你关上了房门做什么?”

“小姐，这一件很重大的事情，不知怎么地办才好?”

柳五儿挨到珠凤的身边，附了她的耳朵，低低地说了一阵。珠凤“啊呀”了一声，她的粉脸立刻变成死灰的颜色，急道：

“你这话当真的吗?”

“当然是千真万真的事情，而且……而且……他们要去报告日本司令部，派大队人马去攻打。小姐，你想……这……这怎么好呢?”

“但时间又这样晚了，去报告他们吧，恐怕路上有许多不便，唉！这……叫我真急死了!”

“小姐，你别急，为了这一件重要的事情，就是深更半夜吧，也不算太迟，我不怕，我愿意去报告江少爷，叫他们可以预先准备。”

“柳五儿，你真有这样的胆量？你真不愧是个爱国的好姑娘，那么你快点儿去吧！我保佑你平安去，平安回来。”

“小姐，那么你要不要写一张什么字条叫我带去吗?”

“我这时心里乱得什么似的，根本就写不出一个字来。柳五儿，你就把听见的话告诉江少爷是了。”

“哦哦，小姐，那么我们回头儿见。”

主婢两人形色慌张地商量定当，柳五儿连连答应了两声，便匆匆地向外面奔出去了。珠凤待柳五儿走后，她一个人在房中真有点儿坐立不安了，皱了眉尖，含了眼泪，在室中只管来回地踱步，仿佛热锅上的蚂蚁一样。忽然她偷偷地走出房外，想往大厅里的走廊上过去，远远地可以听到哥哥和父亲在说话的声音，因为在夜里的缘故，所以十分清晰，只听耀宗说道：

“爸爸，我看江上燕捣乱的事慢慢再向队长报告，料想他们都是乌合之众，一时也强不起来。现在第一件要解决的，就是队长看中的这一头婚姻问题，爸爸，你到底答应不答应呀？”

“这一件事情不是儿戏开玩笑，所以我认为还得细细地商量一下不可。第一要考虑的是队长有没有结过婚；第二要考虑的，万一队长回东洋去了，那么凤姑娘难道也跟到东洋去吗？所以这一件婚事，倒不能不从长计议。”

珠凤听到这里，心中这一吃惊，她那颗心儿乎要从口腔里跳跃出来了，额角上的汗水也急得像雨点儿般地冒上来，暗想：哥哥这没有心肝的东西，简直比畜生都不及的了！就在这时，听嫂嫂的口音，她也在插嘴说道：

“爷爷，你所说的这两层考虑，据我看来，都不成什么问题。第一，队长虽然是个异邦人士，但为人诚恳忠厚，他说没有结过婚，那当然不会骗我们的；第二，他们既然打到我们这个地方，就像从前清人打进来在北京坐龙廷一样，断然不会再想回去的，要如靠中国政府来赶走他们，那起码是两三百年以后的事情了。所以我的意思，就爽爽快快地答应了，那么我们还可以沾不少的光哩！”

“并且……如果队长真的把珠凤娶作了妻子，那在政治作用上的关系就重大了。比方说，你是队长的老丈人，我是队长的郎舅，这和从前你是国丈、我是国舅一样有权势。所以这万载一时的机会，若错过了，恐怕就再也不容易找的了。”

珠凤听兄嫂两人一吹一唱竭力地鼓吹，目的在牺牲自己的终身幸福和清白而达到他们可耻的欲望，一时恨到心头，痛入骨髓，再也听不下去，就猛可地奔了出去。她眼睛里完全已冒出金星那么的怒火来，向他们劈面啐了一口，愤愤地说道：

“你们在说些什么话？你们在说些什么话？好！好！我真不知哪

里修来的这样的好哥哥和好嫂嫂，你们出卖了自己的灵魂不够，还要来出卖我的清白的身子吗？我问你们到底有没有心肝的？到底是不是人类的一分子？哦，哦，我的妈！”

珠凤说到末了的时候，究竟满腔的愤怒抵不过她心头沉痛的悲哀，她倒在椅子上，伏着茶几，叫了一声妈，便呜呜咽咽地大哭起来了。众人对于珠凤这突如其来的举动和情形，大家都是出乎意料之外的，所以各人都不免吓了一跳，望着她疯狂的样子，一时倒怔怔地愣住了。还是雪琴会说几句，她走上去，拍拍她的肩胛，笑道：

“啊呀！我的凤小姐！你哥哥和我都是一番好意哪！他给你介绍去做官太太，别人求也求不到，那还不是你的造化无穷吗？”

“呸！你给我少开臭口！并非是我今日得罪了嫂子，他既是一番好意，为什么不给你去介绍介绍呢？”

珠凤是恨极了的缘故，她不知打从哪儿来的一股子勇气，突然地站起身子，又向她呸了一声，凤目圆睁地娇叱着说。这一下子把雪琴真弄得没有了落场势，涨红了脸，不由冷笑了一声说道：

“凤姑娘，你这是什么话？我是一片美意，你不要不识好人心吧！”

“哼！真岂有此理，这算什么屁话呢？爸爸，你也得说句公平话呀！”

耀宗铁青了脸，他本来气得呆呆地站在旁边，此刻方才气出了这几句话。但振雄却弄得左右为难，那是所谓“清官难断家务事”，所以他搓了搓手，忍不住长长地叹了一口气。珠凤不待父亲开口，遂把脚恨恨地一顿，冷笑着说道：

“你们不用叫爸爸来逼我，要我失身于贼，我宁可死！”

“凤姑娘，凤姑娘，你……你……不要走，爸爸不会太委屈你。”

振雄见女儿哭奔进去了，遂连连叫了两声，向她急急地安慰，但珠凤却理也不理地自管进房内去。这里振雄到底是疼爱女儿的，觉得要女儿去嫁给东洋人，那总也不是一件好事情，所以向耀宗埋怨了几句，说做事不该太糊涂。他伸手按在嘴上打了一个呵欠，显然是烟瘾上来了，于是擦了擦眼角旁的烟瘾泪，便自管进套房去了。

第七回

害人害己　死到临头悔已迟

今夜的月色是非常惨白，淡淡的光芒，好像是一个心事重重姑娘的明眸，她是含了无限哀怨的神情，至少是带了点儿悲切的成分。这时，凭窗凝望的珠凤，她满颊沾了晶莹莹的泪水，心头是滋长了无限的悲酸，她恨自己到底是个最庸俗的姑娘，不但一点儿勇气都没有，连一点儿决心都拿不定。假使我跟着上燕走了的话，那么何至于今日还会发生这样的不幸？唉，我真是懊悔都来不及的了！珠凤迎着凉意的秋风，她身子抖了一抖，觉得自己此刻好像是一头迷途的羔羊，茫茫的大地，不知到哪里去才是最安全的归宿。望到室内那盏跳跃不停的灯火，更觉得死沉沉地像荒冢一般凄寂。她心头忽然感到一种恐怖，这恐怖会使自己的汗毛孔根根都直竖起来。忽然她瞥见一个黑影在房门口闪过，她心中一急，遂奔出去张望。似乎见那黑影还在前面走，她匆匆地跟上去，不知不觉走到嫂嫂的房门口，只听里面有口角的声音，好像是嫂嫂在跟哥哥发脾气，于是连忙停滞不前，偷听着她在恨恨地说道：

“算了吧，算了吧！以后你们家中的事情，烂掉我嘴巴也不再放一声屁。哼！真是我倒霉，跟你一生一世，都没有个发达的日子。”

“我心中也烦闷得不得了，你何苦还向我来发这么大的脾气？你也不必看杀我，早晚我总会弄上一个区长做做的。”

“哼！你倒想做区长？”

“为什么不想？要做区长又不是一件困难的事情……”

珠凤听到这里，又走到纱窗的旁边，用眼睛向房里面一瞟，只见嫂子嘟起了嘴，逗了哥哥一瞥白眼，啐道：

“罢了！你光是癞蛤蟆想吃天鹅肉，还要凭空张大了嘴巴说大话，真是一点儿都不知惶恐。我看你呀，这个区长就一生一世都想不到手。上回在城里的时候，我爸爸就对你这么说过，你尽可以利用你的妹妹来升官发财。比方说，刚才吃酒的时候，队长一面答应决定推荐你做区长，一面把眼睛就老瞟着凤姑娘，那还不是一个明显的表示吗？所以你要做区长，你就非把凤姑娘嫁给队长不可。不管凤姑娘答应不答应，你做哥哥的就该放一点儿辣手出来。现在她不答应，你就这样算了吗？哼！我知道你是一个没出息的东西，看你一生一世发达不起来，算我这一世完了，永远不会再有享福的日子了。”

“你给我说得轻一点儿，别给他们听见了，这怕又多是非了。”

“你看，你看，这么胆小如鼠，还想做区长？我真不懂你就这样怕她？”

“不是怕她，因为我的心中早已有打算了，所以不要大声乱嚷，泄露风声，岂不是又多一种麻烦？”

珠凤听到这里，心头别别乱跳，一时把嫂子痛恨入骨，暗想：原来这无耻贱人早就存心把我当作他们升官发财的牺牲品了。她想冲进房去和她评理，但到底竭力忍熬住了，又听雪琴冷笑道：

“你又有什么好打算？我劝你趁早收收心，还是省省吧！你也不必再妄想当什么屁区长，我也不想做什么区长太太了。有福气的人，县长、县长太太也早都做着了。”

“我瞧你这个人呀，脾气总是这么急躁，你以为我不在动脑筋吗？其实我若要你女人家来提醒我，那我也不能在维持会里做秘书长了。不是我夸一声口，现在这个会里里外外的事情还不是全靠我一个人来主持吗？爸爸无非是卖一点儿年纪，讲到办事的才干，嘿嘿！七爷、三爷，哪一个不拍我的马屁呢?”

“呀！原来你还是个栋梁大才呢，倒是失敬了！不过我要请教请教你，你到底有什么好打算呀?”

雪琴这话说得很俏皮，在她脸部上的表情看起来，就可以知道完全是带了讥诮的成分。珠凤的火星几乎从头顶上直冒，她恨不得把嫂嫂打了两个耳光，来出她心中这一口怨气。但这时却见耀宗又安闲地吸了一口烟卷，微微地一笑，似乎很得意地说道：

“我送队长回去的时候，他已经跟我老实地要凤妹的人，说只要凤妹嫁给他，不要说区长，将来当个县长也有办法。所以，我的主意是早已打定了，凤妹愿意也这么地办，她不愿意也得这样地办。”

“哦?原来你已准备硬干了，这才是聪明人的办法。我说你要做官，手段就不得不辣，不过你用什么办法呢?因为这妮子到底不是三岁两岁的小孩子，所以事先也得有个郑重的考虑不可。”

“嘿嘿，我老实地告诉你，用不到你好太太费心，我是早已安排好了。刚才我已经跟队长偷偷地说定，叫他今晚十一点钟就派两个兵来在我们大门口等候着。我这里先好好地劝劝凤妹，她肯答应，那当然没有问题。如果不肯答应，我只要向门外一关照，他们自然会把凤妹抢走的。”

“抢走?”

“嗯，抢回去，队长跟她一成了亲，就什么事情都完了。”

“那么爷爷知道了不怕他心中生气?”

“不要紧，爸爸是顾全面子的人，一等凤妹生米煮成了熟饭，他也就没有办法了。况且有了队长那么一个威风的女婿，他也不算坍台呀。”

“亏你想得出这个好办法，真不愧是个区长的资格。”

“喏，这会子又拍我的马屁了。”

“嘻嘻，你能干我当然欢喜，不要说此刻拍你马屁，回头我还得好好地服侍你。耀宗，这回我区长太太是做成的了。”

“当然是做定的了。雪琴，你这女人叫我又爱又恨，今天晚上我倒要看看你怎么地服侍我，哈哈……”

“喏喏！你这个人就等不及了，动手动脚的，人家不肉痒吗？哎哎哎！我倒想起来了，你千万要指点得明白一点儿，别叫他们不管三七二十一地乱抢。”

“你放心，我自然对他们说得清清楚楚，只要大门一开，他们就一直往里面跑。走到第二进厅堂，往右转弯，看见那间绿漆油的屋子，进去见了女人就抢。”

“可是你千万不要叫他们弄错才好。”

“哪里会弄错？笑话，难道怕抢了你不成？”

“看你这张油嘴，难道你倒爱做硬壳虫？”

房内的耀宗和雪琴他们经过了这一番谈话之后，便嘻嘻哈哈地得意地笑了起来。可是站在纱窗外的珠凤，她气得全身瑟瑟地发抖不算，而且两颊红一阵白一阵，到底变成了铁青的颜色。她想奔进房去和他们拼命，她又想奔到爸爸那儿去哭诉，但是她又觉得这些都不是根本解决的办法。一瞧手腕上那只表，还只有十点一刻，心中这就暗想：时候还早，我若不再脱离这个万恶的家庭，那我不是白白地等死吗？珠凤在这样一想之下，她便三脚两步地奔回房中去整理皮箱了。这里耀宗夫妇两人调笑了一会儿，方才又低低地说道：

“雪琴，你倒去看看凤妹，究竟睡了没有？你假痴假呆地去劝劝她，可以叫她心安定一点儿。”

“好的，那么你也应该向外面去关照关照。”

两人说着，便一同走出房来，各自走开。耀宗在大厅里叫了两声邬寿，只见邬寿匆匆由外面奔入，问少爷有何吩咐。耀宗低低问道：

“你在大门外面去张望过没有？”

“望过了，有两个日本兵在放步哨，不知道是为了什么，我正预备来报告少爷。”

“想不到队长这么性急，这样早就把两个兵士派来了。邬寿，你叫门房把大门快去关上了。”

“少爷，我一见日本兵在大门外放步哨，我怕发生闯祸的事情，所以我早已叫门房关上了大门。怎么啦？少爷，难道真发生什么乱子了吗？”

邬寿一面很献殷勤地回答，一面又惊慌了脸色，表示并不十分明白地问。耀宗点了点头，他十分得意的样子笑道：

“这样很好。邬寿，我关照你，等少奶奶从小姐房中出来的时候，你就把大门去开了，开得大一点儿，让这两个日本兵进来拿一件东西，你们不用管他们，原是我和队长接洽好的。所以你们不必拦阻，也不必害怕，等两个日本兵走后，把大门赶快地关上，知道没有？”

“少爷，你有东西送给队长，何必要这么送法？不会差人送了去吗？这就用不到关门开门、开门关门地麻烦了。”

“你这奴才又喜欢多管闲事，我叫你这么做，你就这么做，干吗偏偏要多啰唆？你开了门之后，站在旁边不许声张，也不许动，这是军机大事，你不懂，你别多开口。”

“是是是，我明白了，我闭上眼睛，让他们进来，只当不看见就是。”

耀宗听了，这才十分欢喜，连说对了。他在室内踱了一个圈子，不由暗想：我还是到套房里去陪伴父亲说话，装作一点儿也不知道，等人抢去了，我就死人也不管地好做区长了。一面想定主意，一面又向邬寿叮嘱几句，他便自管地进套房去了。

雪琴走到珠凤的卧房，见珠凤在整理衣箱，她觉得这事情有些不对，芳心顿时忐忑地乱跳，遂挨近身子去，低低叫声“凤姑娘”。珠凤一见嫂嫂进房，她心中也大吃了一惊，遂镇静了态度，冷冷地说道：

“嫂嫂，你这么晚了不去睡觉，到这儿来做什么？”

“凤姑娘，你不要生气，我是来劝劝你的。咦？好好儿的整起衣箱来干什么呀？”

珠凤因为存心预备逃走了，所以此刻又显出温和的态度，拣出一件衬绒的旗袍，把箱子合上，低低地说道：

“我刚才哭了一会子，觉得有些寒冷，所以想加一点儿衣服穿。”

“啊呀！凤姑娘，我说你这么晚了，还加穿什么衣服？倒不如早点儿休息了正经。对于这头婚姻，你既然不欢喜，那么就作罢也不要紧，何必哭得眼皮红肿肿的呢？身子哭坏了也犯不着，叫我嫂子心里多肉疼呢！刚才我也劝你哥哥，叫他别糊糊涂涂地喜欢多事。你哥哥说，他原是一片好意，现在妹妹不喜欢，他当然也不会叫妹妹勉强。你听，他不是已经放弃了吗？所以我劝你可以安心了，别伤心吧。”

“谢谢你。我真不知怎么去修来的，才有你这么一个好心眼儿的好嫂嫂，你待我这份恩典，我一定不会忘记你的。”

珠凤听她还这么地劝自己，一时心头真是痛恨得了不得。但她到底还竭力压制自己愤怒的展开，含了媚人的苦笑，低低地说。其实在她这几句话中是包含了多少讽刺的成分，但是因为她掩饰得不露一点儿痕迹，所以雪琴还只道她是真的感激着自己，遂笑嘻嘻地拍了拍她肩胛，说道：

“凤姑娘，我和你就像亲姊妹一样，你还说这些客气话做什么呢？”

“真的，你像我亲姊姊一样，我保佑你永远快快乐乐地做人吧！”

“我也希望你永远做个幸福的人，凤姑娘，时候不早，我看你还是可以睡了。”

雪琴笑容在脸上没有平复过，她心中却是在暗暗地想：我是快要做区长太太了，怎么会不快乐？珠凤点头答应，一面也劝嫂子好去安息。雪琴方才悄悄地步出房门，还把房门轻轻地掩上，她方才自管到房中去了。这里守候在厅堂里的邬寿，他见少奶奶出来了，知道已是到了去开大门的时候了，于是连忙跑了出去。但珠凤等雪琴一走，她也顾不得再拿衣箱，就拉开房门，探首向四周望了一眼，见静悄悄的，并没有什么人影子，心中暗暗欢喜，遂往厅外走去，因为心慌意乱的缘故，一个不小心碰翻了一张凳子，发出了砰的一声响亮。珠凤又急又怕，连忙转入小院子，开了后门逃走了。雪琴刚刚跨入卧房，一听外面的响声，她不免暗吃一惊。因为她见珠凤刚才整理衣箱和她那种慌张的神情，当下猜想她就有逃跑的意思，难道她等我一走，真的实行逃了吗？假使凤姑娘一走的话，那我这个区长太太不是又将成为泡影了吗？想到这里，她便情不自禁地又走到珠凤的卧房来，一见房门开着，心中先是一跳，遂急急步入，果然房中已没有了珠凤的人影子。她连忙奔到床边，撩开帐子一看，空洞洞地只有一床被。她不禁“啊呀”了一声，正欲回身奔出去叫人找寻的时候，忽然一阵子皮鞋声响入房中，只见两个日本兵匆匆奔入，不问三七二十一地就把自己拉住。雪琴待要声辩，哪里还来得及，只好高叫了两声“救命呀”，但日本兵预先备好的一团棉花早已塞进了她的嘴里，把她拖了就走。等振雄在套房里闻声和耀宗急急赶来，早已不见了他们的人影子。振雄一面急问谁喊救命，一面大叫邬寿，邬寿听了，慌慌张张地从外面奔进来，还说道：

“老爷，少爷，我把大门又关上了。”

“什么？你在说什么话？刚才是什么人叫救命的声音呀？”

“不知道是什么人，好像是一个女人被两个皇军拖出大门去的。”

邬寿因为这是少爷事先已经吩咐自己过，所以他很轻松地回答，表示毫不负责任的意思。但振雄听了，心中倒是忐忑地一跳，连忙跑到珠凤房中去张望了一下，喊了两声凤姑娘，因为房里空无一人，这就急得满脸通红地又奔出来，连喊“糟了糟了”，说道：

“这……这是怎么的一回事？难道凤姑娘被日本兵抢去了吗？邬寿，你快去追，你快去追！”

邬寿答应了一声是，便向外又急急地奔出去了。这里耀宗却显出十分安闲的态度，望了振雄一眼，笑道：

“爸爸，你何必急得这个样？妹妹被日本兵抢去，这真是她做队长夫人的好造化，绝不会有什么意外祸水发生的，你放心吧！”

“哦哦！我明白了，我知道了，原来是……还是你闹的鬼把戏吗？唉！这还成什么体统呢？耀宗，你好大胆，瞒天过海，竟然做出这种事情来。要知道我们是什么人家的身份，哪比穷家小户，就说要成亲，也得大吹大擂像个场面，如何可以这么偷偷摸摸？这不是被外界知道闹成天大的笑话吗？”

振雄听耀宗这么一说，方才有个恍然大悟，一时不免恼怒起来，把脚在地上重重地一顿，向耀宗怒目责骂。显然在振雄的心中是在肉疼着珠凤，一个花朵般的姑娘，竟会落到一个粗蛮的像未开化般的人手中去。耀宗在这时候，他觉得还是认三分的错，那么父亲也会把气平下来的，这就低了头，低低地说道：

“父亲，你请息怒，算我错了……不过现在木已成舟，还有什么挽回的方法呢？好在队长是个有权有势的大人物，妹妹能够嫁到这么一个好夫婿，也不能算是辱没了她的好模样吧。”

“放屁！放屁！你这逆子真是混账！就说队长一定要娶凤儿做妻子，那么也得成一个样子。你现在把她半夜三更地强抢了去，不说别的，单以凤儿一个女孩子家，岂不是要吓掉她的小魂灵吗？唉！唉！你……真太没有手足之情了！”

振雄连骂放屁，他还是那么怒不可遏的样子，但说到末了，忍不住又伤心起来，倒在太师椅上连声地叹气。耀宗的心中认为只要事情达到了目的，就是被爸爸打了两记，那也并不在乎。所以父亲只管暴跳如雷，他却一味装作没气死人的样子，又低声说道：

“因为妹妹不肯答应，所以我才出此下策的。其实爸爸心中也很明亮，别的人可以得罪，只有队长那个人，谁敢给他一个不称心呢？那还不是等于自寻死路吗？”

“凤儿虽然不肯答应，但慢慢地劝劝她，她自然也会欢喜的。况且由我父亲做主，凤儿更不会倔强了。现在你把她硬生生地抢了去，这到底不是一件小事情，我觉得太委屈了凤儿。就是明天传扬出去，我一个堂堂维持会的会长，实在也没有这张脸皮再去见人。所以你给我赶快地到司令部去跟队长商量，我来拣个黄道吉日，预备点儿家伙，然后像模像样地嫁过去，而且也得发几张喜帖，办几桌酒席，否则我……我……无论如何也不答应的。”

耀宗听父亲这样说，那就不免有点儿为难的样子，皱了眉毛，搓了搓手，望了他一眼，说：

“爸爸，今晚再要把妹妹去讨回来，那恐怕不行了吧，因为只怕妹妹一到司令部，队长就马上和她要成亲了。”

“什么？马上和她成亲？啊呀！该死该死！但成亲只管成亲，回来只管回来，反正这里没有人知道。不管怎么样，我认为男婚女嫁，礼是少不了的。”

振雄急得又从椅子上跳了起来，向儿子连连地追逼。耀宗暗想：爸爸真也太会自说自话了，司令部可比不了俱乐部，已经到了司令部的人，还能够随随便便地叫她回来吗？因此还是站着没动步，呆呆地说道：

“爸爸，我想明天一早就去和队长商量，关照家里人不许传扬开去，包管没有什么人会知道这一回事的。”

“不成不成，非要你今夜把我凤儿去接回来不可。谁叫你想出这样一个好法子来的？丢了我的脸不算，还叫凤儿受惊吓。”

“好，好！我去，我去！那么让我到房里去戴一顶呢帽。”

耀宗被父亲逼得没有办法，只好恨恨地说着，一面便向自己的卧房里进去了。这里振雄还在大骂“混账该死”。就在这当儿，邬寿又急匆匆地奔进来，气喘喘地表示奔得这一份吃力的样子，说道：

“老爷，老爷，追了半天，谁知连影子也没有看见！”

“啊呀！糟糕，糟糕！那……那可怎么办呢？你们这班奴才，真是死人，为什么凤小姐被人抢走却不拦阻下来？难道你们都死了不成?”

邬寿挨了这一顿大骂，真是哑子吃黄连，有苦无处诉，因此站在一旁，却默默地不敢作声。正在这时，耀宗脸色慌张地又走出房来，自言自语地说道：

“啊呀！奇怪了，雪琴怎么也没有在房中呀？邬寿，邬寿！你……你可曾看见过少奶奶没有?”

“没有呀，我见少奶奶从小姐房中走出后，就一直没有见过她。”

“那么刚才抢去的到底是凤姑娘，还是少奶奶?”

“我不知道。”

“浑蛋，你在门口开门的，怎么说不知道?”

“他们出去的时候，我正闭上了眼睛。”

“哪个叫你闭狗眼的？为什么不看看清楚？你这该死的瘟贼!”

“咦？当时少爷不是赞成我这么做吗？不过我还放心不下，等他们走后，我才睁眼见他们后影，好像是一个女人。”

耀宗听了，一时倒弄得哑口无言，但心中的焦急却激成了无限的愤怒，他蹬着脚，连骂该死。振雄这时真有些丈二和尚摸不着头脑的样子，睁大了眼睛，急急地问道：

“怎么啦？难道媳妇也被抢了不成？唉！真是天下本无事，庸人自扰之。那么快点儿找，快点儿去找呀!”

随了振雄这几句话，耀宗和邬寿便向屋子里四周边找边喊，但一点儿回音也没有。振雄是急得一个人在屋子里只管团团地打转，不多一会儿，耀宗脸色灰白地进来，唉声叹气地连说：“没有呀，没有呀！奇怪极了，这……难道两个人都被抢去了吗?”耀宗自管地发急，邬寿匆匆地走来，一面拭着汗点儿，一面说道：

“里里外外全都找到了，没有一个人影子。不过院子的后门本来是关得好好的，现在却开得很大，不知是什么缘故呢?”

“什么？后门大开吗？糟了，糟了！哦，我明白了，那一定是凤妹开了后门逃了，因此这两个日本兵反而把我的女人抢去了。我去追回来，我去追回来!”

耀宗这时不再像刚才那么迟疑的样子，他不等父亲的催促，就早已三脚并两步地向门外像疯狂似的奔去了。

两个日本兵把雪琴拖到了司令部，立刻报告了山村队长。队长因为在邬振雄家里喝醉了酒，此刻在他自己的卧室内正酣然熟睡着。当时被勤务兵叫醒，一听了这个消息，心里真是喜欢得了不得，连忙一骨碌翻身从床上坐起，说：

“快把她带进来!”

勤务兵听了，遂即传令下去。不多一会儿，两个日本兵便推进一个女子来。山村队长因为还只有刚刚醒转，兼之醉眼模糊，所以见了女人，只道是珠凤，不免乐得心花怒放，一面吩咐众兵退出，一面喜滋滋地跳下床来。那时雪琴把一团棉花早已从口中取出，她转身欲去拉门，但门好像有机关似的再也拉不开来，同时听得一阵哈哈狂笑的声音，接着有一只手在自己肩胛上按着了。雪琴急得粉脸变色，当她被山村队长扳转身子，先嗅到一阵冲人的酒气，几乎要作呕起来。但山村队长已迫不及待地把她紧紧地搂在怀内，在她嘴上就是一阵子狂吻，吻得雪琴几乎透不过气来，在竭力挣扎之下，方才推开了他的身子，又羞又急地说道：

“队长，你抢错了！我……我……不是凤姑娘呀!”

“什么？你不是凤姑娘？你……你……是啥人？哦哦，我看出来了，你……你……是耀宗的女人……”

山村队长被她一推，身子向后倒退了两步。起初他绷住了狰狞的面孔，表示有点儿愤怒的样子，后来一见雪琴的脸庞也生得不错，他忍不住又欢喜起来，遂笑嘻嘻地又跌冲了上来，向她指了指说。雪琴见他那种怕人的神情，心里是吓得了不得，遂哭出来似的说道：

“是的是的，我是邬耀宗的妻子。队长，你快点儿放我回去，我去把凤姑娘来换给你好吗?”

“不，不，侬的脸蛋儿也很漂亮，我心里也很爱侬。侬既然来了，阿拉搭侬白相白相没关系。来来来，好来西，好来西！”

山村队长酒后兴浓，他此刻的欲念像火焰似的高燃起来，所以哪里还管得了什么“礼节”两字？其实这般野蛮民族就根本不知道什么叫作礼节，因为他把十个乡下女人已经玩得厌了，此刻见了雪琴打扮得好像花朵般的模样，在他醉眼模糊之下看起来，更觉得十分艳丽，所以一时里怎么肯放走她，遂贼秃嘻嘻地扑了上去，把雪琴仿佛饿虎抓羊似的抱在怀里，又是一阵子狂吻。羞恶之心，人皆有之，雪琴被他这么任意地侮辱，心里真是又恨又急，遂竭力挣扎，不肯依从。因此山村队长就恼怒起来，他想伸手量雪琴的耳刮子，但不知怎么的，他倒也怜惜起来，于是用了另一种方式来叫她屈服，拔出桌子上放着的手枪，喝道：

“哼！你这该死的女人真是太抬举不起了！要如你敢不答应我的话，我就一枪打死你！”

“队长，你……你……开不得，开不得！”

雪琴到底还是贪生怕死的妇人，一见了手枪拔出来，她早已急得魂飞魄散，两颊灰白，全身不禁瑟瑟地抖得厉害，一面还连连地摇手。山村队长兀是镇静着他原有凶恶的态度，握了手枪，一步步一地向雪琴逼了上去。雪琴是退得没有地方再可以退了，她的粉脸上已是挂满了眼泪，不禁扑地跪下地来，哭起来叫道：

“队长，饶命饶命！”

“哼！你这女人不知好歹，你到底答应不答应？什么？你不回答？该死的贱人，我打死你，我打死你！”

“喔喔！我答应，我……答应，你……千万饶了我，可怜可怜我吧！”

山村队长见她不作声，于是更把牙齿一咬，好像真的要开枪的神气。这一来把雪琴急得涕泗横流，一面答应，一面纳头便拜。山村队长听了，方才转怒为喜，把手枪放在桌上，拉了雪琴，还给她揩了眼泪，说道：

“你恨我吗?”

“不!”

“那么你爱我吗……为什么不回答?你……”

“喔，我爱……我爱……”

“你爱谁?你明白地说!”

“我爱你，我爱山村队长……”

“哈哈，哈哈……”

山村队长见她已经是完全地屈服了，这就忍不住哈哈地一阵子狂笑，他把雪琴拉到床边去，就老实不客气地实行他侮辱的工作。可怜雪琴在这个时候，她觉得害人害己，难道这也是冥冥中的报应吗?因此她含了一眶子热泪，心中的痛苦，真也不是一支秃笔所能形容其万一的了。

山村队长正在发泄他的兽性的时候，忽然门外有人敲了两下，一时十分恼恨，遂急问:“是谁?”外面一个日本兵用生硬中国话报告，说维持会里的秘书邬耀宗要见队长。雪琴一听丈夫到来，想到自己此刻一丝不挂的状态，这就又急又羞，哀求队长，切勿把自己已经被污的消息告诉丈夫知道。山村队长略为点点头，遂匆匆披上衣服，走出卧房，来到办公室接见耀宗。耀宗见队长一面进来，一面还在扣着衣服的纽襻，这就大惊着暗暗叫苦，觉得雪琴一定是完了，但还不得不连忙立正行礼，然后急急地说道:

“队长，刚才抢来的女人不是我妹妹，乃是我的妻子，所以请你千万地开恩，把她放了，给我带回家去吧!”

“哦?原来这个女人还是你的老婆，那么你的妹妹到什么地方去了?你不要假痴假呆地骗我，你这个人真是一点儿也不中用，难道这一点点小事情都办不来吗?”

山村队长见他通红了脸，好像急得要哭出来的样子，这就把面孔一板，故作不悦的神色，反而向他大吃“排头”。耀宗在这个恶魔之间，他是不得不含了痛苦的强笑，连连弯腰，赔不是说道:

“是，是，队长，这确实是我太不会做事了，但千万请队长原谅。你把我妻子放了，我一定把妹妹亲自去陪来给队长成亲好不好？”

“很好，很好，不过你的妹妹在没有陪来之前，把你女人暂时押在这里，因为我有点儿不放心，你妹妹为什么此刻不同你一道来呀？”

耀宗这时候一心一意想把雪琴骗了回家，对于妹妹的事情，慢慢地再作道理。但山村队长却比他更要狡猾，摇了摇头，拒绝他的请求回答。耀宗心中这一焦急，他额角上的汗点儿会像蒸气水地冒了上来，口吃了成分，说道：

“队长，我妹妹可以包在我身上，给你找到。但是我的妻子，总应该让我带回去呀！”

“啊？什么？什么给我找到？那么你妹妹逃走了吗？好！好！你故意给我上圈套，骗我是不是？混账，你这该死的猪猡，你还要想把妻子带回去？哼！我老实地告诉你，你女人已给我白相白相过了。”

山村队长到底是矮子肚肠很细心，他居然从耀宗这一句无意露马脚的话里可以猜测到珠凤已经逃走了，所以索性把雪琴污辱过了的话向他老实地告诉出来。耀宗对于山村这几句话，真所谓不听犹可，听到之后，不禁心痛若割。他想到刚才山村扣着纽襻的情景，因此他更想到一幕自己所不愿想起来的镜头。他觉得这是生命中一件可耻的事，他觉得自己已经是戴上了一顶绿头巾，究竟事情临在自己的头上，他才开始感到痛苦起来，由痛苦而激起了愤怒。他不知打哪儿来一股子勇气，圆睁了三角眼，终于也发急道：

“什么？队长，你……你……怎么能够白相我的女人？她……她……是个有夫之妇呀！”

“哈哈！有夫之妇不能白相吗？那么你把十个女工送给我白相，我听她们苦苦哀求我的时候，大家也都说是有夫之妇的呀！我以为不管是你的女人，是他的女人，只要是中国女人，到了我们司令部里，谁都应该给我白相。”

耀宗被他这么一说，方才悟到这也许是报应吗，但他还表示有所抗议的神气，很严肃地说：

“队长，我是秘书长，秘书长的太太，和普通女人岂可同日而语？你……你应该放走她！我觉得你……太不讲道理了！”

“妈的，狗东西，你骂我不讲理？我打你这小子！”

山村队长兽性大发，撩起手掌来，啪啪两记，打得耀宗两颊上热辣辣地全都红了。耀宗因为神经受到一点儿刺激的缘故，他便一头向山村队长撞了过去，口里也大骂：“东洋鬼，你快还我的女人来！”山村似乎想不到耀宗竟有这么大的胆量，遂退到桌子旁，伸手拿过手枪，就向他砰的一声。耀宗只觉一阵子疼痛，叫声“啊呀”，他便仰天跌倒。山村队长方才走上去，在他身上拼命乱踢。耀宗虽然中了一弹，因为不是要害，所以没有丧命，不过被山村一阵乱踢，这就觉得活着比死了还要更感到痛苦万分，他想挣扎，他想抵抗，但是不中用了，他倒在血泊泊的地上已是不能动弹了。在这个时候，他把做区长的梦已经打得粉碎了，方才觉得皇军是一条没有人性的狗，他是毛皮畜生，他是完全利用我们来造成他们的世界，等他兽性暴发的时候，把我们就根本不是当作人类看待了。忽然，他觉得江上燕的思想是对的，他组织游击队，他要和日本人拼死活，他的行动是伟大的。我……我……不能轻视他，我……不能残害他，我应该加入他的阵线一同救民族的生存、祖国的安危。耀宗脑海里是这么地想，但是他口里吐着鲜血，心中是已经慢慢地糊涂过去了。山村把耀宗踢得满面是伤，血肉模糊，真是有些惨不忍睹，方才停止他的乱踢，吩咐部下把他拖出去枪毙。其实耀宗已经是奄奄一息，纵然是不枪毙，他也已经是不能够再活命的了。

山村在结束了耀宗一生之后，方才又走到卧房里来。只见雪琴已穿舒齐了衣服，她坐在床边扑簌簌地流眼泪，一见山村入房，便急急问道：

“队长，我丈夫的人呢？他……知道我已被你……”

“哈哈哈哈！好女人，你不要伤心，我叫你丈夫把凤姑娘陪来调换你，他……他已经回家去了。来来来，我们再白相白相！”

山村故意这么地说了一个谎，一面把她抱在怀内，一面任意玩弄，忍不住又哈哈地狂笑起来。不料正在这个时候，忽然静悄悄的空气里流动了一阵噼噼啪啪放射机关枪的声音。起初，山村还以为是部下学习打靶，但一瞧时钟，已经子夜一点，这么晚了，当然不是打靶的声音，况且枪声愈响愈近，愈近愈密。山村知道事情有变化，一时也顾不得再享受温柔之乐，把雪琴猛可地推倒在地，他便飞一般地奔出去了。

第八回

救民救国　花开热血报国时

秋阳淡淡地呈现了惨白的颜色，尤其是在黄昏笼罩下的时候，它就像一朵垂死人的脸，奄奄一息，只剩了一丝游气那么可怕和凄凉。整个张家村里是静悄悄的，除了秋风动荡中的几张落叶，瑟瑟地如泣如诉，似怨似诉地在半天里飘飞着凄切的音韵，这使人会感到一阵肃杀意味的惆怅。

青郎匆匆地向江家院子里走进去，他脸部上是充溢着一种热的活力，他全身都显出有血液在沸滚，跑到草堂门口站住了，突然立正，大声地道：

"报告队长!"

"队长？什么队长？青郎，你吃饱了饭真会开玩笑，谁和你闹这些活把戏呀?"

青郎这一本正经完全军队化的举动，瞧到里面闻声赶出来王跛子的眼睛里，他忍不住呆了一会儿，倒又感觉得好笑起来。青郎本来是显出十分的严肃，现在听他这么地说，一时被他也引逗得好笑了，连忙解释给他听说道：

"王跛子，谁和你开玩笑？你难道不晓得？队长就是你家少爷，是我们校长先生，还是我们的大哥。哎，队长在不在家?"

"哦，原来是问我少爷在不在家，那么就说少爷好了，干吗队长不队长的？倒把我唬了一跳。"

王跛子这才有所恍然，不禁“哦”了一声，但是他还含了埋怨的口吻，而且伸手拍拍胸部，表示受了一点儿虚惊。青郎却还是很认真地告诉道：

“王跛子，你以后不准随随便便地叫了，我告诉你，现在总司令部已经批准在这里成立无锡区人民自卫军第三十八支队，上面就委任你少爷做我们的队长。他以后就是我们的领袖，我们要实行军队化，当然要认真办事，谁要犯了军纪，嘿，队长就可以把我们枪毙哩！”

“喔喔！我们少爷有这样的权威了？那我以后一定也呼他队长。青郎，谢谢你，幸亏你来关照我。”

王跛子脸上含了欣慰的微笑，他觉得少爷到底是个不平凡的青年，出人头地，居然做起队长来，江老太太魂兮有知，当然也可以安慰九泉的了，一时连连点头，还向青郎表示感激的意思。青郎接着又问道：

“王跛子，你别谢了，第一要紧还是告诉我，队长在不在家？”

“少爷嘛，不不，队……队长是不是？他和刘先生、吴先生，还有四位新来的叫什么先生记不起来了，他们都到芭蕉岭上去看碉堡了。”

“不是先生，以后你也要改口，叫他们作同志。”

“同志？哦，我记得牢，就叫同志吧！”

“他们去了多少时候？就回来吗？”

“已经有一下午了，大概快回来了。青郎，你老是站在门口做什么？进来坐一会儿吧，你找队长干吗？”

“今天不是开会吗？现在他们都在祠堂里到齐了。”

“多少人数？”

“一百四十六名，一个也不少。唉唉，只有张老实父子两人推说有病，没有来。我想这个老东西多了一点儿钱，就怕事情，这样胆小的人，实在不配做我们的村长。”

青郎跨进堂屋，一面告诉，一面忽然想起了张老实，他又显出愤怒的样子，很不满意地说。王跛子给他倒上了一杯茶，点了点头，也附和着怨恨了几句。就在这个时候，忽听院子外一阵脚步声，只见江上燕和众人都已回来了，青郎连忙站起身子，又立正行礼，报告道：

“报告队长，祠堂里众人都已到齐了，请队长马上就去开会训话。”

“青郎，在目前我们还不需要有这一种称呼，因为我们大家都是兄弟，再说也不能太受人注目。”

“是，是！”

江上燕摇了摇头，微笑着回答。青郎是服从命令的，所以又连连地说了两个“是”字。上燕这时接下去问道：

“人都到齐了吗？”

“到齐了，只少两个，是张老实父子两人。”

“哦，张老实这人太可恶了。好在他已经有了名字在这名单上，也不怕他去走漏了风声。青郎，你先到祠堂里去告诉大家，说我们马上就来。”

“是，队长。”

青郎把脚跟一并，一个敬礼，便转身匆匆地走出去了。这里江上燕请大家在桌旁坐下，王跛子倒上了七杯茶。上燕遂沉吟着向大家说道：

“诸位同志，我想在这个困难环境之下干这一种工作，那当然是愈快愈好的。所以我的意思，回头把他们立刻编就了队伍，每队由我们这儿各人负责训练。好在他们在抗战之前，也都曾经受过短期的公民训练，后来因为这里受了敌人的威胁才结束解散了。现在只要略加整顿，对于简单武器，我可以担保他们一定都会得应用的，不知各位还有什么意见发表吗？”

“江同志的话很有道理，一方面着手进行训练，一方面加紧在芭蕉岭上建筑碉堡的工作。这样我们有了一个根据地之后，不管是什么地方，那当然更觉得便利了许多。”

刘思勉点了点头，表示有一种计划地回答。江上燕连声称是，他握了杯子，慢慢地呷着茶汁，一会儿又问道：

“你们看芭蕉岭的形势怎么样？还可以作为军事根据地之用吗？”

“地势是好极了，居高临下，而且每个凹凸之处都是天然生成的炮垒。如果再经过一番修理之后，那确实是个很好的军事根据地，不要说这里镇上几十个鬼子兵，就是几百个，那也不用放在心上了。”

吴忠诚也低低地回答，这里七个人经过了一会儿小组会议之后，那么今天在祠堂里就有了开会的程序和计划，他们方才离开了江家，一同到祠堂里去了。里面青郎一听了报告之后，立刻和小狗子、红郎等前来迎接。江上燕等七人跨进祠堂的门，见一块旷场上排齐了一百多个年轻的乡民，他们见了上燕等七人，当即行礼致敬。这里就由七人分别地向他们训话，并且预备今夜通宵训练，二十一人作为一队，共分七队。明天由七队中拨分半数人来，到芭蕉岭上动手建造碉堡的工作，当下众人都认为十分赞成。因为时候不早，大家到家里去取了米柴来烧大锅饭，先实行团体生活。江上燕见众人情绪热烈，可见民心未死，所以非常兴奋欢喜，因此在这破旧的祠堂里就产生了铁一般的力量，将在历史上展开了最光荣的一页。

众人晚饭毕，就由上燕等七人各领二十一人至一冷静处，进行训练工作，好在所有枪械原本运来的时候也都藏在祠堂的后面，所以应用起来十分便利。训练两小时后，大家稍事休息。青郎因为内急，遂到祠堂外面去小解；小狗子悄悄地跟出来，意欲和他开个玩笑，不料青郎早已发觉了，遂反而先向他吓了一跳。两人正在嘻嘻哈哈的时候，忽然见王跛子带了一个小姑娘急匆匆地奔过来，奔得气急败坏的样子，脸色灰白地连问：“少爷……队长在哪里？在哪里？”青郎知道事情有了变化，遂把他们连忙带入祠堂里面。王跛子是一路喊着“不得了”，江上燕急问什么事，但王跛子却支支吾吾说不出什么，只把手向柳五儿乱指。那时柳五儿奔得满头大汗，连连气喘。上燕知道她是从镇上奔来的，遂忙叫小狗子先倒一杯茶给她喝。柳五儿坐在地上，却连连地揩汗。江上燕这才低低问道：

“柳五儿，是不是你小姐叫你来找我的？”

“是的。”

“这么晚了，我想一定有什么要紧的事情吧？”

“江……江……少……爷，你……你们……组……组织游击队的事情，我们老爷和少爷都知道了。”

柳五儿带了口吃的成分，心中越急，嘴里也就越加地说不上来。这消息触送到众人的耳朵里，大家“啊呀”了一声，各人的心头都别别地乱跳，脸上不免都慌张起来。江上燕虽然也有点儿吃惊，但他还竭力镇静了态度，一面连连地摇手，一面高声叫道：

“众位兄弟，你们不要害怕，大家不要心乱，让我问明白了这一回事，一定有办法可想的。”

“是的，是的，你们大家态度要镇静，就是日本鬼子打到了这里，我们也不要心乱，只要我们一条心，怕什么呢？”

刘思勉也大声地安慰着众人，大家方才又静了下来。江上燕皱了眉毛，向柳五儿望了一眼，又接着问下去道：

“柳五儿，我们的事情怎么会知道的？难道有什么人在报告吗？”

“是的，是张老实来报告给我们老爷听的。齐巧被我偷听了，向小姐说了，小姐急得了不得，叫我赶来通报，你们快点儿可以准备呀！因为他们要报告司令部，说不定连夜会来攻打你们的。”

柳五儿一面说，一面还是那么气喘的样子。众人一听“张老实”三字，大家不约而同地愤怒起来，摩拳擦掌，咬牙切齿，共同怒吼着道：

“他妈的，这该死的老狗，果然是个坏东西！”

“这狗日的老贼，不要脸，怪不得今天不肯到来！”

“我们非把他杀死不可!”

“他妈的，此刻我们先杀到他的家里去，把他的家产全部充公。”

“不错！不错！汉奸的家产应该充公，他要我们死，我们非给他颜色看不可!”

“对对对！我们马上就去杀了他的一家，方消我们心头之恨!”

众人七嘴八张地怒吼着，似乎都欲动身走的神气，江上燕连忙阻止了他们，叫大家静一静，千万不要暴动，一切慢慢地再商量解决的办法。青郎也高声地叫着要听队长的话，不能各自主张。大家听了，方才又慢慢地安静下来。上燕于是又问柳五儿说道：

“你知道张老实此刻可回来了没有?”

“这个我倒没有详细，因为我是从后门走出来的。”

“柳五儿，我们真感激你，你救了我们众弟兄的性命。中国有像你这么爱国的好女儿，我相信我们还有最后胜利的希望，现在你已跑了这么许多路，我想今夜是赶不回去的了，还是到我家去休息……哦，不，我家太不方便，还是到金鹭水家中去睡一夜吧。”

“很好，很好，和我女人做伴去好了。只是家里脏得很，别的倒没有什么问题。”

“谢谢你们，不过小姐等着我的回音，所以我不能在这儿留夜的。就让我在这里休息一会儿，我还是要赶回家中去的。”

柳五儿听他们这么地说，遂摇了摇头，低低地回答。上燕听了，遂也不去勉强她，向青郎望了一眼，说道：

“青郎，你此刻带了红郎、小狗子一同到张老实家中去走一趟，见了张老实，好好地把他请了来，只说有事情商量，切勿对他有什么欺侮的举动。”

“是。”

青郎应了一声，遂带了红郎、小狗子匆匆地出去。在路上，小狗子恨声不绝地把拳头在手掌上一击，怒目切齿地骂道：

“他妈的，我见了这老狗，先量他几个嘴巴子，出出心中的怨气！”

“小狗子，你胡说白道，难道忘记了队长的吩咐吗？”

“队长又没有看见，我们暗地里收拾他一顿，没有关系。”

小狗子听青郎这么地阻挡着，遂冷笑了一笑，还是恨恨地回答。红郎在旁边也插嘴说道：

“照他的行为，我恨不得先割下他的舌头，挖了他的眼睛。不过队长既然叫我们不要欺侮他，我们是应该遵守命令的。”

“唉！想不到这老奴才真有这样狠心，他难道不是中华民国的国民？自己胆子小，不肯去拼命倒也罢了，谁知还要去报告，却叫鬼子来杀我们，我真不明白他的心肝是生在哪里的！”

青郎叹了一口气，他觉得无限的感慨。三人且谈且行，不多一会儿，到了张老实的大门口，遂敲门进内。只见福生已睡在床上，被他们惊醒，说父亲不知到什么地方去了，连他也并不知道。照小狗子的意思，要把福生痛打一顿，但青郎却拦阻了小狗子，说福生平日为人倒很老实，他父亲该死，和儿子原不相干，于是三人便告别出来，心中颇为闷闷不乐。忽然见那边桥上有个人匆匆地走来，在淡淡的月光笼映之下，见那黑影好像正是张老实。小狗子眼尖，便悄悄地说道：

“哎哎，你们瞧，那边走过来的不是这条老狗吗？”

“嗯嗯，是的，你们两人不要开口，让我过去说话。”

青郎也发现了这人正是张老实，便暗暗欢喜地向两人关照着说。一面他已迎了上去，缓和了语气，竭力压制他内心愤怒的发展，笑嘻嘻地招呼道：

“村长公公，你在什么地方？找得我们好苦！”

“啊！你是……哦，原来是青郎，我道是谁，倒把我唬了一跳，找我有什么事情吗？”

张老实到镇上在报告了真情之后，便一路急匆匆地回家，虽然他是这么地向振雄去透露了消息，但是他那颗狡猾的心也跳跃得比平常快速一点儿，低了头，一面走，一面想着心事。皇军万一发兵来攻打的时候，我家的屋子不知道会不会被打掉的？在这么忧虑之下，一时倒又懊悔不该急急地去报告了。假使今夜就来攻打的话，我连一点儿东西都没有搬走呢。张老实只管呆呆地想着心事，对于四周一切也就并不注意，此刻被青郎这么一招呼，因为是心虚的缘故，所以唬得“啊”了一声叫起来。等他看清楚了是青郎的时候，这才竭力镇静了态度，装作若无其事的样子，向他低低地还问。青郎笑了一笑，说道：

“村长公公，是江上燕请你去商量事情，因为你的年纪比我们大，一切经验当然也比我们丰富，所以你老人家快去一次，他们都在祠堂里等着你。”

“什么？在祠堂里等着我做什么？”

“咦，等你商量事情呀！”

“今夜太晚了，我实在有点儿疲倦了，所以有什么事情我们明天再商量好了。”

“那怎么行？村长公公，你一定要到一到的。人家抬举你，你怎么可以推三阻四地装出娘态来呢？”

青郎见他不肯去，暗想：这老东西果然狡猾得可恶。因此他末了这两句话已经是包含了一点儿很不快乐的样子，伸手预备去拉他，但张老实却像奔逃的模样，一面连连摇手，一面还说“明天见，明天见”。小狗子和红郎本来是一句话也不开口，但事情到了这个时候，因此便再也忍熬不住了，早已一个快步，把张老实的肩胛搭住。但这只老狗却翻下脸皮，大声骂道：

“你们三个人怎么如此不讲道理？莫非趁此黑夜之中，预备抢劫我身上的东西吗？你们再敢拉拉扯扯，莫怪我把你们叫人押起来重重严办，那就悔之莫及了。”

“哈哈！你这老奴才，该死的东西……”

“队长，队长，我实在熬不住了，只好违了你的命令……”

“他妈的，我打死你这个狗王八，我打死你这个老畜生!”

小狗子在一阵狂笑之后，他自言自语地表示先向江上燕告了罪，然后挥起拳头，不管三七二十一地向张老实身上结结实实地痛殴起来。红郎这时也怒恼起来，抓住了他的衣襟，兜嘴两个巴掌，打得张老实大叫救命，几乎失声号哭。青郎连忙把两人喝住，一面又劝老实还是去一次。张老实见时在黑夜，而且势孤力单，假使和他们倔强，难免要大受吃亏，好在江上燕是讲道理的人，我且见了他，把他们欺侮的情形告诉他，也好叫他们挨一点儿责罚。想定主意之后，遂委委屈屈地只好跟他们一同走到祠堂，当张老实一脚跨进祠堂的时候，那真是出乎他的意料之外，想不到里面竟有这么许多的人，一时倒忍不住怔怔地愕住了。江上燕见了，便含笑走上来，很和气地招呼道：

“张村长，听说你有点儿不舒服，我们惊吵了你老人家，真抱歉得很!”

“江校长先生，你不要客气，小狗子和红郎这两个人太混账了，他们一点儿没有礼貌打我，还得请你好好地教训不可。”

张老实见上燕对自己非常客气，于是趁势向他告诉，面孔显出了十分愤怒的样子。不料上燕还未回答，却听哄哄地扰乱起来，你一句我一句地都说道：

“该打！该打!”

“打死这狗东西不罪过!”

“他妈的，打打打!”

这一阵呐喊，把张老实吓得脸无人色，心胆俱碎。但是他到底是个老奸巨猾的东西，忽然转身向外拔脚便逃，但早被小狗子拦住去路，劈面一拳头，打得老狗一个跟头仰天跌倒。江上燕连忙把他扶起，只见他已经满鼻子鲜血，不过众人并不可怜，还一连串地叫：“打打打!”这时，张老实已经魂不附体，明知自己犯了众怒，于是只好向上燕扑地跪倒，大喊救命。江上燕扶他，他却赖在地上不肯起来，这就问他说道：

“张村长，你不用害怕，我问你，你下午在什么地方？是不是在家养病？还是到镇上去……唉，你老实地说出来，他们打你，有我呢！”

“我……我……在家里养病……江……老爷，你……救救我的狗命吧！”

“他妈的，你还敢说谎？养病的人在外面走吗？报告队长，我们在他家中找不到人，是在路上遇到他的。他还不肯来，而且骂我们抢劫他，这狗奴才实在太可恶了，非杀死他不可！”

小狗子在旁边听了，遂又急急地报告，表示不能听信他的话。江上燕的脸色也变得非常难看了，冷笑了一声，又问道：

“张村长，你听到了没有？养病的人怎么在外面走呢？现在有人告诉我，说你在镇上报告邬振雄我们组织游击队，并且叫日本鬼派兵来攻打我们，这些可是实在的情形吗？”

“完全冤枉的，冤枉的！江老爷，你……千万不能相信，我……也是其中一分子，我……我……怎么会去报告他们来拉自己的脚吗？”

“是呀，照道理，你是绝对不会的，况且你又向我发过咒，假使走漏消息，一定不得好死，是不是？”

江上燕听他此刻这么地说，可见他也是一个很明白的人，一时心中真奇怪他会去报告这种消息，遂故意又这么地说。张老实急糊涂了，他并没有理会上燕是什么作用，还连连地点头说：“是的，是的，我绝不会去报告，那一定有人冤枉我，我实在是一个爱国的好人。”江上燕听了，便向柳五儿招了招手，柳五儿便走上来，上燕用手指了指她，说道：

“张村长，我想你也不必赖了，你在邬家报告消息的时候，喏，是这位柳五儿亲眼看见的。她是珠凤小姐的丫头，她是一个小姑娘，平日和你当然无冤无仇，她怎么会来冤枉你？现在我只要问柳五儿，你仔细认认，在家报告的是不是这个张村长？”

“是的，我没有看错，我也没有听错，就是他，还不是他吗！”

“嗯！张村长，你现在还有什么话说？”

柳五儿那种认真肯定的话，听到张老实的耳朵里，他的脸色完全呈现了死灰的颜色，这就睁大了眼，流着黄豆般大的汗，却呆呆地愣住了。江上燕很严肃地又追问道：

“是不是？你没有什么话可以说的了，那么你自己说一句，你该怎么样地处罚呢？”

“江……老爷……饶命，饶命！我下次再也不敢了！”

“队长，不用和这老狗多说什么了，把他枪毙了发发利市！”

“赞成，赞成，我们要看看他的心肝是在哪一部上？”

“他妈的，这老狗要我们的命，我们先把他杀死了干净！”

大家又愤愤地发表意见了。江上燕觉得这种心肝全无的奴才，留在世上也是无益，所以不管张老实如何哭求，就吩咐拉出去枪毙了。结果了这条老狗性命之后，大家正在想抵抗日本兵的方法，忽然见鹭水的女人急匆匆地陪伴珠凤走了进来。大家一见凤小姐到临，知道又是一个紧急的消息，所以各人的心头像小鹿般地乱撞不止。江上燕早已迎了上去，握住了她的手，连问“怎么了”。珠凤气喘喘地问道：

“柳五儿到了吗？柳五儿到了吗？”

“小姐，你怎么也会来了？我早到了，你瞧，我不是柳五儿吗？”

柳五儿连忙挨到她的身旁，还指了指自己的鼻子回答。珠凤拍了拍她肩胛，点点头，表示很放心了的样子，然后向上燕问道：

“你们不知道已经有了准备吗？”

“怎么啦？难道鬼子兵马上就来攻打了吗？”

“说不定，也许是……”

“珠凤，我看你先定一定心，慢慢再说话吧。”

上燕见她香汗盈盈，气喘吁吁，似乎还有些上气不接下气的样子，遂叫她先休息一会儿，喝一杯茶再告诉。过了一会儿，珠凤便把哥哥忘了手足之情，欲出卖自己灵魂，因此自己逃出来的话先告诉了一遍。然后她又问道：

“上燕，你们枪弹都运到了吗?”

“运到了，怎么样?”

“我的意思，先落手为强，后落手遭殃。趁他们还没有来攻打之前，我们先到镇上去包围他们司令部，我相信可以把这些鬼子兵一网打尽，司令部里有许多枪械，这还不是我们的军器了吗?”

珠凤转着乌圆的明眸，她絮絮地想出这个计划来贡献给大家听。上燕微微地皱了眉毛，他似乎有点儿为难的样子说道：

“你的主张虽然很好，不过所担心的就是我们这儿弟兄们大多数还不懂得射击枪械的方法，所以我认为这倒是一个困难的问题。”

“据我所知道，镇上的日本鬼一共只不过四五十个，我以为凭这儿的人数，就是拿两个去换他们一个，也很足够的了。况且你们这儿总有几位是久战沙场的老前辈，那还怕什么呢?你们此刻不去攻击，明天要如鬼子兵在城里调动大队人马到来，那时候岂不是只好束手待毙了吗?假使你们有勇气的话，我愿意代你们作为向导，去饥餐胡虏肉，渴饮匈奴血，还我河山，直捣黄龙!”

众人见珠凤鼓着两腮、激昂慷慨的神情，真不愧是个巾帼英雄的气概，一时各人的热血都在周身沸滚，大家激起了无限的勇气，不由掌声如雷，高喊赞成，愿意杀到镇上去拼性命。江上燕见大家这么兴奋勇敢，并无一点儿害怕畏惧的心理，当时也十分欢喜。和吴、刘等几位同志商量之下，大家认为可以趁此而进行，免得将来受一种猛烈炮火的威胁。既然商量定当之后，便开始分发枪弹。上燕、思勉、忠诚等七人各执一挺手提机关枪，其余众兄弟为了便利破坏对方司令部起见，身上都挂满了手榴弹。小狗子、红郎、青郎三人最感到兴奋，他们脸上含了可以杀敌的笑容。只有金大嫂对于鹭水似乎还有点儿依恋之情，但鹭水这时候背了枪杆子，却一点儿没有依依不舍的样子，还向妻子喝着说："我们杀鬼子兵去，你应该快乐才好，不要难过，好好儿回去看管着矮冬瓜。要如我不幸死了，你将来叫矮冬瓜也去当兵，给我报仇！"金大嫂听了，几乎流下眼泪来。但这时候大家已排齐了队伍，向镇上一路出发了。

夜是沉寂得一点儿声息都没有，已经是快近子夜一点钟了。当众人在镇上日本司令部附近埋伏好了之后，江上燕第一个先掷过去一个手榴弹。一阵子轰的响声，接着嗒嗒的机关枪声音大作，大家奋不顾身地以司令部为目标，慢慢地包围过去。

这时候，山村队长正欲再度与雪琴作云雨之情，突然听见枪声大作，遂把雪琴猛可地推开，立刻飞奔出外，传令下去。司令部里一共五十四个日本陆战队员都从睡梦中惊醒，大家也架着机关枪冲杀出来，于是在双方开火之下，演成了一仗激烈的恶战。

江上燕咬紧了牙齿，他的两眼是发出了绿的光芒，两手很敏捷地摇动着机关枪。这时，珠凤在上燕的旁边却在给他加机关枪的子弹。忽然间嘘的一声，一颗子弹毫无情感作用地穿过了珠凤的胸部，珠凤"哎哟"了一声，她两手按住了胸部，脸色已转变了惨白。江上燕回头去看，只见鲜血汩汩地从珠凤胸口旁涌了上来，这就急得也"啊"了一声，他的心头只觉惨痛若割。幸而这时青郎奔了过来说"我来开枪"，他便把持机关枪头向司令部门口猛烈扫射了。

江上燕把珠凤抱在怀里，他见珠凤的眼皮已经慢慢地低垂了，这就含了沉痛的眼泪，连连叫喊。珠凤又睁开眸珠，凝望着上燕，有气没力地问道：

"上燕，你恨我没有跟你一同走吗？"

"不，我不恨你，珠凤！"

"你鄙视我吗？"

"不，你是一个忠孝的好女儿，你太伟大了！"

"谢谢你，上燕，我总算已脱离了这个黑暗的家庭，把我的热血已为国家尽了最后的一份力量了。上燕，你不要为我痛心，你不要为我流泪，我觉得你们是中华民族的国魂。有了你们这班爱国好男儿，我相信中国不会亡!”

“是的，珠凤……啊！你……你……去了……”

江上燕答应了一声是的，但珠凤已等不及再听他说下去了，她一缕热血忠魂，终于为国成仁了。江上燕没有哭，没有流泪，他站起身子，把身上挂着的手榴弹一颗一颗地猛掷过去。司令部的屋子整个地坍下来了，于是全部的鬼子兵便歼灭了。众兄弟都像潮水般地冲进去，终于在珠凤的计划之下而实行了大获全胜。

晨曦冲破了黑夜。

天空中显出了鱼肚白的颜色。

鸡啼的鸣声，是给予人们天净明的启示。

但是，江上燕的心坎里刻画了一个不可磨灭的创痛，怀了海样深的悲哀，在到处杀敌的奔波中，永远地显现了一朵灿烂的热血花。

附　录

从鸳鸯蝴蝶派谈到冯玉奇小说

裴效维

《民国通俗小说典藏文库·冯玉奇卷》将收录冯玉奇的百余种小说作品，此举极其不易。现在，我愿以这篇文章给出版者呐喊助威。尽管我人微言轻，但我毕竟是一个中国文学的研究者，为鸳鸯蝴蝶派说些公道话是我的责任。

冯玉奇是一位鸳鸯蝴蝶派作家，因此我们要想了解冯玉奇，必须首先厘清有关鸳鸯蝴蝶派的一些问题。

一、何谓鸳鸯蝴蝶派

鸳鸯蝴蝶派作家平襟亚在《关于鸳鸯蝴蝶派》（署名宁远）一文中对鸳鸯蝴蝶派的来历说得很清楚：

> 鸳鸯蝴蝶派的名称是由群众起出来的，因为那些作品中常写爱情故事，离不开“卅六鸳鸯同命鸟，一双蝴蝶可怜虫”的范围，因而公赠了这个佳名。
>
> ——载香港《大公报》1960年7月20日

可见鸳鸯蝴蝶派并不是一个有组织有宗旨的小说流派，而是因为当时流行的言情小说多写一对对恋人或夫妻如同鸳鸯蝴蝶般相亲相爱，形影不离，因而民间用鸳鸯蝴蝶小说来比喻这种言情小说，那么这种言情小说的作家群当然也就是鸳鸯蝴蝶派了。这种说法应该是可信的，因为民间常用鸳鸯和蝴蝶来比喻恋人或夫妻，很多民间文学作品中不乏其例。这一比喻非常形象生动，但并无褒贬之意，因此不胫而走。

传到新文学家那里，便加以利用，并赋予贬义，作为贬低对手的武器。但新文学家对鸳鸯蝴蝶派的界定并不一致，大致有两种看法。

一种看法认同民间的比喻说法，即将鸳鸯蝴蝶派小说局限为通俗小说中的言情小说，将鸳鸯蝴蝶派局限为言情小说作家群。鲁迅是这种看法的代表，他在 1922 年所写的《所谓“国学”》一文中说：“洋场上的文豪又作了几篇鸳鸯蝴蝶派体小说出版”，其内容无非是“‘卿卿我我’‘蝴蝶鸳鸯’”（载《晨报副刊》1922 年 10 月 4 日）。又于 1931 年 8 月 12 日在社会科学研究会做了《上海文艺之一瞥》的长篇演讲，其中对鸳鸯蝴蝶派小说更做了形象而精辟的概括：

> 这时新的才子 + 佳人小说便又流行起来，但佳人已是良家女子了，和才子相悦相恋，分拆不开，柳阴花下，像一对蝴蝶、一双鸳鸯一样。
>
> ——连载于《文艺新闻》第 20、21 期

此外，周作人、钱玄同也持这种看法。周作人于 1918 年 4 月 19 日在北京大学文科研究所小说研究会做《日本近三十年小说之发达》的演讲中，就说现代中国小说“还有《玉梨魂》派的鸳鸯蝴蝶体”（载《新青年》第 5 卷第 1 号）。次年 2 月，周作人又发表《中国小说里的男女问题》（署名仲密）一文，认为“近时流行的《玉梨

魂》，虽文章很是肉麻，(却) 为鸳鸯蝴蝶派小说的鼻祖”（载《每周评论》第5卷第7号)。与周作人差不多同时，钱玄同在1919年1月9日所写的《“黑幕”书》一文中也说：“人人皆知‘黑幕’书为一种不正当之书籍，其实与‘黑幕’同类之书籍正复不少，如《艳情尺牍》《香闺韵语》及‘鸳鸯蝴蝶派小说’等等皆是。”（载《新青年》第6卷第1号）这种看法后来被人称之为“狭义的鸳鸯蝴蝶派”看法。

另一种看法却将鸳鸯蝴蝶派无限扩大，认为民国年间新文学派之外的所有通俗小说作家都是鸳鸯蝴蝶派，他们的所有通俗小说都是鸳鸯蝴蝶派小说。这种看法的代表人物是瞿秋白和茅盾。瞿秋白从小说的内容方面来扩大鸳鸯蝴蝶派小说的范围，他在《财神还是反财神》一文中说，“什么武侠，什么神怪，什么侦探，什么言情，什么历史，什么家庭”小说，都是鸳鸯蝴蝶派小说（见人民文学出版社1953年10月版《瞿秋白文集》)。茅盾则从小说的形式方面来扩大鸳鸯蝴蝶派小说的范围，他在《自然主义与中国现代小说》一文中认定鸳鸯蝴蝶派小说包括“旧式章回体的长篇小说”“不分章回的旧式小说”“中西合璧的旧式小说”“文言白话都有”的短篇小说（载1922年7月《小说月报》第13卷第7号)。这种看法后来被人称之为“广义的鸳鸯蝴蝶派”看法，而且逐渐成为主流看法，以致后来的文学研究者都接受了这种看法。

新文学家不仅在鸳鸯蝴蝶派的界定问题上分成了两派，而且在鸳鸯蝴蝶派的名称上也花样百出。如罗家伦因为徐枕亚等人好用四六句的文言写小说，便称其为“滥调四六派”（见署名志希的《今日中国之小说界》，载1919年《新潮》第1卷第1号)，但无人响应。郑振铎因为《礼拜六》杂志为鸳鸯蝴蝶派的主要刊物之一，便称其为“礼拜六派”（见署名西谛的《新文学观的建设》一文，载1922年5月21日《文学旬刊》第38号)。这一说法得到了周作人、茅盾、瞿秋白、朱自清、阿英、冯至、楼适夷等人的响应，纷纷采用，以致使用频率越来越高，知名度越来越大，终于成为鸳鸯蝴蝶派的别称了。于是“鸳鸯蝴蝶派”和“礼拜六派”两个名称便被新文学家所滥用。如郑振铎在《新文学观的建设》一文中称“礼拜六派”，而在《〈文学论争集〉导言》一文中却称“鸳鸯蝴蝶派”（见上海良友图书公司1935年10月出版的《新文学大系·文学论争集》卷首）。还有人在同一篇文章里既称鸳鸯蝴蝶派，又称礼拜六派。如阿英在1932年所写的《上海事变与鸳鸯蝴蝶派文艺》一文中说：张恨水的所谓“国难小说”，与“礼拜六派的作品一样，是鸳鸯蝴蝶派的一体”，“充分地说明了鸳鸯蝴蝶派的作家的本色而已”（见上海合众书店1933年6月出版的《现代中国文学论》）。

茅盾在20世纪70年代觉得统称鸳鸯蝴蝶派或礼拜六派都不合适，于是提出了一个折中的看法，他在《紧张而复杂的生活、学习与斗争（上）——回忆录（四）》中说：

> 我以为在“五四”以前，“鸳鸯蝴蝶派”这名称对这一派人是适用的。……但在“五四”以后，这一派中有不少人也来“赶潮流”了，他们不再老是某生某女，而居然写家庭冲突，甚至写劳动人民的悲惨生活了，因此，如果用他们那一派最老的刊物《礼拜六》来称呼他们，较为合式。
>
> ——载1979年8月《新文学史料》第4辑

事实是该派在“五四”前后没有根本变化，都是既写言情小说，又写其他小说，将其人为地腰斩为两段，既显得武断，又无法掩盖当时的混乱看法。

这些混乱的看法导致后来的文学研究者无所适从：或沿用“鸳鸯蝴蝶派”的说法（如北大本《中国文学史》和《中国小说史稿》、

复旦本《中国文学史》和《中国近代文学史稿》等)；或沿用“礼拜六派”的说法（如山东师院本《中国现代文学史》等)；或干脆别出心裁地称之为“鸳鸯蝴蝶—礼拜六派”（见汤哲声《鸳鸯蝴蝶—礼拜六小说观念的价值取向及其评价》，载《苏州大学学报》1992年第2期)。这可真算是中国小说史上的一出有趣的滑稽戏了。

二、如何评价鸳鸯蝴蝶派

鸳鸯蝴蝶派的开山作品是1900年陈蝶仙的言情小说《泪珠缘》，因此鸳鸯蝴蝶派应该是指言情小说派，这也就是后来的所谓“狭义的鸳鸯蝴蝶派”，但被新文学家扩大为“广义的鸳鸯蝴蝶派”，实际上也就是民国通俗小说派。

鸳鸯蝴蝶派与同时期的“南社”不同，既没有组织，也没有纲领，而是一个在思想倾向和艺术风格上大体相同或相近的小说流派，连“鸳鸯蝴蝶派”这一招牌也是别人强加给它的。然而客观地说，鸳鸯蝴蝶派确实是一个产生过巨大影响的小说流派。在“五四”以前的近二十年间，它几乎独占了中国文坛；在“五四”以后的三十年间，虽然产生了新文学，但新文学只是表面上风光，而鸳鸯蝴蝶派却一派兴旺发达景象。我对“广义的鸳鸯蝴蝶派”做过不完全的统计：该派作家达数百人，较著名者有一百余人，所办刊物、小报和大报副刊仅在上海就有三百四十种，所著中长篇小说两千多种，至于短篇小说、笔记等更难以计数。在此前的中国文学史上，还没有哪个文学流派有过如此宏大的规模，产生过如此巨大的影响。

鸳鸯蝴蝶派由于规模宏大，又处在历史的一个巨变时期，其成员的确鱼龙混杂，其作品也良莠不齐，但总体来说，它形象地记录了中国二十世纪前五十年的历史，为中国读者提供了丰富的精神食粮，对中国小说的传承起过积极作用，因此应该给予充分的肯定。

鸳鸯蝴蝶派小说已经不是中国传统通俗小说的复制，而是一种改良的通俗小说。在形式方面，它既采用章回体，也采用非章回体，甚至采用了西洋小说的日记体、书信体等，至于侦探小说则更是完全模仿自西洋小说。在艺术手法方面，受西洋小说的影响非常明显，如增加了人物形象和景物描写，结构与叙事方式也趋于多样化，单线和复线结构并用，第三人称和第一人称叙述法兼施，还采用了倒叙法和补叙法。在内容方面，鸳鸯蝴蝶派小说已经扩大了描写范围，反映了当时社会生活的各个方面，甚至已经紧跟时事，及时反映当前的社会现实，被称为“时事小说”。如李涵秋的《广陵潮》描写辛亥革命，而他的《战地莺花录》则描写五四运动，这种及时反映当时发生的重大政治事件的小说，与多写历史故事的古代小说完全不同，显然是一大进步。鸳鸯蝴蝶派的言情小说，也不同于古代的才子佳人小说，而是一种新才子佳人小说。古代的才子佳人小说因面对森严的封建礼教，只能写才子与佳人偶尔一见钟情，以眉目传情或诗书传情的方式进行交流，最后皆是有情人终成眷属的大团圆结局。而这种大团圆结局完全是人为的：或出于巧合，或由于才子金榜题名，皇帝御赐完婚，这就完全回避了封建包办婚姻的问题。而民国年间的封建礼教已经在一定程度上松绑，尤其像上海、北京等大城市得风气之先，恋爱自由和婚姻自主思想已经渐入人心。因此有些鸳鸯蝴蝶派的言情小说也突破了古代才子佳人小说的窠臼，才子佳人已经敢于“相悦相恋，分拆不开，柳阴花下，像一对蝴蝶、一双鸳鸯一样”。其结局也不再全是有情人终成眷属的大团圆，而是“有时因为严亲，或者因为薄命，也竟至于偶见悲剧的结局……这实在不能不说是一个大进步”（鲁迅《上海文艺之一瞥》，连载于 1931 年 7 月 27 日、8 月 3 日《文艺新闻》第 20、21 期）。言情小说由大团圆结局到悲剧结局的确是一个大进步，因为前者是回避封建包办婚姻礼制，而后者是控诉封建包办婚姻礼制。而这一进步的开创者是曹雪芹和高鹗，他们在《红楼梦》里所写的婚姻差不多都是悲剧。因此胡适称赞《红楼梦》不仅把一个个人物“都写作悲剧的下场”，而且最后“作一个大悲剧的结束，打破了中国小说的团圆迷信”（《〈红楼梦〉考证》，见1923年亚东图书馆版《胡适文存》）。可见鸳鸯蝴蝶派的言情小说在一定程度上继承了《红楼梦》开创的爱情婚姻悲剧模式，因而具有相当的反封建意义。我们可以徐枕亚的《玉梨魂》为例加以说明，因为该小说被新文学家指为鸳鸯蝴蝶派的代表性作品。

《玉梨魂》的故事很简单——清末宣统年间，小学教员何梦霞与年轻寡妇白梨影相爱，但两人均认为他们的这种行为是不道德的。为了得到感情的解脱，白梨影想出个“移花接木”的办法，即撮合何梦霞与自己的小姑崔筠倩订了婚。然而何梦霞既不能移情于崔筠倩，白梨影也无法忘情于何梦霞，结果造成了一连串的悲剧——白梨影在爱情与道德的激烈冲突下郁郁而死；崔筠倩因得不到何梦霞之爱而离开了人世；白梨影的公公因感伤女儿、儿媳之死而一病身亡；白梨影的十岁儿子鹏郎成了孤儿。何梦霞为排遣苦闷，先赴日本留学，继又回国参加了辛亥武昌起义（即辛亥革命），壮烈牺牲。

《玉梨魂》不仅描写了一个爱情婚姻悲剧，而且不同于一般的爱情婚姻悲剧。一般的爱情婚姻悲剧都是由封建势力造成的，即由包办婚姻造成的；而《玉梨魂》所写的爱情婚姻悲剧，其原因却是何梦霞和白梨影自身的封建道德。他们既渴望获得恋爱自由和婚姻自主的权利，又不能摆脱封建道德和封建礼教的束缚，两者激烈冲突，造成三死一孤的惨剧。从而揭露了封建道德和封建礼教的影响力是多么巨大，它已深入人们的骨髓，使其不能自拔。因此，它的反封建意义比一般的爱情婚姻悲剧更为深刻。

其实，新文学阵营也不是铁板一块，虽然大多数新文学家对鸳鸯蝴蝶派全盘否定，但也有少数新文学家态度比较客观，他们对鸳鸯蝴蝶派也给予一定的肯定。鲁迅是其中最突出的一位，他不仅认为某些鸳鸯蝴蝶派的悲剧言情小说是“一大进步”，而且不同意某些新文学家对鸳鸯蝴蝶派消极影响的夸大其词。他说：

至于说他流毒中国的青年，那似乎是过虑。倘有人能为这类小说所害，则即使没有这类东西也还是废物，无从挽救的。与社会，尤其不相干，气类相同的鼓词和唱本，国内非常多，品格也相像，所以这些作品也再不能“火上添油”，使中国人堕落得更厉害了。

——《关于〈小说世界〉》，载《晨报副刊》
1923 年 1 月 15 日

这种客观的观点与前述周作人无限夸大鸳鸯蝴蝶派作品能使国民生活陷入“完全动物的状态”乃至“非动物的状态”的观点形成了鲜明对比。当抗日战争爆发后，鲁迅更提倡文学界的抗日统一战线，主张团结鸳鸯蝴蝶派一起抗日。他说：

我以为文艺家在抗日问题上的联合是无条件的，只要他不是汉奸，愿意或赞成抗日，则不论叫哥哥妹妹，之乎者也，或鸳鸯蝴蝶都无妨。但在文学问题上我们仍可以互相批判。

——《答徐懋庸并关于抗日统一战线问题》，
载《作家》月刊第 1 卷第 5 期

鲁迅不仅提倡团结鸳鸯蝴蝶派一起抗日，而且主张新文学派与鸳鸯蝴蝶派在文学问题上“互相批判”，这种平等对待鸳鸯蝴蝶派的度量，也与那些视鸳鸯蝴蝶派如寇仇，必欲置诸死地而后快的新文学家形成了鲜明对比。

对鸳鸯蝴蝶派给予肯定的不只鲁迅，还有朱自清和茅盾。朱自清认为供人娱乐是中国传统小说的特点，因此不赞成将“消遣”作为罪状来批判鸳鸯蝴蝶派小说。他说：

> 在中国文学的传统里，小说……更是小道中的小道，就因为是消遣的，不严肃。不严肃也就是不正经，小说通常称为“闲书”，不是正经书。……鸳鸯蝴蝶派的小说意在供人们茶余酒后的消遣，倒是中国小说的正宗。
>
> ——《论严肃》，载《中国作家》创刊号

茅盾也承认鸳鸯蝴蝶派小说也“写家庭冲突，甚至写劳动人民的悲惨生活”。他还从艺术性方面对鸳鸯蝴蝶派小说给予一定肯定。他认为鸳鸯蝴蝶派的有些长篇小说“采用西洋小说的布局法”，如倒叙法、补叙法，以及人物出场免去套语、故事叙述“戛然收住”等等，这一切是对“旧章回体小说布局法的革命”。还认为鸳鸯蝴蝶派的有些短篇小说学习了西洋短篇小说“截取一段人生来描写，而人生的全体因之以见”的方法：“叙述一段人事，可以无头无尾；出场一个人物，可以不细叙家世；书中人物可以只有一人；书中情节可以简至只是一段回忆。……能够学到这一层的，比起一头死钻在旧章回体小说的圈子里的人，自然要高出几倍。”（《自然主义与中国现代小说》，载 1922 年 7 月 10 日《小说月报》第 13 卷第 7 号）

鲁迅、朱自清、茅盾毕竟属于新文学派，因此他们对鸳鸯蝴蝶派的肯定是有限的。我们应该摆脱成见与束缚，从中国文学史的角度，对鸳鸯蝴蝶派做出客观公正的评价。

三、如何看待冯玉奇的小说

我们澄清了以上有关鸳鸯蝴蝶派的三个问题，等于为介绍冯玉

奇的小说提供了一个坐标，也等于为读者提供了一把参照标尺。读者用这把标尺，就可自行评判冯玉奇的小说了。

冯玉奇于1918年左右生于浙江慈溪，笔名左明生、海上先觉楼、先觉楼，曾署名慈水冯玉奇、四明冯玉奇、海上冯玉奇。据说他毕业于浙江大学（一说复旦大学）。1937年九一八事变后寄居上海，感山河破碎，国事蜩螗，开始写作小说以抒怀。其处女作为《解语花》，由上海春明书店出版。出版后旋即由东方书场改编为同名话剧，演出后轰动一时。那时他才十九岁。由此一发而不可收，至1949年7月《花落谁家》出版，在短短十来年时间里，他创作的小说竟达一百九十多种，平均每年近二十种，总篇幅应该不少于三千万字，只能用“神速”来形容。这时他只有三十一岁。近现代文学史料专家魏绍昌先生（已去世）所编《鸳鸯蝴蝶派研究资料（史料部分）》（上海文艺出版社1962年10月出版）开列的《冯玉奇作品》目录只有一百七十二种，也有遗珠之憾。不过我们从这一目录中仍可确定冯玉奇是一位以写言情小说为主的通俗小说作家，因为在一百七十二种小说中，言情小说占有一百二十二种，其他小说只有五十种：社会小说三十四种、武侠小说十四种、侦探小说两种。

冯玉奇不仅是一位写作神速且极为多产的通俗小说作家，还是一位热心的剧作家和剧务工作者。早在他二十六岁（1944年）时，就担任了越剧名伶袁雪芬的雪声剧团的剧务，并为之创作了《雁南归》《红粉金戈》《太平天国》《有情人》《孝女复仇》五大剧本，演出效果全都甚佳。在他二十七到二十八岁（1945～1946）时，又与他人合作，前后为全香剧团和天红剧团编导了《小妹妹》《遗产恨》《飘零泪》《义薄云天》《流亡曲》等二十多个剧本，演出效果同样甚佳。可见冯玉奇至少写过十几个剧本。

冯玉奇一生所写的小说和剧本总计不下两百五十种，总篇幅可能达到四千万字以上，是名副其实的“著作等身”，是当之无愧的中国最多产的作家，号称多产的同派小说家张恨水也难望其项背。当时的文学作品已是一种特殊商品，冯玉奇的小说如此畅销，其剧本演出又如此轰动，这足可以证明其受人欢迎，这就是读者和观众对冯玉奇的评价，它比专家的评价更为准确，也更为重要。遗憾的是，我们无法看到他的剧作和三十岁以后的作品，也不知其晚景如何，卒于何年。

从冯玉奇的生活年代和创作时段来看，他显然是鸳鸯蝴蝶派的后起之秀，所以尽管他作品如此之多，影响如此之大，而同派的老前辈却很少提到他，这也是“文人相轻”的表现之一。

按说要介绍冯玉奇的小说，应该将其全部小说阅读一遍，但我没有这么多时间，也没有这么大精力，因而只向中国文史出版社借阅了《舞宫春艳》《小红楼》《百合花开》三种，全都是言情小说。因此我只能以这三种言情小说为例加以介绍，这可能会犯以偏概全的错误，因此只能供读者参考。

《舞宫春艳》写了两个纠缠在一起的爱情婚姻悲剧故事：苏州富家子秦可玉自幼与邻居豆腐坊之女李慧娟相恋，由于门第悬殊，秦可玉被其父禁锢，二人难圆成婚之梦。不幸李慧娟生下了一个私生女鹃儿，只好遗弃，自己则郁郁而死。鹃儿被无赖李三子收养，长大后卖到上海做伴舞女郎，改名卷耳。中学生唐小棣先是爱上了姑夫秦可玉家的婢女叶小红，不料叶小红失踪，于是移情于卷耳，但无钱为卷耳赎身，两人感到婚姻无望，于是双双吞鸦片自尽。

《小红楼》的故事紧接《舞宫春艳》：曾经被唐小棣爱过的叶小红的失踪，原来也是被无赖李三子拐卖为伴舞女郎，小棣、卷耳自杀后，小红才被救了回来，并被秦可玉认为义女。经苏雨田介绍，与辛石秋相识相恋而订婚。同时石秋的姨表妹巢爱吾也爱石秋，但石秋既与小红订婚在先，便毅然与小红结婚。爱吾为了摆脱难堪的地位，离家出走，下落不明。石秋奉父命赴北平探望二哥雁秋，在火车站被人诬陷私带军火，被军人押到司令部。可巧爱吾此时已成为张司令的干女儿兼秘书，便设法救了石秋一命。但张司令强迫石秋与爱吾结婚，二人既不敢违命，又固守道德，便以假夫妻应付。后来石秋回到家里，终于与小红团聚。

《百合花开》写了两个紧密相关的爱情婚姻故事：二十岁的寡妇花如兰同时被四十二岁的教育家盖季常和十八岁的革命青年盖雨龙叔侄俩所爱，而盖季常的十六岁侄女盖云仙又同时被三十六岁的银行家杨如仁和十九岁的革命青年杨梦花父子俩所爱。经过许多曲折后，终于两位长辈让步，盖雨龙与花如兰、杨梦花与盖云仙同场结婚。

由以上简单介绍可知，冯玉奇的这三种小说共写了五个爱情婚姻故事，其中两个是悲剧结局，三个是有情人终成眷属。这正如鲁迅所说："有时因为严亲，或者因为薄命，也竟至于偶见悲剧的结局……这实在不能不说是一个大进步。"其次，这三种小说的五个爱情婚姻故事，倒有四个是三角爱情婚姻故事，但它们的情况并不雷同。唐小棣、叶小红、卷耳的三角恋是一男爱二女，辛石秋、叶小红、巢爱吾的三角恋是两女爱一男，而盖季常、盖雨龙、花如兰和杨如仁、杨梦花、盖云仙的三角恋更为异想天开，竟然都是两辈嫡亲男人（叔侄、父子）同爱一个女子。可见冯玉奇极有编故事的才能，从而使作品更具吸引力和娱乐性。又次，这三种言情小说的描写极为干净，没有任何色情描写。除了秦可玉与李慧娟有私生女外，其他人都非礼勿言，非礼勿行。如辛石秋与叶小红因婚礼当天石秋之母去世，为了守孝，新婚夫妻在百日之内没有圆房。而辛石秋与姨表妹巢爱吾为了对得起叶小红，虽被张司令强迫成亲，却只做了几天假夫妻。

从表现形式和艺术手法来看，我觉得冯玉奇的小说与当时新文学的新小说都受了西洋小说的影响，基本相同。譬如：两者都突破了传统小说书名的套路，不拘一格，尤其采用了一字书名和二字书名，如冯玉奇有《罪》《孽》《恨》《血》和《歧途》《逃婚》《情奔》等；而巴金有《家》《春》《秋》，茅盾有《幻灭》《动摇》《追求》。两者的对话方式也突破了传统小说的套路，灵活自如：对话既可置于说话者之后，也可置于说话者之前，还可将说话者夹在两句或两段话之间。至于小说的结构法、叙述法与描写法，更是差不多的。譬如人物描写不再是“沉鱼落雁”“闭月羞花”“倾国倾城”之类的千人一面，景物描写也不再是“落红满地”“绿柳成荫”“玉兔东升”之类的千篇一律，而加以具体描绘。这里随便举一个例子：

> 小红坐在窗旁，手托香腮，望着窗外院子里放有一缸残荷，风吹枯叶，瑟瑟作响。墙角旁几株梧桐，巍然而立。下面花坞上满种着秋海棠，正在发花，绿叶红筋，临风生姿，可惜艳而无香，但点缀秋色，也颇令人爱而忘倦。

这是《小红楼》对莲花庵一角的景物描绘，虽然算不上十分精彩，但作者通过小红的眼睛描绘了院中的三样东西——风吹作响的“枯荷”、巍然挺立的“梧桐”、正在开花的“海棠”，从而衬托出莲花庵幽静的环境，曲折地表明了时在秋季。频繁使用巧合手法是冯玉奇小说的显著特点，可以说把所谓“无巧不成书”用到了极致。巧合手法有助于编织故事，缩短篇幅，增加作品的吸引力等，但使用过多则时有破绽，有损于作品的真实性。冯玉奇的某些小说也采用了章回体，但只是标题用“第×回”和对偶句，“却说”“且听下回分解”之类的套语已不再经常出现，因此并非章回体的完全照搬。况且章回体并非劣等小说的标志，它在我国小说史上发挥过巨大作用，产生过杰出的四大古典小说。因此用章回体来贬低冯玉奇的小说，也是毫无道理的。

冯玉奇的小说也有明显的缺点。它们与其他鸳鸯蝴蝶派小说一样，主要注重小说的娱乐性，而忽视小说的社会性和艺术性，因此没有产生杰出的作品。他是南方人而小说采用北方话，加之写作速度太快，无暇深思熟虑，导致语言不够流畅，用词不够准确，还有许多错别字和语病。还有使用“巧合”法太多，有时破绽明显，这里不再举例。

总而言之，冯玉奇既不是“黄色”和“反动”小说家，也不是杰出小说家，而是一位勤奋多产、有益无害的通俗小说家，他应在中国小说史尤其是中国现代小说中占有一席之地。

2017 年 6 月 4 日于北京蜗居

图书在版编目(CIP)数据

民族魂·热血花/冯玉奇著. —北京:中国文史出版社,2018.3

(民国通俗小说典藏文库·冯玉奇卷)

ISBN 978-7-5034-9979-1

Ⅰ.①民… Ⅱ.①冯… Ⅲ.①长篇小说-中国-现代 Ⅳ.①I246.5

中国版本图书馆CIP数据核字(2018)第010433号

点　　校:清寒树　旷　野

责任编辑:牟国煜

出版发行:**中国文史出版社**

网　　址:http://www.chinawenshi.net

社　　址:北京市西城区太平桥大街23号　邮编:100811

电　　话:010-66173572　66168268　66192736(发行部)

传　　真:010-66192703

印　　装:廊坊市海涛印刷有限公司

经　　销:全国新华书店

开　　本:720×1020　1/16

印　　张:17.5　　字数:224千字

版　　次:2018年3月第1版

印　　次:2018年3月第1次印刷

定　　价:52.00元